燕歌行

卷8

趁水打劫

酒徒 著

目錄

CONTENTS

第一章

商人國度

要想保住沈家的財富，讓沈家子子孫孫不被官府窺探，
辦法只有一個，由沈家自己來做官府，化家為國！
建立一個屬於沈家，屬於全天下所有商人的國度，
凡事都由商人來決定，一切都按照商家的規矩來。

「有那一闋《沁園春》在頭上懸著，誰敢自稱有才？」施耐庵仍是提不起勁來。

「反正沈某準備在揚州開幾家鋪面，施兄不妨陪沈某多停留一陣子，別急著離開！」見施耐庵垂頭喪氣的，沈富只好施展緩兵之計。

雖然朱重九說過會一視同仁，但按照他以往的習慣，每在一地展開經營時，一定會想方設法先跟當地官府打好關係，前程遠大的揚州知府羅本，就是沈家下一個重點結交對象。有施耐庵這個老師在，無論如何，羅某人也會對沈家念及幾分香火之情。

當然，這些小心思就不能宣之於口了，免得施耐庵書生脾氣犯了拂袖而去，傷了彼此間的情分。

施耐庵大半輩子都以寫書為生，哪裡猜得到這麼多彎彎繞？聽沈富留得熱情，便嘆了口氣道：「也好，清源畢竟有官職在身，我住他那裡，久了難免會惹人閒話，乾脆就繼續叨擾沈兄，反正已經欠你許多人情了，不在乎再多欠一些！」

「欠什麼欠，沈某求之不得！走，先喝碗酒去。我聽說這裡有一種特製的燒春，明澈得如白水一般，入口卻如刀子一樣火辣！」

沈富一把扯住施耐庵的胳膊，笑得就像一隻剛剛偷吃到雞的狐狸。

兄弟倆也是老交情了，客氣的話沒必要說太多，互相攙扶著走進一家還在營業的小酒館，點了一壺唯獨淮安才產的白酒，叫了幾個菜，吃了頓便飯，然後約定好第二天碰頭的時間，便帶著幾分醉意各自散去。

待回到自己臨時居住的客棧，沈富卻換了另外一副形象，把自己的長子沈茂叫到身邊，關著門，把今天在大總管府內的事完整地講述了一遍。然後用不容置疑的語氣命令道：

「你明天一早就坐船離開，回去之後，立刻把手頭的事情都交給阿福，你再上船出海，先去舊港那邊跟你梁叔聯絡，讓他想辦法收集糧食和木棉，保證下一波貨物的交割，你就留在舊港，一旦火炮到手，你四叔就會立刻帶著船隊去舊港跟你會合，然後你叫上舊港所有能叫上的人，跟著他一起去攻打渤泥（編按：始建於七世紀，今之汶萊帝國。），趁著三佛齊（編按：東南亞印度化古國之一，位於麻六甲海峽南端，地理位置優越。）和滿者伯夷兩國交戰不停的時候，把那個島給咱們沈家搶下來！」

「攻打渤泥？那個破島拿到有什麼用？除了尚未開化的土人和木頭之外，幾乎什麼都不產，還不如直接發兵椰城。」沈茂聽得大吃一驚，瞪圓了眼睛追問。

從十幾歲起，他就跟著父親沈富一道做生意，傳承家學，最近兩年，沈富準備交班，更是將其隨時帶在身側，每天手把手教導。因此沈茂的本領早已青出於藍，一聽到渤泥兩個字，就知道這筆買賣根本沒任何賺頭。

南洋諸島盛產香料、錫礦、彩色珊瑚和各類寶石，沈家的船隊中，每年往回運的，也大多集中在這幾項；而那些雨林中的參天大樹，因為砍伐起來頗費人工，運輸時又過於占地方，根本沒人問津。

此番沈富冒著九死一生的風險購買了大炮，不直接與梁、陳、施等幾大海寇一起攻打椰城，逼滿者伯夷交款贖罪，卻跑去佔領什麼鳥不拉屎的渤泥島，顯然是弄錯了輕重，買櫝還珠！

「你懂什麼，照為父所說去做就是了！」沈富狠狠瞪了兒子一眼，聲色俱厲。

後繼乏人，是他眼下最大的心病，無論是四弟仲華，還是兩個兒子阿茂、阿福，都不是目光長遠的人，特別是長子，非但目光短淺，而且膽子奇大，火炮還沒到手，就已經打起了別國第一大城的主意。

只可惜，他只看到了打著三佛齊水師的旗號，兵臨椰子城下，能勒索到巨額的金銀，卻沒看到**如果沒有一片自己的地盤，沈家將來的出路在哪裡？普天之下，莫非王土；率土之濱，莫非王臣**，對做臣民的來說，富可敵國真是件值得欣喜的事情麼？

肯定不是！這些年來，沈富跟官府、跟義軍、跟各種所謂的英雄豪傑打交道，對人性的貪婪早已不報任何希望。

天下沒有不貪的官，也沒有胃口小的皇帝，既然隨便弄出條政令來，就可以將別人的如山財富據為己有，他們怎麼可能忍住不下手？況且，即便他們自己能忍得住，手底下那些人呢？他們的子孫和繼任者呢？誰敢保證這些人也不拿刀子付帳？

即便是守規矩者如朱重九，在沈富看來，與沈家的合作也只是一時，待他真的能化鯉成龍，現在的很多做法未必會堅持下去。

所以要想保住沈家的財富，讓沈家子子孫孫不被官府窺探，辦法只有一個，**由沈家自己來做官府，化家為國！**建立一個屬於沈家，屬於全天下所有商人的國度，凡事都由商人來決定，一切都按照商家的規矩來。那樣的話，眼下的所有擔憂立刻就不復存在了，哪怕這個國度建立在一個鳥不拉屎的荒島上，也好過蘇杭兩地的紅塵萬丈！

什麼普天之下莫非王土，率土之濱莫非王臣！狗屁，老子家在海外的大島上，四面環水，不占你朝廷一寸土，誰能說老子就必須是王臣?!

這是沈富活了半輩子才看清的方向，只要能拿下渤泥島，佔據上十年二十年，到最後中原無論誰做了皇帝，沈家最多都只是藩屬，而不是臣奴，到那時再賺了錢，**才完全是自己的，才不用擔心權力的窺探**！

為此，他願意付出任何代價，包括自己的項上人頭！

這，才是他此番一定要親自來揚州的原因；這，才是他剛獲取了朱重九的好感，便迫不及待提出購買火炮的要求之動力所在。其他，不過是附屬品或者障眼法爾！無論外在表現得如何奴顏婢膝，都影響不了他沈富內心豪情萬丈。

但是，當看到自家長子沈茂滿臉委屈的模樣，沈富就覺得被兜頭潑了一大瓢冷水。

自家弟弟和幾個孩子雖然都是做生意的好手，但畢竟沒經歷過沈家事業草創的艱難階段，一切得來都太順利了，根本不知道沈家從一個小鋪面走到現在，曾經多少次被人逼得差一點就人財兩空，整個家族多少次差一點幾掉進萬丈深淵！總覺得只要有了錢，就能操縱一切。卻不知道**如果有錢卻沒有相應的實力，與三歲孩子抱著金磚走在街道上根本沒任何差別**。

想到這兒，他忍不住幽幽嘆了口氣，對兒子沈茂語重心長地說道：

「亂世已經來了，咱沈家總得找一個可以避禍的地方，否則賺再多的錢，到最後豈不還是歸了別人。況且那渤泥島也不是一點好東西都沒有，眼下方谷子大造海船給朝廷運糧，兩浙的大樹馬上就要被他給砍光了。渤泥島上樹林望不到邊，當地的土人性子又溫和，給他們幾把鋸子讓他們去伐樹，風乾了後運回來，又是一筆好買賣。並且土人們有了正經營生，跟咱們間也好相處一些，不用動不動就打打殺殺！」

「那些黑皮猴子？」沈茂臉上露出幾分不屑。

渤泥島上的土著，最擅長的就是爬樹採果子和下海抓魚，其他事一概幹不來，並且因為食物唾手可得的緣故，一個個性子懶得要命，只要抓夠一頓吃的魚，絕不多抓下頓吃的來，哪怕魚肚子裡藏著金子，也很難驅使他們多動一動。

「你別看他們懶惰！」沈富繼續開導，「他們懶，是因為他們除了食物之外，沒見過其他任何值得擁有的東西，而那座島上，又從來不缺食物。如果你能讓他們認識到穿鞋子和衣服的好處，他們就會拿一切東西跟你換鞋子和衣服；如果你能讓他們知道住房子的好處，他們就會拿老婆孩子跟你交換房子。你讓他們知道加了鹽巴和調料的魚比白水煮出來的魚香，下次為了換鹽巴的調料，他們就可以替你賣命！把他們用得好了，就是我沈家的一大助力。遠比把他們趕開，再花錢從中原招募人手強！」

「父親大人說得有道理，我儘量一試！」沈茂勉強點頭，內心裡卻覺得父親年紀越老，越不像早年做事乾脆俐落，居然還想著教導土人穿鞋穿衣，跟他們等價交換。

放眼整個南洋，誰會做如此費力不討好的事？無論滿者伯夷還是三佛齊，對土人都是能殺就殺，能趕就趕，絕不給任何好臉色。就連剛剛在岸上立足的大食人，都是將土著們一船一船地當作奴隸抓去販賣，幾曾將他們視為同類！

不過腹誹歸腹誹，表面上，他卻還是要給父親足夠的尊重。畢竟，整個沈家都是父親一個人扛起來的。將來家主的位置由誰繼承，也會由父親來指定。自己的叔叔沈貴雖然慈祥，弟弟沈旺雖然恭友，但能力畢竟比起自己差一些。將來沈家的舵，只有平安交到自己手裡，才會萬事無憂！

「方谷子這個人沒什麼大志，咱們沈家幫他銷贓可以，跟他做朋友也行，但想從他身上賺得更多，幾乎沒有任何可能。劉福通這個人呢，勇謀兼備，就是心胸太窄了些，沒有絲毫容人之量，麾下的將領又個個桀驁不馴。為父估計他能打下汴梁已經是極限了。如果地盤再擴張的話，恐怕就要變生肘腋。」

有心給兒子開拓一下眼界，沈富繼續循循善誘，「而朱屠戶呢，為父至今還看不明白他，也不知道他將來能走多遠，所以親自在此地坐鎮，以便隨時調整策略。至於蒙古朝廷那邊，完蛋是早晚的事情，故而咱們沈家必須儘快從北邊抽身，寧可不賺那份錢，也少吃一些掛落……」

既然決定留在揚州以身為質，沈萬三少不得要跟兒子多叮囑一些。父子倆秉燭而談，一直聊到天色發亮，才打著哈欠各自睡下。

這個晚上，同樣徹夜未眠的，還有朱重九和羅本、黃老歪、徐達、于常林等淮揚系的一眾核心。

沈富承諾的那幾十萬石糧食，給大夥面前突然推開了一扇窗，讓他們驚喜地看到，在短時間內，糧食危機有了解決的希望。

雖然光倚靠大膽的商人從南洋海運糧食來，終不是長久之計，但緩過這口氣後，淮揚商號就可以自己組建船隊，從海門港直接南下占城，而一旦王克柔和張士誠二人在江南站穩腳跟，也可以源源不斷地將糧食送過來！

這就讓淮揚各地的今後發展有了保障，也讓朱重九先前給大夥勾畫的種種藍圖不再是沙灘上的樓閣。否則，即便淮安軍再驍勇，大總管府依靠出賣火炮和玻璃等物換回來的財富再多，一旦糧食供給長期短缺下去，整個淮揚地區也將萬劫不復。畢竟，金銀和火炮不能當飯吃，再勇敢的將士也不可能餓著肚皮去跟敵人打仗。

能在淮揚大總管府內坐上一局之首的，誰都不是傻子，這本帳算得非常清楚，他們之所以紛紛站出來勸阻朱重九，是因為擔心他蓋空中樓閣，如今，糧食這塊地基終於有了著落，先前的所有反對理由自然就不攻自破。

「老夫看來是真的老了！你們說這些，老夫不懂，也從沒經歷過，老夫儘量不扯你們這些晚輩後腿便是！」逯魯曾推了下鼻梁上的玳瑁老花眼鏡嘆道。自從孫女婿把此物給了自己之後，老進士眼前世界一下明亮了數倍，原本看不清楚的東西，現在都毫末畢現。

淮揚大總管府下面的八局一院，祿家已經掌握最重要的吏，和最有長遠影響力的學，占了九分之二；大總管的後宮，到目前為止也只有自家孫女一個。**如此大的影響力，自己還有什麼不滿足的呢**?!孫女婿有些事情做得過了，就盡力勸他一勸。如果他的確有自己的理由和打算，祿家又何必唱反調彰顯自己的存在？那不是做皇親國戚的道理，也不是做臣子的道理。

「把正對著沙洲那段江灣都畫出來，像先前在淮安那樣，做一個獨立的工坊區倒也合適！」比起逯魯曾來，蘇明哲更是對朱重九亦步亦趨。

他學問一般，能力也有限，能始終佔據大總管府長史位置，並且始終緊握正淮揚地區的錢袋子，完全靠的是資歷和忠心。所以非但自己從不給朱重九添麻煩，發現有誰敢添麻煩，還會毫不猶豫地撲上去，咬得對方遍體鱗傷，「以前在淮安時，臣等就有畫片兒辦作坊的經驗。如今照搬過來，不過是放大了一些，容納了工坊更多了一些而已。無論是資金，還是人手，都不成問題。」

「如果在江灣那邊修一座新城的話，將來萬一有事，江灣與揚州就可以互為犄角！」參軍陳基的話一向不多，但每次都頗有見地，總是能讓人眼前一亮。

徐達接過他的話頭，道：「如果能組織災民，挖一條水道，將運河與江灣勾連起來就更好了，工坊裡所有出產，都可以直接從水路運回揚州入庫，萬一江灣那邊傳來警訊，揚州城內立刻就能從水路調兵過去！」

「挖水道和修新城的事，就包在在下身上！」羅本看了眼蘇明哲，「只要蘇主事能保證錢糧充足，揚州城內的閒人有的是！」

「只要大總管一聲令下，工部、工局上下，將全力以赴，如果屆時扯了大夥後腿，就唯小人是問！」已經改名叫做黃正的黃老歪，結結巴巴地表態。

從一屆工頭躍居一局主事，他比任何人都心懷忐忑，總覺得萬一因為自己哪裡做得不夠好，而耽誤了大總管的事，自己就是淮安軍的千古罪人，就是死上一百次也其罪難贖。

非但是他，眼下整個工局內的所有官吏，以及各家工坊內的所有管事、工頭，心裡的想法都差不多。

在幾個月，最遠不過一年半之前，大夥還都不過是個下賤的匠戶，甭說衣食無缺，連最基本的人身自由都從沒得到過，上面隨便一句話，就能讓自己連人帶家眷都得背井離鄉，像貨物一樣轉來轉去。

而在朱總管這裡，大夥兒卻得到了豐厚的報酬，以及做夢都想不到的自由，還有別人發自內心的尊敬。敢問，他們還有什麼道理不全心全意為淮揚大總管府，為淮安軍傾盡全力？

要知道，眼下官辦作坊裡的學徒，每月的工錢已經漲到了兩吊，只要挺過那看似嚴厲的試用期，這碗飯差不多就能吃一輩子，說媒的人就能踏破門檻。

「下官已經給縣、府兩級學堂找好了教諭，只待校舍乾燥就能正式開課！」

雖然貴為朱重九的岳父，祿鯤在眾人面前卻守足了規矩，從不擺什麼外戚的架子。

「此外，高郵、泰州和興合等地的縣府兩級學堂，也安排得力人手去恢復了。還有，滁州毛總管那邊也寫信來，請大總管府派人去恢復教化。下官今天傍晚剛收到信，還沒來得及向大總管請示！」

毛貴拿到了小半個揚州路的膏腴之地後，內心裡一直很過意不去，所以千方百計地試圖拉近與淮揚大總管府的距離，非但政令方面總是照搬照抄揚州，現在，居然連後備人才的培養權力都讓了出來。

既然毛貴做到了這個份上，朱重九再推三阻四就顯得矯情了，因此想都不想，將大手一擺道：「直接答應他，沒問題。但是給學生的錢糧和衣服，他自己出！等這屆科舉結束，您就可以著手幫他做起來！」

「下官遵命！」逯梁拱了下手，大聲答應道。

有道是，端誰的碗，念誰的情，滁州那邊學子的補貼錢糧由毛貴出了，人情自然就是毛貴自己的，淮揚這邊只是幫著搭了個架子而已，並沒趁機撈取任何好處。

「除了仿照大宋舊制，開設縣、府兩級學堂之外，蒙元那邊曾經開過的社學，也儘快在城裡辦起來！」朱重九從來沒想過讓任何人輕鬆，繼續說道：

「就叫做小學，不發米糧和衣服，每天中午，學校免費提供一頓飯。開設語文、數學兩科，前者負責開蒙，後者負責讓孩子們能學會數數和算帳。這樣，待小學結了業，就可以進入縣學就讀。縣學結了業，便可以參加科舉，擇優者進入各地官府，落選者繼續去府學回爐。如果讀書讀得煩了，淮揚商號裡，他們也可以找到合適位置！」

「這……」步子跨得一下有點大，祿鯤琢磨了好一會兒才跟上他的思路，遲疑地道：「大總管的意思是，任何人的孩子，只要想讀，就可以去讀……讀那個小學開蒙？」

「是！」朱重九點點頭，「需要錢糧的話，儘管去蘇先生那邊拿，三個月內，戶局必須保證，每個縣城裡都有一個小學給辦起來。一開始願意送孩子去讀書的人也許不多，但一旦有人嘗到了甜頭，學生慢慢就會多起來的。

「此外，揚州和淮安兩地，不妨把小學辦得大一些，學校建成之後，各級官吏的孩子，包括工坊所有正式工匠的孩子，只要年齡沒超過十四歲，並且沒讀過私塾的，都必須給我去小學讀書。誰要是敢讓孩子繼續在家裡野著，或者去當小工賺錢，不用上報，各級主事給老子直接開革了他！」

「多謝都督恩典！」沒等祿鯤回話，蘇明哲和黃老歪兩人已經雙雙跪了下去，大禮參拜。

他們都是從社會最底層爬上來的，知道自家的苦，以往編外小吏和工匠的孩子讀書，即便送足了束修，那些私塾先生也會冷眼相看，無他，當爹的地位低，當孩子的也被人看輕而已。如今，大都督開辦小學，點明了官吏和工匠的子弟必須入學，這裡邊所包含的教化提攜之恩，當爹的就是粉身碎骨也報答不完。

「起來，起來，不早就說過麼，咱們淮安軍不興跪拜之禮！」朱重九被二人的動作嚇了一跳，趕緊伸雙手去攙扶。

「這是早就該做的事，只是以前四面受敵，沒功夫也沒那份財力考慮這些罷了。如今好不容易緩過一口氣了，總不能讓大夥的孩子繼續做睜眼瞎！」

「都督，嗚，嗚嗚！」蘇明哲還好，激動了一會，心情就平靜下去。

黃老歪卻拉著朱重九的手，眼淚成串地往下掉。士之子恆士，商之子恆商，工匠之子這輩子也只能做工匠，此乃流傳了幾百年的規矩，誰都早已認了命，沒想到，自己的孫子輩居然還有學識字學算帳，還從科舉考官做的那一天！

「本都督不光會讓他們讀小學！」見了黃老歪泣不成聲的模樣，朱重九心裡也很感慨，拍了拍他，繼續說道：

「還可以去考縣學。縣學結業之後，如果想繼續讀府學就繼續，如果不想讀了，欲子承父業，咱們到時候還可以專門設一個百工技校。眼下工坊裡的各種手段，他們都可以學去防身。到時候你可別像現在這樣，動不動就藏私，該教的本事，全都給我拿出來！」

「小人絕對不敢！」黃老歪立刻紅了臉，抹著眼淚，大聲承諾道：「小人以前是不懂事，自從被都督說過一次之後，就完全改了，不信，您可以下去查！」

「不必查了，我信你便是！」朱重九笑了笑，輕輕擺手。

黃老歪眼界窄，在工坊做主事的時候就老藏私，升任百工局主事之後，毛病也沒見如何好轉。但人都不是完人，他沒必要吹毛求疵，況且這時代，師父教徒弟時藏私乃是傳統，一時半會兒根本改不過來！

只有像後世那樣，讓技校遍地開花，也許才能徹底扭轉這些陋習。而無論是技校、縣學，還是正在籌備中的講武堂，都是淮揚大總管府未來的根基。

雖然以目前的辦學能力，這些學校頂了天能達到後世初中水準而已，但等有了一千初中生，他就能將淮揚各地的基層官吏以及淮安軍中的中低級將佐徹底替換一遍。屆時，整個淮揚地區的支撐體系都將牢牢打上新時代的印記。那些舊時代士紳培養出來的讀書人，要麼徹底融入，要麼被淘汰出局，沒第三條道路可選！

「都督，末將以為，學校可以馬上就建，不必等到孩子們小學結業！」胡大海向前跨了一步，提議道：「百工技校可以就設在工坊附近，如果有工匠願意讀書的話，不上班的時候就能過去讀；至於講武堂，還是像都督先前說的那樣，分批從隊伍中抽入過去培訓，每次兩三個月，用不了一年，就能讓將佐們輪換個遍！」

「去年科考落榜，進入府學讀書的那些人，老夫建議都督啟用一批，雖然才華肯定不如陳參軍和羅參軍，但畢竟他們算自己人，心齊！」逯魯曾推了推眼鏡，補充了一句。

在座其他重臣聽了，也點點頭紛紛附和，「嗯，是應該早一些。眼下各局都缺人手，地方上，更是要一個人幹好幾人的活，那些士紳眼下雖然服了軟，卻有不少心裡頭還想著變天。」

「那些留用的官吏裡頭，也有不少渾身都是毛病的，稍微盯得鬆了些，就敢上下其手，並且一個個牢騷滿腹，彷彿誰欠了他們幾萬貫一般！」

「都是以前勾結蒙古人，作威作福慣了的，如今讓他們和商販們一樣繳稅，他們當然不高興！」

「即便是入股淮揚商號的，也有不少人得了便宜還賣乖，這人心啊，就不知道個足！」

「也別光說人家，咱們自己的弟兄也有許多忘了本的，收人家紅包，做人家女婿，好像自己立刻就高貴起來一般！」

「當時就該聽朱重八的，將他們一口氣殺乾淨！」

最後一句話，議事廳裡登時冷了場，所有人將目光重新看向朱重九，屋子裡靜得連針落在地上的聲音都能清晰地聽見。

「殺人的話，以後休要再提。」朱重九深吸了口氣，目光掃過全場，「不教而誅視為虐，只要他們沒有做到明面上，為了今後能順利從淮揚走出去，咱們就不能殺得太狠！至於徵淮安府學的學子為官，由吏局和其他個部門商量著辦就行，拿出一個具體章程來，儘量最大程度上保證公平。此外，既然諸位支持現在就辦技校，那就儘快動起來，以後各家工坊的管事也儘量從技校裡選拔！」

「是！」眾人齊聲回應。這大都督，什麼都好，就是心腸實在太軟了些。

「科舉也儘快開辦，不光是淮揚各地，咱們現在地盤大了，聲望也高了，應該有更多的人來參加！」朱重九想了想，吩咐道：「屆時吏局把一下關，即便落了榜，只要肯留在淮揚做事，並且本領不太差的，都儘量錄用，就算同秀才功名吧。不能直接為官，先做上兩三年小吏再酌情提拔！」

「是，都督英明！」眾人再度齊聲答應。

拱手開科舉，降低標準，向全國選拔人才，也算個不是辦法的辦法，至少好過讓地方士紳和留用官吏大肆混進來，繼續胡作非為。

「你們如果有什麼朋友或者親戚，也可以向吏局推薦，咱們一切草創，規矩沒那麼多，舉賢也可以不避親。」朱重九又說出了第三個辦法。

的確，他不擅長權謀，也不擅長揣摩人心，但是，就像他這種不擅長權謀和揣摩人心的，最近也能清楚地感覺到底下的暗流湧動，一方面是由於地盤擴大後，自己的老班底和新加盟的士紳官吏之間正在碰撞磨合；另一方面，則是由於舊有的士紳官吏對淮揚大總管府始終沒有放棄敵意。

雖然前段時間，大總管府通過血腥鎮壓和金錢收買雙管齊下，讓地方上的士紳豪強不敢再明目張膽地跟新官府對著幹，然而，拆臺的辦法有的是，不明著來可以暗著來，可以一邊假意合作，一邊造謠中傷；一邊從淮揚大總管府或者淮揚商號撈著好處，一邊暗中向蒙元那邊眉來眼去，暗送款曲。如是種種，花樣多的數都數不過來。

有時候，朱重九真的想像朱重八說的那樣，不管青紅皂白一路殺過去，將淮安、揚州和高郵三地的豪強士紳殺個乾淨，在一張白紙上重新勾畫藍圖。然而，這個時代不到百分之五的識字率，又讓他下不去那個狠手。

那些表面屈服，暗中想方設法跟大總管府做對的士紳的確討厭，的確讓人恨得牙根癢，但他們卻讀書識字，掌握著整個華夏的文化傳承。如果把他們都殺掉了，雖然一時痛快，文化的傳承卻有可能就此斷錬，日後想補救都追悔莫及。

然而雙方之間的矛盾卻又是那樣的不可調和，淮安軍想要立足，想要發展，想要擊敗各方來犯敵人，進而向外擴張，有些路就不能不走。丈量田畝，如實造冊，將昔日蒙元貴族搶佔的土地和官吏豪強們暗中霸佔的土地清理出來，重新分配給普通老百姓，這是第一件要做的事情，否則淮揚地區的糧食就永遠要依賴外部輸入，永遠無法從根源上得到解決。

第二件必須做的，就是官紳一體化納糧，攤丁入畝。取消對少數人的優待，取消過去那種劫貧濟富的苛政。

第三，朱重九始終堅持不肯放棄的，就是一稅制。所有貨物只要進行發售，就按貨物價值的十分之一抽稅。一次交過之後，整個淮揚地區暢通無阻，誰都沒資格收第二次。水卡、橋卡、城門卡，各種苛捐雜稅統統取消，誰也甭想著將商販們的血汗錢再塞入自己的腰包。

這三刀，幾乎刀刀都砍在地方士紳和官吏的骨頭上，讓後者不甘心束手就戮。幾千年來，他們都是多吃多占慣了的，以前大唐朝廷也好，大宋朝廷也好，蒙古人也罷，想要地方安穩，就不會觸動他們的利益；如今淮安軍要讓他們將吃到嘴裡的東西吐出來，他們豈能善罷甘休？

即便明著沒有勇氣反抗，也要暗著想辦法能拖就拖，能賴就賴，賄賂小吏、拉攏官員，把庶出的女兒送上門跟淮安軍將領攀親戚，只要有效，無所不用其極。

偏偏淮安軍和淮揚大總管府裡頭也有人不爭氣。士紳們一拉攏賄賂，就立刻倒了過去，並且還覺得自己從此就改換了身分，徹底成了上等人，再也不是過去那種泥腿子和反賊！

如是兩、三個月下來，很多問題都到了讓人忍無可忍的地步。所以，像胡大海這般最有大局觀的人不禁猶豫起來，希望儘快用學堂來培養真正屬於淮揚系的讀書人。

連逯魯曾這種老官僚都不再對當地士紳抱太大希望，極力主張用府學內毫無治政經驗的學生去替換他們。所以，像劉子雲這樣的鐵血武夫，便再次舊事重提，希望直接拔出刀來一勞永逸。

然而，朱重九卻無論如何不敢這麼做。**刀子拔出來容易，想收回去可就難了**，當初這個提議是出自朱重八之口，對這個時空的歷史人物，他記憶裡最深刻的就是這位乞丐皇帝了。

驅逐蒙元，重塑華夏，廢除種種苛政，並且開創了歷史上空前絕後的一個先河，鼓勵百姓越級上訪，直接進京告官員的御狀，沿途驛站非但不能截留，還必須給上訪者提供乾糧住宿。然而，這樣的一個平民皇帝，晚年時殺起當初的同伴來，卻絲毫沒有手軟，藍玉、胡惟庸等人先後死在了他的刀下，抄家滅族。常遇春死得早，總算得了個善終；徐達卻因為背上長瘡，被他賜了個絕對不能吃的蒸鵝，嚇得自己服了毒……

想到今後自己有可能殺得收不住手，將胡大海、徐達和蘇先生等人一個接一個抄家滅族，朱八十一就不寒而慄。

他是朱重九，不是朱重八！朱重八做錯的那些事，他絕對不能再做一次。否則，光是為了驅逐韃虜的話，有朱重八一個就夠了，他又何苦穿越一次？何苦今後註定要跟朱重八爭上一爭？直接把權力交給對方，泛舟海外不就行了麼？何苦為了一段重複的歷史，流那麼多無辜者的血？

如果想此刻的朱重九來選擇，**是破壞一個舊世界難，還是建設一個新世界難，他肯定毫不猶豫地選擇後者**。

眼下他肯豁出去的話，借著蒙元朝廷還沒有緩過氣來，和南方各地的官府尚未清楚火器的缺陷在何處的機會，完全可以帶領麾下兵馬殺過長江去，橫掃吳越膏腴之地。

然而，如果打下一大片土地來，卻建立不起屬於自己的政權的話，他所面臨的結果恐怕也跟布王三、彭和尚這些人一樣，打一塊丟一塊，最後連個落腳之地都找不到。

建立自己的政權需要人才，而這些人才，眼下幾乎全部掌握在官僚和地方士紳手中，不接納他們進來，承認他們的舊有特權，新政權就很難站穩腳跟；而承認了他們的特權，接納他們進入隊伍，接下來，他們就會千方百計擴大自身的影響力，進而讓新政權變得和已經被推翻的舊政權沒任何兩樣。

這已經不是下意識的行為，而**是士大夫們刻在骨子裡的本能**。他們理應與皇家共用天下，共治天下，而那些造反者，要麼把自己變成他們的同夥，要麼被他們架空之後無情拋棄，不准許有其他第三條出路可選，否則，他們其中很大一部分人就寧可與外族勾結，將整個華夏都出賣給外來入侵者，也不會讓自己的利益受絲毫損失。

寧與友邦，不與家奴，在另外一個時空的歷史上，可不是慈禧太后自己的發明。當李自成將崇禎皇帝逼死在煤山之後，那些打開大門給清軍帶路，爭先恐後剃髮易服的，可都是平素滿嘴忠義的讀書人。

甚至在數百年後，他們還揮舞著生花妙筆，將自己勾結異族所犯下的那些罪惡，統統硬安在李自成、張獻忠等人頭上，也不管這些髒水潑得有多漏洞百出。

比如「軍紀敗壞」的李自成，居然在「縱兵大掠」的四十二天裡，找不到一條針對普通百姓的記錄。倒是那些飽受闖軍「迫害」的前朝遺老遺少，排著隊等著去找大順皇帝要官做，並且因為資格的高低，互相用拳腳「親切問候」，直到活活打死。

……

朱重九神經再粗，有了這些記憶之後，也不敢對治下的士紳和前朝官吏們掉以輕心，他可不想在幾百年後，別人說起淮安軍來，立刻把脫脫等人犯下的暴行都算到自己頭上；他更不想在自己死後屍骨未寒，就被後世的士大夫們掘墓鞭屍。

他不知道自己的道路在哪，但有了多出的幾百年記憶，他至少知道**哪些路根本行不通**！所以，他只能從一開始就防微杜漸，在儘量不動刀子的情況下，有限度地接納舊官吏和士大夫，同時立刻著手打造自己的文官班底。

而這個選擇，無疑符合淮揚總管府內部絕大多數人的利益，特別是當琢磨清楚第三條「舉賢不避親」裡所包含的意思之後，幾乎所有人臉上都露出了感激的笑容。

正所謂窮在鬧市無人問，富在深山有遠親，在淮揚大都督府坐到了他們這個位置，試問誰沒幾個親朋故舊找上門來尋求照顧？以前摸不清楚朱大總管的意思，又惹不起像看門狗一樣逮到誰咬誰的蘇先生，大夥即便有照顧自已人的意思，也不敢做得太露骨；現在好了，朱大總管親自給大夥開了口子，誰要是再不抓緊機會，就是自命清高了，大夥一起對他不客氣！

第二章

標準度量衡

「這不就是標準度量衡麼？」朱重九不禁脫口而出，
「咱們以後也不用分什麼天尺地尺了，
所有尺都由工程院來打造，長度比照天尺，
先做一架母尺，其他尺都對照著母尺來，
凡淮揚各地所用，皆以工程院頒發之尺為標準。」

「大總管鴻恩，屬下定粉身碎骨為報！」

「大總管放心，臣一定把家中最爭氣的孩子叫過來，替大總管牽馬墜蹬！」

「臣有個遠房表弟，仰慕大都督很久了，臣這就寫信讓他過來聽候使喚！」

……

當即，眾高層們紛紛表態，願意將身邊的人才貢獻出來，為朱總管效力，彷彿誰推薦得少了，就是不夠忠心一般。甚至互相間暗中攀比，唯恐自己吃了虧，讓別人占了便宜。

最後，還是逯魯曾行事老辣，發現事情要變味，趕緊咳嗽了幾聲，板著臉道：「凡事都得有個規矩，主公讓大夥薦賢，是相信各位的胸懷和眼光。但吏局這邊，老夫要把醜話說到前頭，每個人每年最多有五個名額，每個名額只限使用一次，人才來到揚州後，必須經過吏局統一把關，統一調派，誰要是濫竽充數的話，最後被刷了下去，名額作了廢，可別怪老夫不講情面！」

「如果所舉薦的賢才得了官位，卻不肯用心做事，或者勾結外敵的話，諸位可別指望一點瓜落都不吃！」蘇先生向來臉色黑，用包了金的拐杖朝著地上頓了頓，鐵面無私地說道。

「那是自然，戶部會定期考核他們，有了功績，推薦者也臉上有光；如果戶位素餐的話，就只能按照規矩罷免了。屆時，老夫也不會看在他是誰推薦來的份上就多留幾分情面！」

「若是真想替淮揚大總管府效力，卻在才能方面稍有欠缺的話，可以先入府學就讀；學局這邊按月供應米糧和書本、衣服。」祿鯤怕父親犯了眾怒，趕忙轉圜道。

他們三人，兩個唱白臉，一個唱紅臉，倒也讓大夥說不出什麼話來，畢竟淮揚大總管府今後走得越遠，才越符合大夥的利益，正在奮發向上的時候，傻子才會拖自己人後腿！

「不光是來做官的，如果想找個地方潛下心來做學問，或者開書院，朱某也一定倒履相迎，別的不敢保證，給每個書院定期撥一筆金銀應該還是有的。咱們淮揚大總管府，如今最不缺的可能就是錢了！」朱重九唯恐大夥被逯魯曾和蘇明哲兩個打擊得失去了積極性，及時補救道。

議事廳裡立時爆出一陣會心的大笑。所有人都絕對不會否認，自家主公在弄錢方面，絕對堪稱天下第一。

且不說以供貨吃緊為名，越賣越貴的四斤炮，就是水泥、香皂等物品，如今也能讓大總管府日進斗金，再加上不斷往上漲的淮揚商號股票，整個大總管府被稱作金子打出來的也差不多。

所以拿出些錢襄助一些名人來揚州開書院，根本不會對大總管府的財政造成什麼負擔。相反，通過贊助這些遠道而來的名士騷客，還能給外界製造淮揚大總管府尊儒敬賢的印象，讓大總管府與其他紅巾勢力比較起來，愈發顯得獨一無二。

好名聲這東西，雖然表面上看來，在這個亂世當中起不到任何作用，但事實上，潛移默化的威力卻非常巨大。比如眼下的淮安軍，與任何敵人作戰，對手一旦見到大勢已去，都不會做困獸之鬥，無他，朱佛子不殺俘虜的名聲早已傳揚開了，凡是手裡有著三吊五吊餘錢的，只要放下武器就有機會自贖自身，何必非要一條道走到黑？

更何況，即便沒錢贖罪，只要不是像張明鑑那樣罪大惡極的話，還可以通過做苦工來抵帳呢。也就是三五個月的光景，熬忍一下就獲釋了，走時據說還能拿到一筆遣散費，何樂而不為？

此外，因為名聲好，底層百姓對淮安軍也非常擁戴。前段時間落網的奸細，還有陰謀暴露的士紳，有七成以上都是被老百姓偷偷揭發的。這讓大總管府在鞏固政權方面無疑省去了很多力氣。同時也讓各級官吏和將佐，對自己的未來越發充滿了信心。

有道是，**不怕見識短，就怕沒見識的機會**，當發現好名聲所帶來的巨大紅利之後，無論是黃老歪，蘇先生，還是後來科舉入幕的陳基，羅本等人，都開始本能地維護淮揚系的整體形象，所以對於資助書院這種給讀書人長臉面的事，他們是一百二十個贊成。

「家師當年有位好友……」羅本壯著膽子說：「是個當世大才，天文地理，曆法術數，幾乎無一不精，只是此人以前……」

「不用只是，只要他肯來，你儘管寫信去請便是！至於他以前做過些什麼，只要不傷天害理，都無所謂！」唯恐羅本有所顧慮，朱重九爽快地說。

因為傍晚剛見過施耐庵和沈富，他對羅本推薦的人充滿了期待，而後者也沒讓他失望，很快就收拾起心裡的忐忑，拱手道：

「他以前做過蒙元那邊的官，但是因為不肯跟別人同流合污，所以一直都鬱鬱不得志。最近臣聽恩師說，他剛從杭州逃出來，正找不到去處，如果能請到揚州來，無論進入大總管幕府也好，自己開書院也好，總比便宜了別人強！」

「做過蒙元那邊的官？」朱重九稍有猶豫，然而看到逯魯曾，就立刻下定了決心，「無妨，只要他肯來就行。你儘管給他去信。此人叫什麼名字？在士林當中聲望很高麼？」

「他叫劉基，字伯溫，是元統元年進士！」羅本想了想，回道。

「劉伯溫？你是說**曾經作了《燒餅歌》的劉基，劉伯溫？**」

儘管昨天已經被施耐庵和羅貫中師徒給震驚過，有了一定的免疫力，朱重九依舊差點沒把眼睛給瞪出來！

劉伯溫，居然是劉伯溫！《英烈傳》裡那個**手持羽扇，搖一搖就前後推算五百年運數的那個！妖魔鬼怪見了都得退避三舍，人世間更沒對手！**

自己做夢都想把這個人給翻出來，哪怕是三顧茅廬也在所不惜，沒想到人家早就做了蒙元朝廷的官，幾個月前才因為紅巾軍進攻杭州而失業！

對自己記憶中所掌握的歷史，朱重九現在早已不抱太大希望了。從文武雙全的胡大海、大字不識的徐達到懷才不遇的朱元璋，跟自己記憶裡那些形象基本上沒有一處能對得上號的。

更可氣的是羅本在自己眼皮下晃了快一整年了，若不是昨晚見到施耐庵，自己怎麼也想不到他就是寫了《三國演義》的大神羅貫中！現在又冒出一個劉伯溫！不好好在家裡研究星相，推算真龍天子出於何處，卻跑到蒙元朝廷做官，還不受人待見……

正亂七八糟地想著，又聽胡大海說道：

「燒餅歌肯定不是劉伯溫做的，否則蒙元朝廷早砍了他的腦袋。不過，這人很有本事，人品也極為端正，當年在江西做官，秉公執法，不畏強權，被老百姓稱為劉青天。後來雖然因為得罪上司被免了官，卻闖出了偌大的名頭，凡是他住過的地方，士紳豪強都主動收斂，地痞流氓也不敢做得太過分。」

「此人師從鄭復初，文采斐然，見地也遠超常人！」逯魯曾想了想，評價道：「此人對朝廷一向忠心，當年曾經竭力反對朝廷招安方國珍。在任上時，殺起明教子弟來也毫不手軟。」

「居然還是個雙手沾滿了義軍鮮血的反動派！」聞聽此言，朱重九心裡忍不住打了個突。

「他當年殺明教子弟時，天下還沒出現大亂的跡象，此外，明教子弟也是良莠不齊，難免有些作奸犯科的落在他手裡，被殺了也是活該！」看出朱重九臉上的表情，羅本趕緊補充。

「哼！那幫神棍裡頭能找出幾個好人來！」胡大海撇了撇嘴，毫不客氣地批評道；「慫恿著別人去造反，自己遇上危險就立刻腳底下抹油，滿嘴扯的都是大義，碰上個實誠的，就往死了騙，不害得人傾家蕩產決不甘休。不信大夥去打聽打聽，也就是咱們淮揚。徐、宿這一帶，明教的人還收斂一些，不敢太造次，在汴梁那邊都快成一群螃蟹了，做得比蒙古人還要過分，劉福通卻不肯管上一管！」

「通甫！」耿再成使用了個眼色阻止。有道是打人別打臉，當著朱重九這彌勒教大智堂主的面，你說裡邊個個都是神棍，豈不是自己給自己挖坑跳麼?!

「我只是實話實說而已，咱們都督的堂主是鬧著玩的，跟他們那些神棍一樣！」胡大海翻了翻眼皮。

「嘿嘿嘿……」議事廳裡又爆出一陣哄堂大笑。

朱重九的大智堂主雖然已經被劉福通和徐壽輝兩邊都確認過了，但是淮安軍裡，卻沒幾個人真的拿堂主身分當回事。

首先，明教眼下在淮揚各地沒有任何特權，朱重九自己也從不跟他們發生瓜葛；其次，眼下無論在地盤上還是在實力上，淮安軍都絲毫不比劉福通和徐壽輝兩人差，放著好好的一方諸侯不做，誰有功夫去做什麼明教的堂主?!被頭上一大堆這使那使，這尊那尊給管著，那不是自己給自己找枷鎖戴麼?

「他以前做的事可以忽略不計！」見大夥都不因為劉伯溫的過往經歷而排斥此人，朱重九想了想，說道：「清源回去後就立刻寫信給他，如果需要準備禮物的話，也一併斟酌著辦。另外，如果令師有出仕的心思，你不妨替我向他發出邀請。以他的本領和聲望，可以先在揚州路做個學政。」

「謝大總管！」羅本高興地替老師致謝。

「學政」一詞，出自《周禮》，在淮揚體系內，負責掌管一地府學。雖然級別只有從六品，但整個淮揚地區，總共才設了淮安、高郵和揚州三個學政，實在是珍貴得很。並且以後整個揚州路的學子名義上都是學政的門生，對後代前途的影響力不可限量。

「不必客氣，令師的才華，我一向佩服！」朱重九擺擺手，「只是他從來沒出來做過事，未必習慣，所以暫時先委屈一下，等熟悉咱們這邊的情況，再另行安排合適位置！」

既然決定通過學校來為自己培養人才，朱重九就沒打算把各地教育部門交到當地士紳手裡，而見識廣博，又天天慫恿讀者殺官造反的施耐庵，無疑是個合適的人選，至少他不會教出一堆王八蛋來，明明父輩們飯都吃不飽，被蒙古人當作驢子看，還天天懷念大元朝的黃金時代。

「不委屈不委屈。家師早就跟微臣說過，想找個太平地方，教幾個弟子，頤養天年！」羅本代老師回道。

「劉基那邊，你也儘量去請，他肯來便來，不肯來也別勉強！無論如何，要保證送信人的安全！」朱重八將話頭帶回正題。

「微臣會請恩師給他寫封信，邀他先過來看看！以劉基的為人，即使不願意來，也不會對同門師兄翻臉的！」羅本點點頭應道。

「末將也舉薦一人，學問本領不在劉伯溫之下！」見羅本接連推薦了兩個人都得到朱重九的重視，胡大海有些眼熱，大聲說道。

「誰？」包括朱重九在內，所有人都將目光轉向他，異口同聲地問。

「宋濂，字景濂，別號玄真子的那位，學問好，名聲也極大，朝廷多次徵召他出仕，都被他以母病為由給推辭了。末將跟他家是遠親，最近聽聞他為了避兵禍，舉家遷入江寧城中，如果主公看中他的話，末將立刻想辦法將他給弄……不是，把他給請過來！」

胡大海一副與有榮焉的模樣，剛剛他就想推薦劉基和宋濂，不料反應慢了一拍，被別人給拔了頭籌，如今終於又追了上來，心中豈能不得意！說完，立刻拿眼睛偷看大夥如何反應，看自家都督會不會被驚得目瞪口呆。

果不其然，朱重九又愣住了，好半晌才喃喃說道：「通甫跟宋濂是遠親？他還有個別號叫潛溪先生，對不對？你竟然認識他，怎麼不早點把他給請來！」

對宋濂，他比對劉基還熟悉，印象最深的，是宋濂的一篇《諭中原檄》，簡直是天河洩地，氣勢萬鈞。「驅逐胡虜，恢復中華，立綱陳紀，救濟斯民」四句，在幾百年後的清末，還激勵著很多仁人志士前仆後繼。而「如蒙古、色目，雖非華夏族類，然同生天地之間，有能知禮義，願為臣民者，與中夏之人撫養無異。」之語，更是開創了民族平等的先河。

沒想到自家都督對宋濂如此熟悉，胡大海口齒變得有些結巴，「他……他那個人清高得很，也聰明得很，原來咱們只佔據了淮安一地，他未必豁出去一家老小的性命，陪著咱們冒險，但現在，整個江南都快被攪成粥了，他躲到江寧城裡恐怕也難獨善其身，所以，還不如過來跟著大夥一起博上一搏！」

「哈哈哈哈……」在場眾人又一次被胡大海的大實話逗得哄堂大笑。

此一時，彼一時，剛打下淮安那會兒，有幾個人會看好淮安軍的前程？會想到淮安大都督府能有今天？而現在，大夥要地盤有地盤，要兵馬有兵馬，還握有大義在手，又何愁沒有謀士豪傑蜂湧來投？

施耐庵、劉基和宋濂只是第一波，今後，慕名而來的人才還會更多，直到把朱大總管推到青雲之上，遨遊九霄。

有羅本和胡大海兩個開了頭，接下來，議事廳的氣氛愈發活躍，眾淮揚系的核心人物們紛紛開口，將自己熟悉的、曾經托了關係想朝大總管幕府靠攏的，以及自己打算大力提拔的人才，都一股腦給推了出來，唯恐落在後邊，讓別人擠了原本自己看好的位置。

這種時候，朱重九也顧不上什麼公平不公平，只要在大夥的推薦名額之內，不管他有沒有名氣，就先接下來，然後交給逯魯曾所掌管的戶部去酌情考慮。偶爾遇到零星一兩個原本就名聲在外的，如章溢、宋克等，則立刻虛位以待。

「這是赤裸裸的分贓，比徐壽輝等人強不到哪兒去，五十步笑百步而已！」一邊笑呵呵地答應著眾人的請求，朱重九一邊在心裡嘀咕著。

然而，這種「坐地分贓」的感覺卻非常好，至少說明了在眾文武眼裡，淮揚大總管府前途越來越有奔頭，所以，他們才迫不及待地將各自看好的人送來，以便日後能得到更多的利益。

反正眼下淮揚大總管治下兩路一府，空出來的職位甚多，來了的人不愁沒有地方安排；而被推薦的人才雖然也是良莠不齊，至少在短時間內，他們的利益是與大總管府捆綁在一起的，不會像某些地方士紳一樣，一邊吃飯一邊偷偷地砸鍋。

此外，在朱重九的記憶裡，後世那些跨國大公司在招募人才的時候，也喜歡優先照顧內部員工推薦來的「關係戶」，一則可以更深的加強公司的凝聚力，讓員工們覺得自己在公司中有分量；二來，很多統計數字也證明，透過熟人介紹來的職員，遠比公開招聘來的職員更努力，對企業的忠誠度也更高。因為他們的一舉一動涉及到的不僅僅是自身，還會影響到推薦人的聲譽。

眼下能進入大總管府決策核心者，自然不是平庸之輩，即便如黃老歪、蘇先生這些最初資質相對差一些的，經過最近這一年半時間的高強度磨礪，也都被磨得七竅玲瓏，略加思量，就明白今夜是絕無僅有的一次擴張自身勢力的機會，因此眾人推薦的才俊，絕大多數都是貨真價實。偶爾一兩個帶點水分的，也屬於嫡親中的嫡親，至少在忠誠度方面不會出問題。

「吏局在考核官吏方面，從現在起需要抓得緊一些，既然有人做官做得不開心，就早日放他們去。有道是強扭的瓜不甜，他們想隱居，就隱居好了，何必弄得雙方都不痛快！」夾袋裡一下子多出了七八十號人，朱重九的膽氣立刻壯了不少，揮了下胳膊說道。

「那是自然！」逯魯曾這個吏局主事，最近被某些地方士紳們給折騰得忍無可忍，點點頭道：「只怕真讓他們走，他們又捨不得了，畢竟每個職位都對應著一大筆股本票子，只要堅持到了年底就能分紅。」

「呵呵，恐怕非但哭著喊著不肯走，有些傢伙還會掉過頭來，說大都督沒容人雅量！」蘇先生也撇著嘴，對那些投機的地方士紳充滿了不屑。

想幹就幹，不幹就不幹，**端誰的碗就替誰賣命**，這是他蘇先生的做人原則。一邊拿著大總管府的好處，一邊天天念叨自己多迫不得已，盼著大元朝的王師快來解民倒懸，那不是有病是什麼?!不願意幹就滾，滾過黃河去投大元，空出來的位置，剛好讓別人頂上。

「也有人只是想引起大總管的關注罷了！就像大元那邊的某些言官，有事沒事也要鬧騰一般，否則就沒法顯示自己的本事！」胡大海替官吏們辯解。

話音落下，看了看逯魯曾的臉色，趕緊解釋道：「夫子，我不是說您！您當年可是做過不少實事的，和他們不一樣！」

「哼！」逯魯曾白了他一眼，不與這武夫一般計較。

「呵呵……」其他人被逗得啞然失笑，都覺得胡大海爽直的可愛。

朱重九聽了胡大海的話，也覺得很有道理，交代道：

「那就請吏局好好把一下關就是，若是真心替大夥考慮，或者僅僅是喜歡發牢騷，哪怕話說得難聽些我也不在乎；可要是沒啥本事，只想端起碗吃飯，放下碗就罵娘，就放他歸去吧！反正在他們眼裡，我怎麼著都是個殺豬的粗胚，不值得他們放下身段輔佐！」

「如果他們也能寫出一闋《沁園春》來，再說此話不遲！」蘇先生接過話頭。

「可不是麼，如果大總管是粗胚，天下還有幾人不是白丁?!」

「還有那火炮和火銃，練兵之法，誰要是能弄出一項來，黃某這就跪下給他磕頭！」

「就是，有本事他們也弄出個股本票子，點石成金！」

…………

眾文武立刻齊齊搖頭，附和道。

「別管時下的人瞎嚷嚷，咱們儘管低頭做事，**千秋功過，自有後人評說**！」

朱重九被大夥捧得頭腦發熱，一張嘴就又來了一句另個時空的名言，「要是將來咱們敗了，非但我是個吃人不吐骨頭的粗鄙屠戶，連帶著爾等，要麼是目光短淺之輩，要麼是貪婪好色的無恥之徒，誰都留不下什麼好名聲；可要是咱們日後成了大事，眼下種種特立獨行就成了遠見卓識，放的屁也變成香飄滿園了！」

「哈哈哈哈哈哈！」眾人再度捧腹，邊笑邊擦著各自的眼角。

在拿下揚州之前，大夥誰曾敢想過身後之名？能走一步看一步，戰戰兢兢地將眼前日子過好，不成為朝廷和其他友軍的刀下之鬼就不錯了，哪敢考慮其他？

如今，每個人心裡多了一份期盼，多了數分自信，覺得這**將來天下未必不姓朱，自己也未必不能進入閣揆！**

心裡的目標高了，做事的熱情自然也就高了起來，於是趁著眼前的熱鬧勁，眾人又紛紛開口，將最近正在做和需要做的事，逐個梳理了個遍。有些先前已經做得差不多的，自然又將標準主動拔高了數分；一些先前沒考慮到，或者沒來得及考慮的，就從現在開始提上了日程。

朱重九向來勇於納諫，只要大夥說得在理，就全數應承下來。眾人見他如此，熱情愈發高漲，軍政農商，凡是能想到的，都各抒己見，暢所欲言。

除了逯魯曾是老頭子之外，其他文武要麼年紀輕輕，要麼出身社會底層，誰都沒有當官的經驗，思路也不受傳統框架束縛，因此很多奇思妙想都相當具有開拓性。而朱重九腦子裡，充滿了來自另一個時空的參照座標，因此很容易就分辨出眾人的想法裡，那些能夠適用，哪些是開歷史的倒車，將其去蕪存菁。

說著說著，**一幅全新的藍圖緩緩出現在大夥眼前。**

「光是寫在紙上沒有用，做起來後才知道好壞，就像當初都督的練兵方略，寫出來就那麼幾招，但做過之後，才知道到底精妙在哪裡，哪裡還需要再調整！」蘇先生做出總結。

眾人聽了，齊齊稱是，然後再群策群力，將綜合出來的藍圖細分職責，落實到相應部門。

最後，八局一院，幾乎每個重要部門都分到了一大堆任務。有遠期目標，有近期必須完成的，林林總總，足夠每個人從年初忙到年底。

「**一切從這裡開始！**」

望著眾人摩拳擦掌的模樣，朱重九有些志得意滿。從現在起，淮揚三地算是完全走上了一條與歷史不同的路。至於這條路最後通向什麼地方，他不知道！至少，它會比原來的歷史更好。

只因，**我曾經來過！**

眾人一直商量到天色大亮，才帶著滿腔的熱情各自回去休息。隨即，便按照商量好的方略熱火朝天地幹了起來。

所有部門中最為忙碌的，除了揚州、淮安和高郵三座大城市的府衙之外，無疑就屬黃老歪負責的工局。

按照大總管府對下設部門的最新職責劃分，焦玉所負責的工程院，也就是大匠院，只負責新武器和新產品的研發，而具體製造和相關工廠作坊的建設，則完全交給工局來負責。

舉凡參考唐宋以來的制度築城修路、屯田治水以及開礦紡織，都屬於工部的管轄範圍，把個黃老歪愁得腰都無法伸直了，每天彷彿扛著一座五行山，臉色蒼白，走起路來搖搖晃晃。

「不急，再多的事都得一點點來，做一樣就少一樣。等這屆科舉結束，我會給你再另行調派幫手！」朱重九看在眼裡，當然不能不管。帶著逯魯曾和焦玉來到工局，幫黃老歪排憂解難。

「是，都督！」黃老歪知道自己什麼水準，想讓朱重九另請高明，但拿性命才換來的職位，又實在捨不得交給別人，發了半天狠，才終於從牙縫裡擠出一句：「小人，卑職，臣下，當竭盡全力，寧可累死，也不給都督丟人！」

「我可不想讓你活活累死！」朱重九心疼地說道：「你現在是官員，不能什麼都自己幹，有些事情可以交給三個府衙，他們那邊有相應的工房，理當聽你的指揮。另外，還有些事你可以派手下人去做，只要你把標準先設定好，屆時做得達不到標準，就罰他重做就是，沒必要事必躬親。」

說起標準，他猛然想起一件事，拍了下腦袋，道：「工局現在造火器的尺統一了麼？為什麼打出來的火銃很難找到兩根粗細完全一樣的來？」

「已經儘量統一了！」黃老歪額頭上立刻滾滾冒汗，紅著臉回道：「只是眼下每個工匠在加工槍管的最後一步時，都是用手鑽和小錘，力氣不一樣，所以槍管粗細也就有了差別。還有，大匠院那邊想用天尺，而大夥都習慣了用官尺，所以有時候會出現差別！」

這就涉及到兩個部門間的協調，還有工坊內部的日常管理了，朱重九不得不親自裁決，「天尺是什麼？官尺呢？兩者有什麼差別？」

「天尺短，官尺長，大夥以前打刀子和種地的家什，通常說的全是官尺，很少有人用天尺，只是焦大匠最近不知道為什麼，非要把官尺都改成天尺不行！」黃老歪訴苦道。

「天尺是用來測日影的，遠比官尺準確！」焦玉雖然是個技術狂，卻不肯由著黃老歪告狀，立刻解釋道。

「測日影？」朱重九聽得滿頭霧水。

「是推算曆法和觀星相所用，從大宋朝起，天尺幾乎就沒變換過！」逯魯曾在旁邊聽了，替焦玉補充道：「郭守敬當年為了重修大明曆，在全國設了二十餘座觀象臺，每個圭表上所配發的天尺，都是比照同一根母尺打造，所刻的天尺長短也是一樣！」

「這不就是標準度量衡麼？」朱重九聽得心中狂喜，不禁脫口而出，「我還想著要怎麼弄呢，直接拿過來便是！焦大匠，老黃，咱們以後也不用分什麼天尺地尺了，所有尺都由工程院來打造，長度比照天尺，先用精鋼做一架母尺，其他的尺都對照著母尺來，凡淮揚各地所用，皆以工程院頒發之尺為標準。」

想推動工業化進程，度量衡標準化是必須完成的一步。以他目前的能力和水準，顯然無法採用另一個時空的國際標準單位。但根據已有的度量衡，選一個需要改變最小的作為標準，卻是輕而易舉。

難處只在推廣力度，以及民間對此的接受程度上，不過有了壟斷經營的官辦作坊和淮揚商號之後，這個難題也迎刃而解。

只要官辦作坊和淮揚商號所出的物品一律採用天尺，每半年校準一次，由工程院負責執行。出了偏差的尺收回，更換成新尺，其他小商販就不得不跟進，否則他們根本無法融入這個體系，從中分一杯羹。

有了標準尺之後，下面的寸、分、釐、毫，就可以再用十進位細分，只要把最基本的長度單位先定下來，就可以順利推算。當然，這種標準仍顯粗糙，但滿足目前的製造業需要已經足夠了。

統一了長度單位之後，接下來的自然是重量。這個標準選擇就要簡單得多，市面上可以找到許多唐初的開元通寶，每一枚為一錢，十枚為一兩，一百六十枚為一斤。

在第二天下午，就收集到了上幾萬枚開元通寶，拿到工程院去，以一百六十枚為一組，分成若干堆，然後把每堆銅錢的重量輪番測定，匯總起來再取其平均值，自然就得到了標準的一斤與當下流行的重量單位間的差別在哪裡。

「取三萬二千枚開元通寶分組，按剛才的方式反覆測算，然後每三百二十枚錢，也就是原來的二斤，為一大斤；每大斤分成一千份，每份為一克！

「多測量幾次，參考我剛才教給你們的天平測量法，十日之內，必須把標準的大斤百克、十克和克的標準砝碼給我弄出來。然後武器作坊就用大斤、百克、十克和克為標準；至於外邊，繼續沿用斤、兩，等以後咱們自己開始鑄錢了，再慢慢想辦法統一！」朱重九強勢地命令道。

「是！」焦玉、黃老歪等人回答的聲音裡帶著幾分狂喜。

這個時代，鑄錢的利潤非常高，他們曾經多次提議，請求大總管府自己鑄錢。利用水力碾子、水力鍛錘和模具，要比官府那邊的澆鑄法至少節省半成火耗，一旦揚州的鑄錢可以在市面上流通起來，裡面的貓膩可就多了，銅和鉛的比例隨便刪減一點，在外人根本看不出來的情況下，就可以將利潤再增加半成。

「別老想著發財，賺了的錢也先歸淮揚商號，不會落到你們兩個手裡！」朱重九一句話，就把兩人的發財夢徹底打了個粉碎。

「哦！」兩人互看了一眼，怏怏的答應。但是，心中卻不約而同的打定主意，將來若是有機會，一定要把水力鑄錢的事推動起來。

朱重八顧不上管二人心裡打什麼鬼主意，索性一鼓作氣，又逼著他們和僅有的幾個匠師，跟自己一道進行標準溫度單位劃分。

有了玻璃和水銀，利用沸水測定法，倒也勉強弄了出來。

所有標準單位中，最容易的，反倒是時間。這個時代的日晷已經將時間劃分得非常精細。每天分為十二個時辰，九十六刻，每個時辰相當於朱大鵬所在時空的兩小時，每刻則為十五分鐘，每半刻則為一字，差不多為七分半。

「不用字，用分鐘和息！」朱重九再度發揮強人本色，將「字」廢除，改為每刻劃為十五等分，再透過沙漏，水鐘等輔助物品，將一分鐘劃成十份，每份暫時命名為一息。

更精確就力不能及了，不過在眼下已經夠用，即便最需要掌控時間的築炮和鍛打板甲工作，也只需要精確到半分鐘，也就是五息就足夠了，再精細實乃畫蛇添足。

時間在忙碌中過得飛快，當朱重九確定完標準時間單位息，再度走出工程院的時候，已經是三月中旬。

在這半個多月裡，沈萬三的船隊已經送來第一批的十萬石糧食，並且以每門火炮一萬石糧食，也就是一萬貫的銅錢比例，拉走了十門六斤炮。

對著沙洲島的江灣楚，也早已變成了一個巨大的工地，每天有上萬人在此忙碌碌，為新的生活揮汗如雨。

而最早一批搬遷到江灣一帶的大水車，在長江水的推動下，也開始了強勁而有力的轉動，將一門又一門銅胎鋼芯炮拉出了簡單的膛線，然後裝在可隨時原地固定的雙輪炮車上，從工廠裡推了出來！

「嗖——」「嗖——」淒厲的尖嘯從半空掠過，隨即就是一連串重物和地面接觸的聲音。「砰！」「砰！」震得人心臟直打哆嗦。

三百步外的一片目標區，用樹枝紮成的敵軍方陣，被高速旋轉跳躍的彈丸硬生生蹚出了三道又寬又長的豁口，木屑滿地，枝葉亂飛。

「成了，成了！」沒等彈丸完全停下來，焦玉已經像發了瘋一般衝了過去。不一會兒，便抱著一顆表面被磨成黑色的彈丸，氣喘吁吁地走了回來。

「大都督，真的成了。四顆裡面出現了三顆跳彈，打進敵陣十五步，不，九十尺深，每顆跳起來的彈丸至少都砸碎了四個靶人，其他凡是被彈丸碰到的地方，都露出了白色的木屑！」

「有效射程三百，不，一千八百尺，跳彈形成率四分之三，都督威武，說膛線有用，就真有用。這銅胎鋼芯炮，重量比原來不過才多了五十大斤，效果可提高了不止一倍！」不讓焦玉一個人出風頭，黃老歪也跳起來道。

兩人都不是很習慣直接用標準尺來計算長度，所以說話時總是磕磕絆絆，但表達出來的意思卻非常清楚。在採用了銅胎鋼芯和膛線技術之後，可發射四斤彈丸的火炮，無論是威力還是射程，都得到了大幅的提升；特別是跳彈形成率至少達到了半數以上保證，而不像原來那樣，完全靠運氣。

「可能不止一倍！」身為炮兵總教習的黃老二，從敵陣中鑽了出來，走到朱重九身邊，先敬了個軍禮，然後專業地說道：

「原來炮彈也可以對三百步，也就是一千八百尺處的敵軍進行殺傷，但那麼遠的距離，即便形成跳彈，也只能砸中兩到三個目標，然後就徹底失去了力氣；而這次，基本上只要被彈丸掛上就無法倖免，最深處有個靶人被彈丸正面砸中，三寸厚的木盾裂成了六塊！」

「那把火炮再拉遠些，每一百二十尺發射一輪，看看最大射程到底是多少。」朱重九向黃老三還了個軍禮，然後吩咐道。

「遵命！」黃老三興高采烈地答應一聲，指揮著麾下親信列隊而上，推動炮車，走向一百二十尺外另外一處炮兵陣地。

不像匠人們那樣積習難改，他們對於新的度量衡適應得非常快，自家都督說用天尺，就用天尺，不需要任何理由，他們也不會追問。

「注意監視火炮溫度和火炮表面狀況，新彈丸包了軟鉛，可能更容易引起炸膛！」朱重九跟了幾步，大聲提醒說。

給彈丸包上一層高純度軟鉛之後，可以透過鉛的變形效果，將炮膛更好地密封，進而形成更大的膛壓，令炮彈在射出時獲得更大的初始速度。但這種方法的壞處是，火藥爆燃形成的壓力和熱量基本全被堵在了炮膛裡面，炸膛的可能性也大幅地增加。

不過，這在火炮改為鋼芯銅胎之後，炸膛的突然性和傷害效果卻得到了明顯抑制。因為銅和鐵兩種金屬在膨脹率和傳熱率兩方面有所差別，一旦炮管發生損傷，內部的鋼芯和外部的銅胎並不會同時爆裂，所以透過溫度測定和炮身表面觀察，有經驗的炮手便能提前預知火炮的受損程度，避免悲劇的發生。

兩害相權取起輕，比起四斤青銅炮先前雞肋一般的殺傷力，朱重九寧願多冒上幾分炸膛的風險。至少，現在銅胎鋼芯線膛炮可以把兩公斤的實心彈丸發射到四百五十米之外，並且能大機率形成跳彈。

雖然距離他記憶中的那種「一炮下去，斃敵無算，糜爛十里」的紅衣大炮差了許多，但好歹能算做真正的初級火炮了，而不像原來那樣，充其量只能算是一個大號火槍。

「嗖——」「嗖——」

「砰！」「砰！」「砰！」

正想著如何改進銅胎鋼芯炮，使其達到另一個時空中的佛郎機標準，新一輪試射已經開始了。黃老二指揮著麾下的精銳炮手，將兩公斤重的彈丸變幻著各種角度，不停地打進預設的靶區中，砸得煙塵滾滾。

「一千九百尺試射完畢。跳彈率六成，深入目的地區域內最遠九十尺，全部為有效殺傷！」

「兩千零四十尺試射完畢，跳彈率五成半，深入目的地區域最遠八十尺，有效殺傷深度六十尺！」

「兩千一百六十尺試射完畢，跳彈率四成，深入目的地區域七十尺……」

「兩千二百八十尺。跳彈率……」

……

黃老二拿著本子跑來跑去，不斷將資料記錄起來，彙報到朱重九面前。最大有效射程兩千六百尺，也就是另一個時空六百四十米左右的距離。最遠射程則高達八百米，如果正面砸中，依舊可以砸爛三寸厚的木板。只是無法形成跳彈，製造二次殺傷，所以失去了作為炮彈的意義。

此外，炮彈的落點也變得更加容易判斷，不再像先前沒有膛線時那樣，在風力和其他不可預知的外力作用下發生巨大偏移。如果集中起二十門以上銅胎鋼芯炮的話，完全可能對兩千一百尺，也就是三百五十步處的某個特定區域，進行覆蓋性打擊。

「炮身的溫度怎樣，如果可以的話，就試一輪開花彈。注意不要壓得太緊！」朱重九滿意地繼續下令。

「是！」不一會兒，黃老二就將預先準備好的開花彈塞進了炮膛中，朝著目的地區域開始了狂轟濫炸。

「轟！」「轟！」「轟！」聲勢看起來頗為浩大，但效果卻非常一般。採用引線點火的炮彈，依舊很容易因為落地時的劇烈碰撞而啞火，並且炮彈落地後，也不是立刻能爆炸，總是或長或短地停留一段時間，然後才突然跳起來，將方圓三四步遠的區域掃得一片狼藉。

「如果看到彈丸落地就撒腿逃命的話，至少有三成機率逃掉！」沒等黃老二過來彙報，焦玉已經給自己潑起了冷水。「如果把引線儘量縮短的話，弄不好沒等炮彈飛到地方就已經炸開了，一樣起不到任何效果！」

「那還是留給六斤炮專用吧！」朱重九想了想，吩咐道：「你回去後，看看能不能把六斤炮也改成銅胎鋼芯的，加上膛線。」

沒有觸發式引信，開花彈的威力就無法得到有效發揮。而觸發式引信到底怎麼造，他的記憶裡卻找不到任何印象，只知道可能需要用到雷汞為原料。而雷汞的製造，卻要用到濃硝酸，濃硝酸的製造，則又涉及到了硝酸鹽的鍛燒，或者是用硝酸鈉和濃硫酸進行反應。濃硫酸則需要用綠礬鍛燒，而綠礬產自哪裡，他卻是一無所知。

人才，還是需要人才！

這個時代，能出口成章的讀書人好找，但懂得基本化學知識的，恐怕只有山裡面煉丹的道士才行。然而，即使把整個淮揚地區的煉丹道士全綁來，手把手教他們操作，能成功製造出硝酸的，恐怕也是百裡挑一。偏偏從硝酸到雷汞再到觸發式引信，依舊差著十萬八千里遠！

如果**能開個雙向蟲洞，與朱大鵬那個時空對接就好了**，這邊隨便一件東西拿過去，都是價值連城的古董；而那邊一件東西拿到這邊來，也堪稱神器，自己又何必苦苦地蹲在這裡，琢磨什麼雷酸汞和綠礬油？

「那個，六斤炮改成銅胎鋼芯，屬下已經著手去做了！」知道自家都督有走神的毛病，焦玉在旁邊站了一會兒，才小心地回道。

「但是，屬下認為，當務之急，是造一種專門用來發射散彈的小炮，不用打得太遠，能殺傷一百步內的目標就行。作戰的時候用四斤炮打遠處，等敵人靠近了則用火銃加小炮轟，讓他們的弓箭手徹底成為擺設！」

「散彈炮！」朱重九微微一愣，旋即滿臉的陰雲一掃而空。

是啊，雖然短時間內沒法子弄出觸發式引信來，但老子可以弄出另外一大神器：虎蹲炮。

那可是戚繼光他老人家對付倭寇的殺手鐧，近距離內絕對是一掃一大片，連倭寇中的火銃手都只有望風而逃的份，更何況普通弓箭?!

想到這兒，他不再為造不出引信而憂鬱，雙手緊緊抓住焦玉的肩膀，將對方抓得呲牙咧嘴。

「造，你儘管去造，無論花多少錢，都儘快把它給我弄出來。不用一百步，只要有效殺傷距離在五十步，也就是三百尺之上。我就給你記首功！」

「多謝，多謝都督！」焦玉一邊用力掙脫朱重九的魔爪，一邊興高采烈地答應。

「別忘了給這種炮也造上專用炮座，否則打起仗來，固定就是個大麻煩！」朱重九及時地提醒。

「是，小人，屬下知道了！」焦玉還不太適應自己工程院長的身分，習慣地以小人自稱。

「我們這裡，沒有誰是小人！」朱重九拍了拍焦玉的肩膀，笑著鼓勵。

「小，卑職，臣知道了！」焦玉的眼睛忽然紅了起來，俯身做了個長揖，哽咽著道：「主公儘管放心，焦玉十天之內，必然會讓主公看到能發射散彈的小炮！」

「我等你的好消息！」朱重九用力點頭。

焦玉感覺到朱重九對自己的器重，猶豫了一下，說道：「主公，屬下還有個提議，不知道當不當講？」

「說吧，都是自己人，有什麼好忌諱的！哪怕說錯了，我保證也沒人會找你麻煩！」朱重九目光中充滿了鼓勵。

「這，屬下想說，等新的煉鐵爐子都建好之後，火銃最好還是改成用機器來鏜管！」焦玉艱難地說道。

「當初雙層套焊法不也是你創造的麼？怎麼又要改回去？」朱重九微微一愣。

「那會兒還沒有三刃鏜床，鑽出來的管子，誰也保證不了會偏到什麼地方去！所以雙層套焊法肯定比鑽孔法好用，並且因為管徑裡殘留著焊紋的緣故，雙層套焊出來的槍管，發射子彈又直又平，遠比鑽出來的槍管打得準！」

這些，朱重九曾經聽焦玉報告過，大致能想明白其中原理。由鐵片捲出來的槍管，無論磨得多光滑，內壁上都會留有焊接的痕跡，而一圈圈螺旋狀焊紋，無意中就起到部分膛線的功能，所以雙層套焊法造出來的槍管變成火槍後，基本在八十步以上還能保證一定準頭，而不是像鑽管發出來的火槍，五十步之外，彈丸就不知道飛去了什麼地方。

他奇怪的是，明明雙層套焊法已經非常成熟了，焦玉為什麼想要退回到鑽孔法去？

正百思不解間，又聽焦玉說道：

「套焊法造出的銃管，最後階段全靠手工，非但耗時耗力，管子粗細，還有內徑大小都無法保證統一；而採用膛管法，無論是最初的鐵棍，還是最後的膛管，都可以借助機械，只要模具和三刃鏜刀的大小一致，生產出來的槍管就一模一樣。另外，如果把槍管改用鋼製的話，還可以用一根帶螺旋線的棍子套在裡面碾壓出膛線，甚至可以再用一把特製的小型拐角膛刀，像給火炮刻線一樣，在裡邊拉出膛線來。」

「你的意思是，以後把火槍全改成線膛？」朱重九敏銳地捕捉到了焦玉的想法，忍不住問道：「咱們的精鋼供得上麼？」

「可以先造幾百支，給大都督的衛隊配上。」焦玉想的，卻不是給全軍的火槍手換裝，而是最大可能保證自家主公的安全。

「然後等新的煉鐵爐子建造好後，屬下再跟黃師父一起琢磨怎麼樣才能得到更多的鋼。眼下灌鋼法弄出來的精鋼，產量還是太低了些。」

「行，就按你說的辦。別老自己一個人琢磨，多拉上幾個大匠，讓他們跟你一起幹！今後工程院肯定不止是你們幾個人，你得學會帶徒弟，給他們指派任務。否則會把自己活活累死！」朱重九叮囑道。

「都督！」黃老二羨慕地看了焦玉一眼，然後大聲報告道：「炮試完了，最遠射程和有效射程還有不同距離、不同角度的射擊結果，都記在紙上！用開花彈的，也記在了後面。」

「好！」朱重九接過記錄本粗略檢查了一下，然後還給黃老二，「找人多謄抄幾份，分別交給工程院、工局和大總管府存檔，你自己手裡也留幾分，以後用來給其他炮團訓練炮手。」

「是！」黃老二寶貝地收起記錄表，看了一眼焦玉，然後說道：「剛才您對焦大匠面授機宜的時候，羅知府、祿主事和施學政一起過來找您。」

「他們找我什麼事？」朱重九向四周看了看，沒發現羅本等人的影子。

「羅知府說，靶場是軍國重地，他幾個文官就不進來了，請衛兵給您帶話，說在軍營的大門口等著！」

「這個羅清源，就他講究多！」朱重九忍不住念了句，心裡卻對此人多了幾分讚賞。

「那你們繼續，我去看看他們找我什麼事情！」

「恭送都督！」

朱重九在徐洪三等一眾侍衛的簇擁下，大步流星地往靶場外邊走去。

還沒到軍營門口，就看見羅本、施耐庵和逯鯤三個，滿臉焦急地等在那裡。

「什麼事，天塌下來了麼？你們三個人同時出馬還解決不了？」朱重九看眾人急得來回踱步，不禁問道。

「都督！」三人施了個禮，「都督終於抽出身來了，請趕緊回城裡去，劉基，章溢和宋克三個來了！」

「劉伯溫，他居然肯來？」先前還笑別人沉不住氣，朱重九自己卻高興得差點沒跳起來，「在哪裡，快，馬上帶我去見他們！」

「他們……」三人互相看了看，欲言又止。

「怎麼，他們又走了？」朱重九的心臟猛的一沉，滿臉失望。

「不是，沒有！」羅本趕緊說道：「章溢和宋克都答應出仕，但是我師叔劉基，卻只想在揚州開間書院。他說自己早已心灰意冷，不想再當官，想找個清靜之地，把師公的學問傳承下去！」

「什麼？他要安安靜靜地做學問？」朱重九一咧嘴，差點沒被羅本的話給氣笑出來。

要是沒有另一段記憶，劉伯溫這番話說不定真能把他忽悠住。畢竟在蒙元朝廷做了多年的官，宦海沉浮日久，心生倦意也有可能，再加上看大元朝也沒幾天蹦達了，找個地方隱居起來，不受新朝招攬，算是符合這時代「有態度」讀書人的標準了。

可這個人是劉伯溫，歷史上朱元璋的軍師，差點做了宰相的主兒。既然劉伯溫後來能去給朱元璋效力，現在跑到揚州來對自己說只想開個學館安安靜靜地教書，不是睜著眼睛說瞎話麼！

第三章

禍亂源頭

如果真的天道已變，
那麼古聖先賢的教誨豈不全都落在了空處？
那朱重九又是弄火器，又是以利益驅使百姓，
還弄什麼高郵之約整合群雄，豈不正是禍亂的源頭麼？
而自己居然得了失心瘋，千里迢迢跑來輔佐他！

「師叔早年在師祖門下讀書時，的確盡得其真傳。」聽出朱重九話裡的懷疑之意，羅本臉色微紅，吞吞吐吐地回道：「後聞師祖抑鬱而終，遂發下宏願，此生必立一學館，令濂洛心法不失後繼！」

他原本就不是個愛撒謊之人，特別是對自己有知遇之恩的朱重九，更不忍虛言相欺，故而一番解釋說得極其吃力，腦門上全是細細密密的汗珠。

「師弟之才，勝某十倍，所以有些恃才傲物，還請大總管見諒！」倒是施耐庵，常年行走於江湖，性子裡帶著一股大大咧咧，不忍讓自家徒兒一個人尷尬，向朱重九拱了拱手道。

話說到這份上，朱重九即便再不會揣摩人心，也全弄明白了，劉伯溫這是變著法兒考驗自己呢。

想想也是，以劉基的本事和名聲，雖然在大元那邊失了業，但到哪家諸侯那兒，對方不是虛位以待啊？憑什麼自己讓羅本寫一封信就把人給拎來?!論地盤，淮揚這邊又不是最大的，論資歷輩分，自己這個大總管名義上還歸劉福通、芝麻李兩個管轄，真的是為了當官的話，投奔揚州哪如去汴梁來得直接！

「不妨！」想明白了其中緣由，朱重九衝著施耐庵笑了笑，擺手道：「朱某素來久仰青田先生大名，一直恨自家無緣當面聆聽教誨，今日既然先生駕臨揚州，朱某理當登門求見，請青田先生指點迷津。」

誠心這東西，他向來不缺，首先，受後世思維的影響，他看人比眼下這時代所謂的豪傑們平等得多，所以主動去拜見一下劉伯溫，連折節下士都算不上，更沒什麼丟人可言。

「這，如此就多謝大總管！」沒想到朱重九如此好說話，施耐庵登時覺得心裡有些愧疚，再度拱手為禮。

對於自家師弟的作為，他也非常不理解。高士就得有高士的模樣，有本事的人架子也大，找個外出雲遊或者身體不適的藉口，等著朱總管三顧茅廬，也算是一段佳話，像這樣，既然來了揚州，卻又推三阻四，不是讓大夥都下不來台麼？

然而，朱重九卻沒想那麼多。見施耐庵和羅本兩人的臉色不太自然，便主動開解道：「青田先生對咱們淮揚這邊不瞭解，一時下不來決心也是應該的，畢竟咱們幹的是一項前所未有的事情，**他看不清楚未來，就很難確定值不值得為此賭上自己的身家性命**！況且我這次去，又不是光拜見他一個人，章龍泉和宋長洲不是也在麼？他們是否都住在集賢館裡，我乾脆一併登門拜見了，請他們喝酒洗塵！」

「的確都住在集賢館裡，青田先生和宋長洲都是一個人來的，章龍泉還帶著侄兒存仁，看樣子是打算給自家侄兒也謀個前程！」一直負責替大總管府招攬天下讀書人的學局主事逯鯤點點頭道。

「那就先把他侄兒安排在我的參謀部裡，先做個參軍；至於章龍泉和宋長洲，等今天見過了他們，問問各自的意思再說！」朱重九想了想說。

「是！」祿鯤答應，然後一邊朝馬車旁走，一邊向朱重九小聲介紹道：「章龍泉當年師從王處州，習伊洛之學頗有所得，而宋長洲曾經自組兵馬反元，雖然因為消息走漏未能成事，但鯤觀其人，志向恐不在仲武、稼軒之下。」

伊洛之學是北宋程顥、程頤所創理學學派，分支極其眾多，但普遍講究的是入世，以儒家思想教化萬民，並且「格物致知」，推究事物的原理法則而總結為齊家治國的知識。仲武、稼軒則分別是高適與辛棄疾的字，二人都是讀書人領兵的典範。

朱重九最近一年多來，天天被外邊的祿老夫子和家裡祿小夫子薰陶，對典故的理解，如竹子拔節一樣上漲。聽了祿鯤的話，立刻笑著回道：

「那就請章龍泉去胡大海那兒做個淮安府的同知，免得胡大海天天抱怨，說他的長史于常林被我調走後，地方上連個管事的人都沒有。至於宋長洲，我記得當初是吳永淳推薦他的，就讓他先去吳永淳的帳下做參軍吧，先熟悉一下我軍的具體情況，等將來有了戰功，再切實安排職務！」

「好！」祿鯤應承道。

「這兩天還有其他人來麼？你們三個要安排好，別因為名氣小就怠慢了，讓大夥寒了心！」朱重九邁上自己的馬車，朝逯鯤、施耐庵和羅本做了個請的手勢。

「不敢！我等豈能耽誤了主公的大事？」三人先後跳上馬車，各自找了個舒服位置坐下，然後祿鯤繼續說道：

「名氣比較大的，還有一個宋濂沒有到，據說是去泉州一帶訪友了，一時半會兒接不到胡大海的信，所以沒法答覆。其他，基本上是來一個，就送到吏局考核一個，然後根據才能和自己的意願，安排到各局或者地方上任職。即便是才能方面有所欠缺的，也都按照主公的安排，或是送進了府學裡邊就讀，或者直接去軍中，先在輔兵營裡接受一段訓練，然後再酌情安置！」

「嗯！」朱重九滿意地點點頭。

為了安置數量龐大的災民，大總管府一直採用以工代賑的方式，修葺並改善各地的基礎設施，所以從揚州城到軍營這一段，路面全都有工人處理過，雖然還沒來得及鋪上水泥，但已經用水牛拉著石頭輾壓得又寬又平，四輪馬車跑在上面非常輕快，讓坐在裡面的人絲毫不感覺顛簸。

「要是全天下的路都能像揚州這樣就好了。」施耐庵每天坐著為自己專門配發的四輪馬車跑來跑去，忍不住發出感慨：「那樣四處遊歷的人，也不覺得什麼苦楚，躺在馬車上睡一覺，第二天一睜眼，下一座城市就到了！」

「那得咱們淮揚大總管府早日滌蕩天下才行！」逯鵬躊躇滿志地說：「眼下除了咱們這兒，還有誰肯把錢花在修路上？即便蒙元官府入主中原七十多年，也沒修過一次路，大部分官道還是唐朝開元年間的呢，連當初當路基的石頭都被風化得一捏就掉渣子了！」

「唉！」施耐庵聞聽，立刻嘆息著搖頭。

在揚州這一個多月來，他每天都能看到很多新鮮事情，跟自己過去在全國各地的所見所聞一比較，心中就充滿了感慨。

淮揚是完全不同的地方，雖然大總管府只在這裡施政了七八個月，甚至有的地方僅僅是兩三個月，但短短時間內，整個地區都脫胎換骨。

且不說那一座座高聳入雲的大水車，讓人一眼望上去便豪氣頓生，就連路上的行人和田地中的農夫也看起來個個精神抖擻。

這樣的景色，**又有哪個真正心懷天下的讀書人不願意看到呢?!**

他們讀的是聖賢書，懷念的是巍巍大漢，凜凜大唐；懷念的是四夷賓服，萬國來朝；懷念的是開元盛世時「九州道路無豺虎，遠行不勞吉日出。」，而不是站在同鄉與同族的白骨之上喝酒嫖妓，風花雪月。

如果哪天朱總管能夠一統天下，那必然是另外一個大漢，另外一個盛唐！

想到某一天自己能乘坐著舒服的四輪馬車，從泰山出發一路直抵崑崙，他六十多歲的軀體裡就充滿了力氣。能治一地者，必能治一國。幾個月時間能讓揚州天地一新，假以時日，又如何不能讓神州脫胎換骨?!

正興奮的想著，耳畔又傳來自家弟子羅本的聲音：

「都督，揚州府衙裡，最近根據吏局的考核，罷黜了幾個做事不用心的，果然如大夥當初預料的那般，都賴著不肯走，千方百計找人說情，想讓臣給他們一個改過的機會。」

「你處理得很對！道不同不相為謀，趁著他們還沒弄出什麼亂子，大夥好聚好散就是。」朱重九嘉許道：「否則等他們真的弄出事情來，即便你想幫他們，也與律法不容了！」

羅本繼續認真地彙報道：「臣也這麼想，所以臣沒有答應他們留用，而是給了一筆錢，好言好語打發他們自謀生計去了！」

「要依照祿某之見，清源你還是太仁厚了。」對於敢主動挑釁的地方士紳，祿鯤比羅本還看不上他們，在旁邊插言，「要是我，就直接用船拉了，把這些人丟黃河北面去，反正他們心向大元，何不免費送他們一程！」

「哈哈哈哈！」車廂內立刻響起一陣會心的笑聲。

每個人都覺得祿鯤的辦法也許值得一試，把心向大元的人都給大元朝送過去，看他們在北邊能做出什麼事業來?!十有八九連口熱飯都混不上。反而會被當作細作直接抓進牢裡，弄得求生不得，求死不能。

大夥一路談談說說，坐在馬車裡指點江山。不知不覺中，就進了揚州城。

順著玻璃車窗向外望去，只見寬闊的馬路兩邊，處處都在破土動工，一些看好揚州未來發展的富戶，還有剛剛從新式工坊、商鋪裡賺到了錢的百姓們，爭先恐後在剛剛清理出來的土地上建設起自己的家園，每一個人的臉上都灑滿了希望的陽光。

「老城裡，除了幾處燒得不厲害的有主宅院，其他地方全都清理完了！」對著窗外的景色，羅本不無得意的說道：「小學、縣學和府學的地點也已經選好，只等商號把第一批材料運過來就能破土動工。這次準備把學堂的房子全蓋成磚石和水泥的，免得今後人多手雜，有走水的風險，江灣那邊的百工技校也開始蓋了，也是用磚石和水泥，估計再過兩三個月就能開課！」

「教習呢，能找得齊麼？」朱重九從窗外收回目光，笑著詢問。

「小學那邊沒問題，揚州和淮安這邊，讀書人相對多些。咱們給錢給得高，很多私塾先生都願意來！」逯鵬接過話頭道：「縣學的教諭就由府學中選派，府學則相對難一些，等這次春闈結束後，再找幾名成績優異者充任！」

「他們會願意麼？」朱重九問。在他看來，凡是參加科舉的，肯定都是希望在官場中一展所長，考中了功名卻去當教師，總是有違人願。

「屬下準備參照宋制，將府學教授暫定為正八品官。」祿鯤回道：「如果做事認真的話，可以酌情升遷到學局任職，或者轉往地方。傳承學問乃百年之事，很少人會不願意。」

「也許師弟的選擇並非故弄清高！」聽著祿鯤與朱重九的對話，施耐庵的靈魂再一次飛出了窗外。

做官固然能一展胸中抱負，可如果在這朝氣蓬勃的地方開一座書院，傳承師門學問呢？雖然眼下看不出風光，可隨著淮揚軍滌蕩天下，書院中走出去的弟子恐怕也要成為新朝的棟梁。

那是**二程當年都不敢指望的偉業啊**，真的讓劉伯溫給做起來，天下儒學又豈會由伊洛一家獨大……

「伯溫兄，你用這種法子試那朱佛子，是不是有些過了？」

就在朱重九和施耐庵等人展望未來的時候，揚州集賢館內一處院落的涼亭內，章溢、劉基和宋克三人，也在一起交流著各自的看法和打算。

他們三個當中，劉伯溫已經四十三歲，年齡最長。章溢比劉伯溫晚生了三年，所以稱之為兄；至於宋克宋仲溫，今年才剛剛而立，所以只能勉為其難做個小老弟了。

不過，劉伯溫這個當兄長的，卻顯然有些不合格。聽出章溢話語的奉勸味道，卻搖搖頭道：「有什麼過分的？他朱佛子如果連這點禮賢下士的心思都沒有，我何必豁出自己的性命和日後青史留名的機會幫他？倒是你們兩個，這麼快就答應了他的聘請，萬一他將來不能成事……」

「朱佛子要是不能成事，這天下還有誰能成事！」宋克脾氣急，打斷道：「伯溫兄，你可是覺得這蒙古人還有坐穩天下的可能？」

「不修仁德，不重律法。父殺子如殺羊，臣殺君如割雞。能執掌天下七十餘年，已經是個異數，再繼續坐穩江山，天理難容！」劉伯溫想都不想便搖頭道。

正因為做過大元朝的官，所以他才更清楚這個朝廷氣數已盡的事實。**把天下人分為四等的蒙古朝廷，永遠無法真正統治這片廣袤的河山**。殘暴的殺戮只能起到一時的威懾作用，隨著時間的流逝，終將有新的一批年輕人成長起來，繼續前仆後繼地試圖驅逐韃虜。

而蒙古朝廷對弱者敲骨吸髓，對真正的反抗者卻總想著通過招安的手段拉攏，這種荒唐無比的對策，無形中更是助長了造反者的意識，令他們更想通過抗爭來獲取更大的空間。

「那伯溫兄你為何還要故意拿架子？朱總管正值用人之際，我等助他一臂之力，重整華夏山河豈不快哉！」聽劉伯溫的話語裡對蒙元朝廷並沒帶任何好感，宋克不解地問。

「天下豪傑又不只他朱總管一個！」劉伯溫臉上湧起幾分倨傲，「如此大爭之事，**非但君擇臣，臣亦要擇君**，否則明珠暗投，豈不枉我輩男兒在世上走一遭？」

「天下豪傑還有誰值得我等去輔佐？你不是說那剛打下兩個縣地盤就忙著選妃的徐壽輝吧？」宋克被劉伯溫自信的模樣逗笑，撇著嘴道。

「徐壽輝？一介農夫，才多收了兩斗穀子就想納妾，能成什麼大氣候！」劉伯溫不屑地搖頭，嘴角撇得快成了八字形。

「那就是劉福通？除了徐壽輝，也只有他地盤比朱總管大了。」宋克故意拿話擠兌他。

「劉福通？呵呵，做一個開路先鋒倒也勝任，做一路主將就缺了幾分見識，想隻手補天，累死也不可能！」劉伯溫臉上的桀驁神色稍褪，嘆息點評。

雖然是隱居於鬧市，他的眼睛卻從未離開過滾滾紅塵。劉福通這些年來的所作所為，他幾乎每一件都仔細打聽過，並且私下裡做了詳盡的分析。對此人帶著幾千號信徒，就打下大半個河南江北行省的壯舉好生佩服，然而與此同時，卻對此人四處封官許願，反而對身邊一道起家的老兄弟防微杜漸的做法很是不屑。

既沒有容人之量，又不能與真正支持自己的人共享利益，如此狹隘之輩，又怎麼可能擔當起恢復河山的重任?!即便運氣好，也不過是下一個張角和黃巢罷了，其興也快，其敗也忽，除了將舊有的秩序砸了個稀巴爛之外，留不下任何成果。

「那就是孟海馬？布王三？」宋克繼續拿一個個豪傑的名字相問。

劉伯溫翻了翻眼皮，連評價的興趣都沒有了。

這兩位在他眼裡還不如徐壽輝呢，至少後者目前的勢力還大一些，手下還有彭和尚、倪文俊這些臂膀幫襯，整個南方紅巾，如今也還處於一路上升狀態；而前兩人，則已經徹底走到了頭，馬上就要日薄西山了。

「哈，那我明白了，你說的是芝麻李！」宋克拍了下巴掌，做恍然大悟狀，「按道理，他現在還是朱總管的頂頭上司呢，又有徐州首義之功，還待人厚道，毛貴、趙君用兩個也都是他一手扶持起來的，肯聽他的調遣！」

「芝麻李乃仁厚長者，若非亂世，絕對堪稱宰相之材！」劉伯溫衝著西北方向拱了拱手，臉上終於露出了幾分敬意。「然這大爭之世，光是仁厚卻無法問鼎逐鹿，想要走得更遠，還需要一手捧著甘露，一手拎著鋼刀才對！」

「那不就只剩下朱總管了麼？」宋克咧著嘴道：「說來說去，你不還是最推崇朱總管，又何必做欲拒還迎狀?!」

最後半句話是形容青樓女子的，用在這裡可是有些戲謔。劉伯溫聽了，忍不住瞪了宋克一眼，呵斥道：「滿口胡言！你才是欲迎還拒。你現在簡直是連拒都不想拒，直接敞開門迎客，還要倒貼茶水點心！」

罵過之後，又無奈地苦笑道：「劉某的確曾經對朱佛子有些推崇，但劉某最近卻見到了另外一個英雄人物，也是非常了得。」

「誰？」非但是宋克，在一旁冷眼旁觀的章溢也好奇地問。

「說來有趣，此人比朱重九少了一個數，姓朱名重八，眼下奉郭子敬和朱總管兩人的命令常駐在和州，但劉某觀其左右，隱隱有**將相之氣**！」

「你去過和州？」

「那朱重八到底做了什麼事，讓你如此佩服？」章溢和宋克兩人聽聞，愈發覺得驚詫。

所謂將相之氣，純屬虛無縹緲的糊弄人之說，但他們這些自負可為帝王臂膀的人，卻可以通過觀察某位諸侯，及其身邊爪牙的行為舉止，推斷出此人符不符合自己心中的明主形象，然後選擇是否前去輔佐。劉伯溫此刻信誓旦旦地說朱重八頭上有將相之氣，顯然對此人觀察許久了，並且頗為傾心。

劉伯溫聽章溢和宋克兩個追問，笑了笑，不疾不徐地道：「半年前，此人只是郭子敬帳下一個親兵，結果到淮安走了一趟，就順勢促成了五家聯手南下，他自己也一躍成為郭子興麾下的親軍指揮使，掌握了最為精銳的兩千甲士！」

「那又如何，不過是個縱橫家而已。」宋克不屑地評道。

劉伯溫也不反駁，只是繼續說道：「那朱重八南下途中，與郭子興帳下東擋西殺，戰功赫赫。曾經憑著一桿長矛單挑朱亮祖、廖大亨等數將，絲毫不落下風！」

「朱總管也曾親自提刀上陣，在黃河北岸生擒敵將無數！」宋克不服氣，拿出朱重九當年在黃河北岸與阿速軍硬撼的戰績對比。

「揚州之戰結束後，朱重八從朱總管手中討了一支將令前去攻打和州，憑著區區數千兵馬，一個月內四戰四捷，將帖木兒不花和孛羅不花叔侄打得龜縮於肥水西岸不敢露頭，然後將和州、巢縣等人盡數收歸掌握！」

「比淮揚小得多！」

「拿下和州之後，朱重八立刻與地方父老約法三章，整肅軍紀，嚴禁將士騷擾百姓！」

「朱總管也做到了，並且還想方設法造福於民！」

「和州有不服教化者數十家，朱總管一夜盡殺之！分其田與治下百姓。並且張榜於四門，公開宣布這些人的罪狀。」

這可就比朱重九爽利多了，絲毫不拖泥帶水，不像揚州這邊，總是給地方豪強留有餘地，只是手段太暴烈了些，簡直如雷霆萬鈞。

然而，沒等宋克指摘朱重八殘暴好殺，劉伯溫又說道：

「除盡滁州、梁縣等地豪強之後，朱重八立刻出榜招賢，並且先後數次前往楓林先生家中探問，恰巧楓林先生訪友歸來，感其赤忱，受其禮聘為行軍長史。

朱重八的左右臂膀，李善長，宋思顏皆居其下！」

章溢和宋克忍不住倒吸一口冷氣。

楓林先他們兩個都熟悉，這個人名字叫朱升，至正元年登鄉貢進士，做過池州路學正，在士林中素有聲望，教導出來有本事的門生弟子高達數十人至多。朱重八得了他的幫助，必將如虎添翼。

更令人讚嘆的是，朱重八也真的敢下手筆，居然待朱升一到，就立刻將此人提拔到最重要的文臣位置上，連麾下原本的老人都得讓路。相比之下，朱重九這邊對人才的態度就差得多了，非但未曾去任何一人那裡三顧茅廬，甚至連逯魯曾這樣的名滿天下的榜眼，如今還屈居於那個姓蘇的小吏之下，真是太過於重小義，而輕慢士大夫了。

「我來揚州之前，曾經去朱重八那邊拜會過楓林先生！」劉伯溫繼續說道：「雖然那邊也是事業草創，但一切都井然有序，上下尊卑，高低貴賤，無不分明，並且甚合程朱之道，顯然朱重八準備以儒家之學來安天下，而這邊……」

劉伯溫反問：「揚州城裡，劉某想請教，二位能看懂幾分？」

「這……」章溢和宋克兩個無言以對。

來揚州的時間雖然只有兩天，但他們已經深深地感覺到這座城市與其他地方的不同，非常有生氣，見到的每個人，無論高低貴賤，臉上都寫滿了笑容，眼睛裡也燃燒著對未來的希望。

然而，伴隨而來的卻是**無序**和**混亂**，到處都在破土動工，根本不分什麼風水卦位，也不管什麼黃道白道，大街上男男女女都是小跑著，見了官府差役也不閃避，甚至有人動不動就拉著自己的東家到衙門裡頭去告狀。

而衙門裡頭，對市井百姓顯然相當偏袒，導致那些做東家的沒等走到地方就先服了軟，寧可花錢息事寧人，也不願意跟手下的佃戶、夥計們對簿公堂。

「重草民而輕豪紳，重商工而輕士農，誘民以利，卻不使其知仁義禮儀。兩位請恕劉某孤陋，翻遍史冊，劉某竟**找不到一個以工商安天下者！**」劉伯溫長長的嘆了口氣，滿臉蕭瑟。

章溢和宋克二人都是飽學名士，肚子裡裝的都是儒家經典，深信蒙古人之所以坐不穩天下，是沒有廣施仁政，從上到下完全依照儒家理念來治國的緣故。而朱重九這邊，眼下雖然欣欣向榮，除了愛惜百姓之外，卻找不到第二樣是符合儒家精義的，細想之下，怎能不讓人懷疑。

宋克還好，年紀輕，性子也豪俠，雖然覺得對眼前種種情形有許多不適應，但想到這些可能都是為了驅逐韃虜，也就覺得無所謂了。

而那章溢，卻是正宗的理學大家，治的是伊洛之學，怎麼可能接受得了！被劉伯溫幾句話就戳到了痛處，臉色煞白，無言反駁。

他已經答應要出山輔佐朱重九，並且把自己的侄兒也帶上了，以他的做人原則，就不能輕易反悔，假如朱重九將來真的身敗名裂，他豈不是一樣要跟著遺臭萬年？非但害了自己，還搭上了自家的親侄兒，哥哥的唯一骨肉，將來九泉之下，他拿什麼跟自家早亡的兄嫂交代？

正愣愣的想著，卻聽宋克用力拍了下桌案，斷喝道：「呔！好你個劉伯溫，老子差點就上了你的當！你這廝，虧我跟章兄還拿你當朋友，居然奉了朱重八的命令前來行**離間之計**？」

「離間之計？對我自己有什麼好處？眼下朱重八勢弱，朱重九勢強，這麼早施行離間之計，萬一被朱重九知道了，親提大兵上門問罪，朱重八拿什麼抵擋？」

「這……」宋克又被問住了，急得咬牙切齒。

朱重八不過是郭子興麾下的一名武將，最近剛剛得了一塊自己能說得算的地盤，打了幾場勝仗。可兵不過萬，名聲也遠在朱重九之下，如果現在他就敢胡亂想什麼鬼主意的話，恐怕根本用不到朱重九親自動手，麾下五個指揮使隨便一個出馬，就能輕鬆撕碎了他。

不是離間計？那劉伯溫到底奉了誰的命？安的什麼心？

宋克瞪圓了眼睛盯著他，卻始終看不出任何破綻來，跺了跺腳，用力朝地上吐了口吐沫，說道：

「呸！反正我不會聽你的。老子不管什麼這學那學，老子是不甘心給蒙古人欺負，所以才要起來造他娘的反。至於用誰家之術來治國，那是小事！只要能打跑蒙古人，能滌蕩這萬里腥膻，任何有用的辦法都可以拿來一用！」

「子曰，三人行必有我師！」劉伯溫笑了笑，淡淡地回道：「相容並蓄，原本就是我儒學圭臬之一，但最基本的禮義廉恥，君臣綱常卻不能壞，否則天下必將大亂，永無寧日！」

「我就沒看亂到哪裡去！大宋當年倒是半本論語治天下呢，結果先是被遼國欺負得沒脾氣，然後又亡於女真，偏安南渡，最後又亡於蒙古，生靈塗炭，幾百年裡，儒學沒起到任何狗屁作用，倒是那個朱熹，沒對外的本事，關起門來去欺負女人卻是一等一，也不嫌丟人！」

因為不同意劉伯溫的觀點，他乾脆連理學大家朱熹的隱私亦毫不猶豫地給翻了出來。

「但大宋畢竟有三百年文教之盛！」劉伯溫不想跟他爭執，搖搖頭道：「大唐雖強，卻前有武后竊國，後有藩鎮割據，真正太平日子加起來還不到一百年，而我大宋，雖然外戰弱了些，四百年來卻沒外戚竊國，沒武將擁兵自重，老百姓日子過得優哉遊哉，沒受什麼刀兵之苦！」

「那是吹牛！」宋克翻翻眼皮，反駁道：「且不說王小波、李順、田虎方臘，當年女真南下，就沒殺百姓麼？蒙古人席捲江南，就沒殺百姓麼？『我軍百萬戰旗紅，俱是江南兒女血』又是誰寫的？淮南淮北當年又是因何變成了白地？」

不待劉福通回答，他又冷笑道：「我就奇怪了，既然你那麼看好朱重八，為何不留在那裡？以風林先生的胸懷，未必容你不下，你為何又偏偏跑到揚州來，給我等當頭潑一盆子冷水？」

「唉！」聞聽此言，劉伯溫忍不住一聲長嘆，沉吟好半晌，才苦笑道：「劉某雖然不看好這揚州的治國手段，但眼下卻無法否認淮安兵鋒天下至銳的事實！」

「哼！」宋克嗤之以鼻。在他看來，淮安軍當然是一等一厲害。自從兵出徐州以來，就根本沒打過任何敗仗，而這一切，不恰巧證明了朱重九目前所作所為自有其道理麼?!讀書人看不懂，虛心去揣摩就是了，何必死抱著什麼程朱理學去扯別人的後腿？

「我去滁州的路上，曾經遭遇了一次江匪！」劉伯溫像做夢一般回憶。

「啊！」章溢和宋克兩人顧不得再跟他嘔氣，關心地問：「那你受傷了麼，怎麼逃出來的？長江上的水匪可是從不講道理。」

因為江面寬闊，水流平穩，所以長江之上往來船隻極多，而蒙古官府向來又不注重水師，故而就有一些兇惡蠻橫之輩，經常駕一艘大船，在江上縱橫往來，遇到看上去可能有錢財的目標，就立刻靠過去殺人越貨，其他過往船隻即便看見了也不敢管，只能加速離開，以免遭受池魚之殃。

因此過江之人往往聞「匪」字而色變，都知道一旦落入這些人手裡，絕對是九死一生，很難平安脫身。

「劉某當時看著那匪船越追越近，已經決定要跳江了，寧可葬身魚腹，也不讓那匪類將某抓住，先侮辱一番，然後再砍上幾刀，死無全屍。」劉基仍是心有餘悸，擦了擦額頭上的汗珠。

「最後呢，是誰救了你?別告訴我是朱重八?」宋克聽著覺得奇怪。

「是啊，伯溫，別賣關子，快點說，是誰從江匪手裡救下了你？」章溢也追問著。

如果是朱重八的人馬救了劉伯溫，那此人現在的行為就可以解釋了，因為心裡感念朱重八的恩德，卻不看好朱重八的未來，所以即便到了朱重九這裡，依舊權衡不下，進退兩難，做出些不合常理的舉止，也是應有之事。

「不是！」

誰料劉伯溫卻用力搖頭，否認了二人的推測。

「結果就在那千鈞一髮之時，下游忽然衝過來一艘大食小船，飛一般地駛到水匪巨艦附近，隔著二三十步遠猛的轟出了數團火球，那水匪的巨艦頓時就給打散了架，全船上下盡數落到江裡餵了魚鱉！」

「好，打得好，痛快！」宋克聽得過癮，用力撫掌。「可惜當時宋某不在船上，否則肯定要拉住他們，喝個不醉不休！」

「既然是大食船，還裝了火炮，想必是朱總管帳下的水師吧？劉兄，你這次可欠了人家大人情！」章溢的性格比宋克沉穩，想了想道。

他有心找一家實力強的諸侯輔佐，因此最近半年多來，一直努力收集各家義軍的情報，早就知道淮揚軍的水師裡，很多戰船上都裝上了可發射鐵蛋丸的火炮。以長江冬季那麼平緩的水流，距離目標二三十步開炮，等於把炮口頂到對方船舷上，斷然沒有打不中的道理。

「正是！」劉伯溫點點頭，「那船救了大夥之後，立刻又扯起了帆飄然而去，連個拜謝救命之恩的機會都沒給大夥留。隨後劉某就繼續趕路，以為到了朱重八那裡，想必火器也一樣犀利，結果在楓林先生那邊逗留了三五天，才知道眼下所有紅巾軍的火炮，都是來自揚州，而淮揚地區的鎧甲兵器冠絕天下，就連朱重八麾下最精銳的兩個千人隊，也全靠從淮揚購買兵器才能保證其所向披靡，那邊雖然也在努力仿造，品質卻差了不是一點半點！」

「那你還瞎扯什麼？兵甲不如這邊，錢糧不如這邊，人心也不如這邊，**朱重八打不過朱重九**，這不是板上釘釘的事麼？即便有朱升給他出謀劃策，有你去盡心輔佐，以後差距也只會越拉越大，他累死也追不上！」宋克不解地道：

「我說劉兄，你這不是自己給自己找彆扭麼？你看好的人輔佐不起來，能輔佐起來的，你又不看好，莫非你想學那諸葛孔明，最後活活累死在五丈原上？」

「不是，仲溫你誤會了！」劉伯溫搖頭，聲音越來越低沉，「照目前勢頭，除非有奇蹟出現，否則淮揚軍的實力將永遠位於其他諸侯之上，並且將其他諸侯越落越遠，包括朱重八的滁州軍！」

「但是——」他長出了口氣，眼裡充滿憂傷，「沒有秩序，不分貴賤，道義不行，而上下事必言利，從南到北，銅臭盈野，偏偏他的實力又這麼強，百姓甘受其驅使！唉，**這朱重九究竟要將世道帶往什麼方向**，我真的看不出來。

不瞞二位，劉某這些日子，每天晚上都在觀測天象，反覆推演，卻是越推心裡越覺得惶恐。」

「什麼意思？你到底推算出了什麼？」章溢一把推開宋克，紅著眼問。

作為這個時代最淵博的一夥人，他們也沒少研究易經八卦、奇門遁甲之類的雜學，總覺得天上的星宿的確能左右人間的氣運，歷朝歷代的崛起興衰也與天道的變化有著極大的關連，只是人們限於各自的見識，推算不出其具體規律罷了！

「紫微昏暗，天機移位，破軍、七殺二星更是明滅不定，**正東方還有一顆妖星即將直沖天府**！以劉某之能，竟推算不出是吉是凶！唉！」劉伯溫又嘆了口氣。

「啊！」聞聽此言，章溢的臉色更為難看。

如果真的天道已變，那麼古聖先賢的教誨豈不全都落在了空處？自己學了多年的伊洛之學，豈不成了一堆廢紙？那朱重九又是弄火器，又是以利益驅使百姓，還弄什麼高郵之約整合群雄，豈不正是禍亂的源頭麼？而自己居然得了失心瘋，千里迢迢跑來輔佐他！

想到這兒，章溢簡直覺得連頭頂天空都失去了顏色，又向前走了幾步，拉住劉伯溫的衣角，用顫抖的聲音道：

「伯溫，你可別出妄言，你知道會是什麼後果！」

「我知道，但我說的不是妄言！」劉伯溫彷彿虛脫般，緩緩坐在石凳上，喘息著道：「非我誇口，在五行八卦、奇門遁甲方面，劉某不輸天下任何人，但是劉某卻推不出這世道將變向何方。」

「管他呢，只要能驅逐了蒙古人就行！」宋克看不慣二人如喪考妣的模樣，聳聳肩道。

「可若是漢家天子倒行逆施，比蒙古人做得還過分呢？」劉伯溫彷彿得了魔症般問：「如果咱們漢人的朝廷兇殘暴虐，弄得天下民不聊生，百姓易子而食呢？青史之上，**你我是驅逐韃虜的功臣，還是開啟末世的罪人？**」

「這……」宋克愣住了。

他一腔熱血矢志驅逐韃虜，卻從沒想過如果驅逐了蒙古人後，漢人朝廷萬一比蒙古人還壞該怎麼辦？一時間，他只覺得**自己彷彿站在一座山脊上，兩側都是萬丈深淵，每一步都有可能被摔得粉身碎骨**。

「怎麼可能……」章溢的臉色比宋克還要難看十倍，雙手按住身前的石頭桌面，瑟瑟發抖。

「那朱總管向來心慈，連蒙古人都不肯亂殺，他對一道起家的老兄弟優渥有加，甚至對郭子興、孫德崖這類廢物都寧願誘之以利，不肯動手火拼掉，他怎麼可能是個暴君？」

「他的確不會是暴君，可他現在做的這一套，卻**打破了上下尊卑，高低貴賤，打破了自古以來上馭下，貴使賤，良治不肖的秩序**。如果他能真的千秋萬歲也還罷了，憑他的本事，也能壓住麾下的文武，令誰也不可能胡作非為；可萬一哪天他春秋高了，駕鶴西去，連最基本的尊卑貴賤都沒有，群臣能不打成一團麼？若是數國混戰，屍橫遍野，豈不像漢末時那樣，讓異族又得到機會捲土重來？那樣的話，咱們現在做的這一切，除了死幾十萬人之外，還有什麼意義？」

「啊——！」章溢和宋克猶如遭到當頭一棒，踉蹌了幾步，差點一跤坐倒。

如果他們都是畢生只讀一部論語的腐儒也就罷了，劉伯溫的話對他們不會產生任何影響，偏偏這兩位都是博覽群書，學富五車，清楚的記得漢末那場長達數十年的大動盪給華夏帶來了何等的災難。

按照史書記載，漢末人口曾經高達七千餘萬，到了曹操剪除北方群雄，消滅黃巾各部時，全國人口加起來，算上劉備和孫權治下，總數還不到七百萬。

魏志張繡傳中描述，「是時天下戶口減耗，十裁一在」，而晉書所述更為慘烈：「自初平之元，訖於建安之末，三十年中，萬姓流散，死亡略盡，斯亂之極也。」換句話說，曹操《蒿里行》所述「白骨露於野，千里無雞鳴」，根本不誇張，而是**血淋淋的事實**。

後來雖然司馬氏短暫將國家統一，但華夏的元氣在幾十年的軍閥混戰中已經喪失殆盡，然後就是長達一百三十餘年的五胡亂華。匈奴、鮮卑、羯、羌、氐五個野蠻部落在北方長期肆虐，殺人屠城宛若家常便飯，炎黃子孫要麼為奴隸，要麼為軍糧，幾近亡種滅族。

‧第四章‧

換壺理論

朱重九這個比方打得太生動了，
一句「換大壺」就解決了所有麻煩，
如果把目前天下紅巾所掌控的地域比作一個水壺的話，
這個壺裡的水便是有限的；而與紅巾軍控制的地域相比，
大元帝國無疑就是一個更大的水壺。

已經是暮春時節，春風卻冷得就像刀子一樣，不停地切割人的骨髓。一時間，三人全都失去了說話的勇氣，呆立在涼亭裡，各自想著心事，瑟瑟發抖。

朱佛子在淮揚所推行的政令雖然在極短時間內，給該地區帶來了令人難以置信的繁榮，但是卻沒有體現出任何秩序。舊有的長幼尊卑，賢愚貴賤、士農工商那一套，被他有意無意間給砸了個稀巴爛，而他自己，卻好像對建立起一個新的秩序根本提不起任何興趣般，做任何事情都隨性施為。

就這樣過了今天沒明天，做一天和尚撞一天鐘，誰能保證他哪天不會把鐘給撞破了？不會把所有追隨者和治下百姓統統給帶入萬丈深淵？

正淒涼地想著，耳畔忽然傳來關切的詢問：「伯溫，三益、仲溫，你們三個怎麼了？都瘋魔了不成？大熱天的，居然抱著膀子打起了哆嗦來？」

「師叔、三益先生、仲溫，你們三個怎麼了？怎麼臉色如此蒼白？」

「啊！」章溢和宋克這才意識到自己此刻身在何處，齊齊轉過頭，向施耐庵和羅本拱手，「安公，清源，實在慚愧，剛才跟青田居士談古論今，一不小心走神了，沒看到你們回來！」

「談古論今，談到瑟瑟發抖的時候可不多見！」施耐庵笑道：「主公聽聞三位駕臨，親自前來拜望你們了！此刻就等在大門外邊，不知道三位有沒心情跟我家總管出去共飲一杯？」

「啊，是朱總管麼？」劉伯溫還好，章溢和宋克兩人激靈靈打了個冷戰，結結巴巴地問。

朱佛子親自登門求賢來了，放在古代，這就是標準的國士之禮，信陵君訪侯嬴、朱亥不過如此。而侯、朱二人，受了信陵君如此禮遇之後，也只能以死相報了，否則就會淪為全天下人的笑柄。

「怎麼，三位莫非還有什麼顧慮不成？」羅本察覺到三人表情有異，強笑著道：「如果有顧慮的話，不妨明說，也許羅某能幫上忙，或者略為解釋一二！」

「這……」章溢慚愧地看了羅本一眼，好生猶豫。

事到如今，反悔的話，他是無論如何都說不出口的，但就這樣把自己和全家押上朱重九的賭局，卻又非常不甘，總覺得自己先前的決定太倉促了些，應該再緩一緩，看看還有沒有另外一種選擇。

宋克年紀遠比章溢輕，又親自號召過人馬造大元朝的反，所以表現也遠比後者爽利，稍微猶豫了一下，就橫下心來道：

「清源兄言重了，宋某哪會有什麼顧慮？總之不過一條命，能為驅逐韃虜而死，百死不悔；至於以後之事，自有後人來管，宋某此刻卻無暇想得更多！」

「也是！」受到宋克的勁頭感染，章溢臉上恢復了幾分血色，「朱總管如此相待，章某還有什麼好疑慮的，走，先去跟朱總管討碗水酒喝再說！」

「師弟，你呢？」

施耐庵雖然書生氣十足，但畢竟江湖上亡命多年，見識過許多豪傑人物，因此腦袋稍微轉了轉，就意識到問題出在劉基身上，直接找上了正主。

劉伯溫也不閃不避，笑著回道：「朱總管折節相邀，劉某怎好推三阻四？走吧，大夥一起去拜見一下這個名聞遐邇的豪傑！」

「如此，幾位且隨我來！」

劉伯溫三人互相看了看，舉步跟上。

不多時，就來到集賢館門口。舉目望去，只見一個身材高大，膚色黝黑，腦袋剃得光光的禿子，正和學局主事祿鯤站在門外聊天，發現來人，立即迎了上來。

「這……」劉伯溫等人微微一愣。

早聽說過朱重九是個殺豬的屠戶，也沒指望此人有多文質彬彬，但凡是拜讀過那首《沁園春》的，心裡不免存著些許期待，幻想寫出如此絕妙好詞的大家，是個風流倜儻的儒者，誰料想期望與現實之間，落差居然如此巨大。

就在大夥愣神間，朱重九已經搶先躬身長揖，「華夏遺民，徐州屠戶，不知貴客蒞臨，未曾倒履相迎，實在失禮，失禮！」

這番話說得又是令人哭笑不得，遺民兩個字，是指前朝留下的百姓，或者遺老遺少，而南宋亡國至今已經七十餘年，哪裡還有什麼遺民?!況且朱重九以遺民自居，也應該是大宋遺民，怎麼能用「華夏」二字？

但細究起來，用這兩個字又沒什麼大錯。周時，將守禮義之族人稱為「諸華，諸夏」，不通禮儀的蠻族則稱為「四夷」，他朱重九既然造了大元朝的反，當然不會再認同蒙古人也是華夏正統，故而拿華夏遺民身分自居，亦未嘗不可。

只是這句話從他朱重九嘴裡說出來，簡直彆扭到了極點，特別是再跟後面那句徐州屠戶相接，絕對是不倫不類；至於倒履相迎云云，典故的確應景，但接下來那句，就又成了大白話，讓人不親眼看到，根本無法相信是從同一個人嘴裡說出來的。

好在劉伯溫反應非常快，微微一愣後，就趕緊還禮道：「將軍言重了，某等乃為山野之人，偶然興起，路過貴地。豈敢勞將軍……」

「師弟又在順口胡說！」沒等他把話說完，施耐庵便打斷道：「主公，這位就是我師弟，他有些食古不化，主公千萬莫與他計較。這位乃是龍泉章三益，這位，則是長洲宋仲溫，他們三個都是江南有名的才子！」

「久仰三位大名，只是以往軍務繁忙，無法登門求教，今日得見，足慰平生！」朱重九按照記憶中《三國演義》裡的腔調回道。

這句話，說得比先前那句順暢得多，章溢三個終於緩過了口氣來，上前重新見禮。

朱重九雖然讀書少，但左有施耐庵，右有羅貫中兩位大神，身後還帶著個兩腳書櫥老丈人祿鯤，倒也不至於過分露怯，幾句寒暄過後，就跟三個客人熟絡起來。

「集賢館裡伙食頗為粗陋，此刻正值鱸魚堪膾，三位不妨與我家主公到臨近的酒家坐坐，大夥邊喝邊談！」羅本知道自家總管並不是很擅長跟陌生人說場面話，所以主動替他發出邀請。

「如此，就叨擾朱將軍了！」三人又彼此看了看，一起點頭。

剛才相處的時間雖然短暫，但是三人都覺察到了，朱佛子讀過的書恐怕不是很多，至於讀書少為什麼還能做出《沁園春》這種一代名句來，恐怕要麼就是神蹟，要麼就是有人事先做好，讓他背熟了，然後再公開出來附庸風雅的。反正眼下這麼幹的草莽豪傑也不只朱重九一個，大夥都心照不宣便是了。

話雖如此，三人內心深處還是隱隱覺得有幾分失望，特別是章溢章三益，正猶豫著自己到底該不該就此留在揚州，進退兩難。情急之下，考校的意思就不知不覺間在話語裡流露了出來。

朱重九倒也有自知之明，清楚自己男主角光環不夠強，不可能虎軀一震，英雄豪傑納頭便拜，於是乎，也不太在意別人試探自己深淺，凡章溢有問，就如實回應，即便有些問題一時難以作答，或者事關淮揚系的核心機密，也儘量解釋一番，以免客人們覺得自己是故意怠慢。

如此一來，倒又讓劉伯溫、章溢和宋克三人刮目相看，心中各自暗道：「這朱重九雖然讀書少，卻豁達大度，身上頗有幾分當年漢高之風，如若能一直如此，未必成不了大事，我輩先輔佐了他，再將拉他回到正途便是，總好過輔佐了個楚霸王之流，最後落個含恨而終的下場！」

為了體現對讀書人的重視，集賢館修建在城中最好的位置，原來鎮南王府的遺址上。距離揚州府衙和淮揚商號總部都非常近，周圍異常繁華，幾乎每走三五步，就能在路邊看到一棟掛著各色燈籠的酒樓，每一棟都裝飾得金碧輝煌。

「這揚州人還真是奢靡成風！才從廢墟中爬出來幾天，居然就又開始了醉生夢死！」劉伯溫看了，少不得又在心中感慨，對當地人暴發戶一般的行為很是不恥。

那酒樓門口負責拉客的小二，顯然對朱重九等人非常熟悉，見到大總管從自家門前走過，既不躲避，也不跪拜施禮，反倒一個個扯開嗓子，叫嚷得愈發大聲：

「鱸魚，道地的松江四鰓鱸啊，剛從江上運過來的，貨真價實，童叟無欺！」

「酒炊淮白魚，大宋御廚後裔親自掌勺，誠齋先生親自題名，大宋高宗皇帝御筆欽點的天下第一名菜！」

「蓴菜毛羹，五百年古法秘製！宛陵先生一品之後，終生不忘。」

最後一句牛皮吹得實在太沒了邊，身為揚州知府的羅本覺得臉紅，忍不住瞪了店小二一眼，笑罵道：「賣菜羹就賣菜羹，不要信口開河。宛陵先生故去總共也不到三百年。」

「大人您有所不知！」店小二敢在集賢館門口賣弄，肚子倒也有幾分乾貨，立刻做了個長揖，笑著回道：「這蓴菜和鱸魚可不是因為宛陵先生讚過才成名的，在先生之前，就已經是兩淮名吃。當年大唐玄宗皇帝和楊貴妃請安祿山吃飯就點過這兩道菜，那安祿山非但將菜肴吃了個一乾二淨，連吃飯的勺子都藏在懷裡偷偷地帶出了宮去，就指望著每天舔上一下，追憶其中滋味！」

「呸！」羅本聽他說得噁心，忍不住低聲唾罵：「說你信口開河，你還更離譜了！那安祿山再粗鄙，也是個三鎮節度使，豈會連個吃飯的勺子都不放過？」

「這話倒也不是完全胡說！」劉基在旁邊聽得有趣，順口說道。東瀛子的《墉城集仙錄》裡，的確有玄宗皇帝賜安祿山「金平脫犀頭匙箸」之語，只不過是賜，不是偷。

店小二聞聽，立刻來了精神，順著劉基的話頭繼續發揮：「安祿山當然不要臉，吃飯時偷勺子。咱們大唐皇帝陛下卻不能跟他一般見識，當然就順水推舟，另賜了他一整套餐具，誰曉得那安祿山真正想偷的不是餐具，而是餐具裡所盛的菜肴，還有，皇上的老婆！」

「啊？哈哈，哈哈哈！」劉基被逗得莞爾，樂不可支。

羅本也讀過唐人杜光庭的筆記小說，知道其中的確有一段，說唐玄宗賜餐具給安祿山的故事，因此分辯不得，只好衝著店小二搖搖頭道：「切，你這小二，什麼都能被你強拉到一起去。好，那就通知你家掌櫃的，在二樓給我等開一雅間，今天大總管要借你家的地方，請貴客嘗嘗白魚和蓴羹！」

「哎，大人您裡邊請！料定了今天必有貴客登門，二樓雅間一大早就收拾乾淨啦，這可不……」

「趕緊去知會掌櫃的備菜，別吹牛了，再吹，推背圖都成你家的祖傳秘笈了！」羅本瞪了小二一眼。

「您老還甭說，小人還真姓袁，祖上少不得跟袁天罡有什麼關係！」小二耍著貧嘴，一邊撒腿朝裡邊跑去，高喊道：「掌櫃的，趕緊出來，大總管來了，大總管親自來品嘗咱家的蓴菜白魚來了。」

「大總管裡邊請！」三四個和小二年齡差不多的夥計一起跑出來，扯開嗓子大叫，唯恐周圍的路人和同行們聽不見。

此乃明顯的借勢行為，看得劉伯溫又是暗暗皺眉。

然而在朱重九看來，政要人物替本國商家推廣產品，是天經地義的事，所以一笑之後，逕自拾臺階而上，根本不在乎酒店夥計們接下來如何嚷嚷。

跟在後邊的徐洪三悄悄向侍衛們使了個眼色，立刻就有幾個最機靈的奔向了後廚，還有若干身手敏捷的侍衛，則分頭佔據門口和臨近街道的幾處重要位置，以防蒙元朝廷派來的刺客趁機鋌而走險。

正在酒館裡吃飯的客人們見了，立刻有些不自在起來，但看到侍衛們除了提高了戒備之外，沒做出任何擾民的舉動，也就慢慢習慣。個別膽子大者，還趁機偷偷朝樓梯口觀望，以便下一次朱佛子的身影從那裡出現時，自己能多看上幾眼，今後在同伴們面前也好多些吹噓的談資。

既然朱重九都不在乎酒家的投機行為，劉基和章溢、宋克三人，當然也只能客隨主便。在施耐庵的引領下，於二樓中一處對著後院的雅間裡落了座。還沒等看清楚屋子裡的陳設，店小二已經將一壺開水和幾副乾淨的茶具擺了上來。

「大總管，您獨創的明前新綠！」

那小二膽子甚大，一邊給客人們沖茶，一邊囉嗦道：「小人家主人盼著有朝一日您能惠顧，老早就在商號裡備下的，一直沒開封，您老一會兒點評點評，小人沏的手法到底有了幾分火候？」

「只要是新茶，怎麼沖味道都不會太差！」朱八十一端起白瓷杯子，朝裡邊看了幾眼，笑道。

因為沒有化肥的緣故，茶葉形狀看起來有點小，顏色也比後世的明前茶淡了許多，但味道卻更清新，讓人一嗅之後，就有脫胎換骨之感。

「淮揚事業草創，故而只能因陋就簡，請三位在外邊吃一頓便飯。」他將茶盞向客人舉了舉，謙讓道：「輕慢之處，還請三位貴客勿怪！」

對劉基來說，此刻在外邊吃飯，遠比在大總管府內接受宴請來得輕鬆，至少吃過飯後抹嘴離開揚州，也不算辜負了朱大總管的盛情，因此拱手回道：「大總管言重了，此樓連小二都能出口成章，何陋之有？倒是我等，何德何能，竟被大總管如此禮遇，真是慚愧，慚愧！」

宋克亦接口道：「大總管確實言重了，宋某慕義來投，圖得是能在大總管帳下痛痛快快地跟韃子幹上一場，並非為了討吃討喝，所以有頓飽飯吃，就不會覺得簡陋，如果他日跟在大總管身後一道痛飲匈奴血，則更是不虛此生！」

「大總管不嫌我等庸碌，折節相邀，章某非那狂妄之徒，又豈敢再挑三揀四？」章溢緊隨二人之後，也拱手回道。

三個人竟是三種態度，彼此之間端的是涇渭分明！

朱重九雖然是個兩世宅男，可做了一年半多的義軍首領，即便原本是塊頑石，也早已磨出七竅孔來了，因此放下茶盞，朝宋克拱手施禮道：

「朱某出身寒微，德行淺薄，既承足下不棄，豈敢不虛席以待？客氣的話就都不要說了，今後你我兄弟攜手同心，一道驅逐韃虜便是。」

「宋克宋仲溫，拜見主公！」宋克從座位上閃身出來，朝朱重九跪倒施禮。

朱重九大步上前一把拉住，「仲溫不必如此客氣，有道是男兒膝下有黃金，這跪拜之禮，朱某已經徹底廢除了。」

「啊？」宋克聽聞，又是一愣，隨即後退半步，鄭重作揖，「如此，屬下今後只拜天地父母便是。主公在上，克願供驅策，雖赴湯蹈火，絕不敢辭。」

「願與仲溫肝膽相照！」朱重九拱手還了個半揖，然後拉起宋克的胳膊，大笑說道：「你來得正好，如今淮揚高郵三地，百廢待興，施公和清源他們幾個根本忙不過來，你文武雙全，就先到學局，把今年的科考事情跟逯公、施公兩個一道操持起來，待今年的科考結束之後，估計你對淮揚的軍政體系也熟悉得差不多了，再去第五軍吳熙宇帳下出任行軍長史。他們那個軍原本是三千戰兵，三千輔兵，如今要整整擴編到兩萬人，任務相當重。」

「主公請收回成命！克初來乍到，寸功未立，不敢竊據高位！」宋克嚇了一跳，趕緊推辭道。

他跟第四軍的指揮使吳永淳是遠親不假，但從沒想過，自己才來就能擔任第五軍長史之職，那可是一軍之中數一數二的重要崗位，甚至可以直接調動兵馬出征，當年大唐李靖就是在河間王李孝恭帳下出任長史之職，最終得以名標凌煙的。

「什麼竊居不竊居的。你雖然從沒在我這裡立下過戰功，但當年散盡家資募兵反元的壯舉，誰人聽了不肅然起敬？先放手去做，只要你在長史的位置上幹出了成績來，大夥誰也不會拿你的資歷說事！」

「仲溫雄才大略，剛好去軍中一展所長！」施耐庵在旁邊勸宋克不要過謙。

「是啊，仲溫兄，你不是曾經以辛稼軒自比麼，怎麼這麼好的機會在眼前，反而要縮手縮腳的？」羅本也大敲邊鼓。

「那都是年少時的狂妄之言！」宋克紅著臉，連連擺手道：「能給祿公和施公當作佐吏，在下就心滿意足了，真的不敢去第五軍尸位素餐！」

「仲溫不必過謙，我這裡讀書人原本就少，像仲溫這樣既博覽群書，又懂得兵略的讀書人更是鳳毛麟角，所以幾乎每一個人才，都是到了沒幾天就得趕緊出去做事。不信你看清源，他當時在我身邊總計也不過是做了三個半月參軍而已，現在不也在揚州知府位置上幹得好好的，有誰敢拿資歷之事來笑話他？」

這話說得倒是事實，淮陽系這一年多來膨脹太快，幾乎每個前來投奔的讀書人，都能迅速找到一個不錯的崗位。當然，那些名不副實的，和不肯認真做事只會張嘴罵街的傢伙除外，大總管府廟小，暫時還養不起什麼清流，只能送上一筆厚實的程儀，打發他們去別處另謀高就了。

宋克這兩天在集賢館中，也瞭解到一些淮揚地區的基本情況，知道朱重九的話是事實，盛情難卻之下，便又拱了個手，道：「既然大總管不嫌克駑鈍，克願竭盡全力追隨左右，粉身碎骨，九死無悔！」

「粉身碎骨的話又從何說起？」朱重九笑道：「以目前的態勢，我淮安軍只會越來越強，不會越變越弱，只要大夥繼續齊心協力，今後就只有咱們將敵人輾得粉身碎骨的分！好了，客氣的話就不要再多說了，仲溫請入座，趁著酒菜還沒上齊，我還要問問三益兄和青田先生兩位的志向！」

朱重九將目光轉向章溢，「三益先生大名，朱某早有耳聞，只是昔日距離太遠，不敢過早寫信去打擾，以免驚動了蒙元官府，給先生帶來無妄之災，如今先生既然到了揚州，朱某便斗膽請先生多逗留些時日。朱某欲驅逐韃虜，恢復中華，掃除苛政，救民水火，卻苦於見識和能力有限，很多事情不知道該如何著手，還望先生不棄朱某駑鈍，肯花一些時間為朱某指點迷津！」

「這……」剛才宋克被朱重九挽著手臂說話的模樣，已經讓他有些感動，沒想到輪到自己頭上，禮遇竟然比剛才還要隆重，頓時覺得心裡發燙，以前的所有顧慮，統統都飛到了九霄雲外。

「明公如此厚愛，章某敢不竭誠盡忠！只恨才疏學淺，怕耽誤明公的大事！」章溢不禁衝著朱重九長揖及地。

「三益兄過謙了，你若是才疏學淺，這天下才子還有幾個名副其實的？」朱重九笑著攙扶他，「朱某幕府裡，有長史、參軍和參謀三職。眼下正副長史分別由蘇先生和祿老兼任，參謀則留給科考優勝者，旨在將他們帶於身邊儘快熟悉淮揚軍政事務，以便日後出任要職；參軍一職，則非三益兄這等大賢莫屬，還請三益兄不要嫌朱某怠慢，先就任此職，待幫朱某將軍政諸事理出個頭緒來，再外出獨當一面！」

「溢願追隨祿、蘇兩位長者之後，輔佐大總管早日驅逐韃虜！」章溢又一個長揖，大聲答應道。

朱重九笑著還了禮，繼續說道：「三益兄請入座，今日飯後，就會有侍衛前來幫三益和仲溫收拾行禮，到大都督行轅內安頓。令侄年少有為，朱某想派他去淮安總管胡大海身側歷練一番，不知道三益兄可否捨得？」

「任憑主公安排！」章溢又拱了下手，毫不猶豫地答應道。

朱重九點點頭，請章溢落座。

他原本的打算是，安排章溢去胡大海那兒做個知府，但既然對方心裡還在猶豫，就只好先留在自己身邊，多花些時間互相瞭解，然後再做定奪。

不過以之前的經驗來看，這個時間也不需要太長，任何與新政權沒有利益衝突的讀書人，只要在大總管府參軍的位置上，接觸到淮揚地區日常發生的那些事實和滙總而來的消息、資料，想法就會很快發生轉變，不再用懷疑的眼光去看待身邊發生的一切，而是全心全意投入其中，願意將自己與整個淮揚體系融合在一起，在史書上留下一頁輝煌！

祿老進士如此，陳基、羅本如此，朱重九有把握章溢將來也會如此。他非常有信心，也期待著自己早日看到那一天。

但是，當目光轉向劉基的時候，他的頭腦卻迅速冷卻下來，斟酌了一下，開門見山地說道：「青田先生雖是偶爾興起途經揚州，想必也看到了我揚州如今與以往相比已經是天翻地覆。不知道先生以為這番變化究竟是好是壞？朱某乃是武夫，不懂得繞彎子，還望先生不棄鄙賤，直言賜教！」

「咳咳咳！」沒等劉基回應，施耐庵先被茶水給嗆了一下，咳嗽起來。

主公這哪裡是虛心求教啊，分明是直接逼劉伯溫表態，是願意留下共創大業，還是趕緊捲舖蓋滾蛋！但在大夥到來之前，自家師弟不厚道在先，所以施耐庵也不能說朱重九此刻做得有何不對，只能把頭伸到桌子底下，借著咳嗽的動作來逃避尷尬。

那劉伯溫也沒想到朱重九居然如此沉不住氣，連口熱飯都不給吃，就直接找自己興師問罪。眉頭皺了皺，冷笑道：「劉某來揚州的時間畢竟太短，很多事情都只看了個皮毛，是好是壞，不宜現在就下結論，但能讓揚州在如此短時間內就恢復元氣，大總管的施政手段，的確稱得上是神鬼莫測！」

「哦！」朱重九坐回座位上，端起自己面前的茶水，輕輕細品。

受胡風影響，揚州一帶的酒樓，多是眾人共聚一桌，而不是漢家傳統的分席就座，因此他的一舉一動，劉伯溫都看得非常清楚，便又笑了笑道：

「非但是揚州，劉某還聽聞淮安府那邊，如今百姓所過的日子，也遠比以往任何時候都要富足，大總管在戰亂之時依舊能讓百姓豐衣足食，劉某不得不說聲佩服！」

「多謝先生誇獎！」朱重九不客氣地接受了劉伯溫的誇讚。

「倒是個沉得住氣的！」劉伯溫心裡悄悄讚了一句，然後話風陡轉，「只是劉某有一件事沒有把握，不知道大總管可否解釋一二？」

「先生請講，朱某將全力為先生解惑。」朱重九知道正題來了，放下茶盞，做了個請的手勢。

「那劉某就不客氣了！」劉伯溫想了想，長身而起，「劉某羡慕淮揚的富足，但劉某卻不知道都督之策，今日可富一地，日後是否還可富一國？這揚州能在三個月內就起死回生，所耗錢財，恐怕要以數百萬貫計。如此大一筆錢財，總管可知其究竟從何而來？總管日後要兼濟天下，是否還能開闢出永不枯竭的滾滾財源？」

「啪！」沒等朱重九回話，宋克已一拍桌案，喝道：「姓劉的，你也忒地無恥，口口聲聲說自己不是說客，剛才你跟我和章兄是怎麼說的，現在如何又換了另外一番說辭？」

「仲溫稍安勿躁，正所謂忠言逆耳，劉某這樣做，也是為了大總管的將來，至於剛才對你等所說的話，自然也會跟朱總管提起，只是交換一下先後次序而已！」劉伯溫絲毫不著慌，淡然回道。

「你，你這逞口舌之利的小人！」宋克怒不可遏。

太無恥了，先在人家的驛館裡煽動客人離開，然後又當著主人的面笑人家錢財來路不正，這哪裡是在進逆耳忠言，分明是吃定了朱重九不會把他怎麼樣，故意賣直求名。

正欲再罵上幾句，將劉基的醜陋面目揭開，坐在旁邊的學局主事祿鯤卻輕輕拍了一下他的手背，「仲溫不必著急，大總管又豈是幾句虛言就能說動之人？且坐，聽大總管給你講賺錢的道理。」

「仲溫且坐！」羅本也借著替大夥續水的機會，安撫道：「這新茶是以咱家主公親傳之法炒製，雖然沒有龍團鳳團那般名氣大，但喝起來卻別有一番滋味！」

非是他們兩個胳膊肘向外拐，而是實在不看好劉基的話題切入點，如果是在什麼「經史子集」方面，也許還能讓自家主公覺得為難片刻，拿如何賺錢來說事，簡直是自己給自己挖坑。

凡是跟自家主公接觸時間稍長的人，誰不知道朱佛子最大的本事就是點石成金，所謂製器之術，恐怕還要遠遠排在賺錢後面。

果然，待大夥都安靜了下之後。朱重九不慌不忙地說道：

「伯溫所慮，是覺得朱某之策可施於一地，不可施於一國？這話其實不無道理，畢竟別處不像淮揚，守著一條貫通南北的運河；別處的民間，恐怕也找不出淮揚這麼多靈巧的匠人。」

「還找不出像淮揚三地這麼多見錢眼開的商販！追逐銅臭的斯文敗類！」劉基冷笑著道。

「至於朱某復興揚州之資，在伯溫看來，無非取自三處，第一，從張明鑑手中截獲；第二，抄沒三地的鹽商以及不肯向朱某低頭的豪富之家；第三，則是靠高價出售火炮，從其他群雄手裡賺來！」朱重九不理會劉基的挑釁，繼續慢慢說道。

「正是！」劉伯溫毫不猶豫地點頭道：「其實第一第二都來是來自揚州豪富之家，只不過張明鑑白忙活了一場，到最後卻替大總管做了嫁衣！」

「這話也有道理！」朱重九今天脾氣出奇的好，絲毫不以劉基的話語為忤，「張明鑑從揚州劫掠所得，的確絕大部分都落到了朱某之手，那些抄沒而來的錢財，也都充入了揚州官庫；並且這兩筆錢財都只能用一次，用完便不可再得，短時間內，朱某周圍恐怕沒人肯做第二個張明鑑，淮揚各地，有膽子公開跟朱某對著幹的，也都逃得逃，死得死，沒剩下幾個了，抄沒不來更多的錢財！」

「不過！」朱重九擺了擺手，打斷劉基的說話欲望，繼續道：「不過，朱某可以拍著胸脯告訴你，這兩筆錢財，如今都已經用在了揚州百姓身上。朱某自己一文沒拿，我淮揚大總管治下各級官府，也沒拿一文；並且為了讓揚州重現生機，大總管府至少又多貼了一倍的錢財進去，這幾點，不知道伯溫可相信？」

「這……」劉基臉上現出震驚神色。

殺別人的富，濟自己的貧，歷史上大部分起義者基本上走的都是這種路數，包括彭瑩玉、劉福通等人，打破了朝廷的州府之後，也是將官庫和富豪們的錢財劫掠一空，然後將其中大頭留給自己，只把很少一部分拿出來收買民心。

但朱重九卻不像是在撒謊，從揚州城的恢復速度和眼下繁榮程度上推算，他也沒有撒謊的可能。畢竟六十多萬張嘴巴在那擺著，無論開粥棚佈施也好，以工代賑也罷，大把的糧食必須得拿出來。

而淮揚地區的米價，到了現在還是江南的三倍左右。從張明鑑和富豪們手裡收繳出來的那點兒浮財，能保證不餓死人就不錯了，絕對不會讓揚州城從上到下都如此生機勃勃。

他是個飽學鴻儒，不是什麼地痞混混，弄清楚朱重九說的是事實之後，立刻坦然認錯，「劉某相信，大總管絕非拿謊言相欺，劉某也親眼看到，揚州百姓都將大總管視為萬家生佛，如果大總管只是個沽名釣譽之徒，不會被百姓如此愛戴。」

「那你為何還一而再，再而三地與朱總管為難！」聞聽此言，宋克又是一拍桌案，不滿地質問道。

「是啊，伯溫，即便你先前種種都是虛言相試，這試探的手段也有些過分了吧！」老實人章溢也對劉基的舉動很是不諒解，接著宋克的話道。

「劉某並非虛言試探！」劉伯溫搖頭，「劉某只是不願這淮揚三地數百萬黎庶，還有全天下數萬豪傑到頭來全都落得一場空歡喜而已。」

不待宋克與章溢二人反駁，他迅速衝朱重九拱手，道：「大總管，今天劉某若有得罪之處，還請大總管海涵，劉基可對天發誓，絕非心存惡意而來！」

「伯溫言重了！」朱重九笑了笑，「這裡是酒館，又不是大總管府議事堂。即便是我大總管府議事堂，有時候大家爭執起來，也是吵鬧得像個賣菜攤子一般，朱某為此很是惱火，卻從來沒想過治任何人的罪！」

「嘿嘿，咳咳咳……」施耐庵一口水喝到了氣管裡，嗆得連連咳嗽。

大總管府議事堂的氛圍，他最近可是領教過了，的確是令人無法想像的吵鬧；但吵鬧歸吵鬧，最終決定做出來之後，大夥卻都能主動放棄爭執，齊心協力去做事，很少會因為政見不合就故意給自己人拆臺的情況。

「那劉某就實話實說了！」劉伯溫看了自家師兄施耐庵一眼，然後說道：「朱總管的第三處財源，就是向其他各路諸侯銷售火炮所得。當然也有其他，但主要是火炮，一門銅炮總重量不過五百斤出頭，其售價，卻從最初的一千斤銅節節上漲，如今每門價值已達一千貫錢，足足漲了三倍都不止。」

「這個，的確售價是漲了許多！」朱重九難得臉色變了變，借著茶盞掩飾尷尬，「不過現在的火炮，與最初的那種有很大差別，總重量雖然變化不大，但炮管至少比原來長了四寸，連續射擊次數也大幅地提高。」

這是他前一陣子被糧食問題逼急了，不得不將火炮的每一次改動都算作一次升級，從第一代到現在的第三代，一路升到無窮大，反正每次改動肯定都比上一個版本好一些，升不升級客戶「隨意」。

劉基不懂火炮，但也從老前輩朱升那裡打聽到，這東西管子越長，射程就越遠，而連續射擊次數的提高，則意味著炸膛風險的降低，所以從這兩點上，他也無法過分指責朱重九心黑。

然而他今天來揚州，卻不是為了跟朱重九討價還價，因此說道：

「朱總管制器上的造詣，劉某甘拜下風，但是朱總管可知道，為了買你的火炮，很多豪傑已經開始刮地三尺？又是否知道，就連劉福通那邊，今年的糧賦也漲到了畝產的四成，而他們這樣做，等同於幫著你從老百姓手裡搶錢。即便如此，他們亦不可能永遠不停地搶下去，萬一周圍各地的錢財都被你揚州一城給吸乾了，朱總管新財源何來？莫非朱總管還能冒天下大不諱，把火炮賣給蒙元那邊麼？」

「嘶……」施耐庵顧不上再咳嗽，抬起頭看著朱重九，滿臉擔憂。

羅本、祿鯤兩人雖然對朱重九非常有信心，此刻也忍不住輕輕皺起了眉頭。他們以前只是覺得有了錢之後，官府做什麼事情都變得容易許多，卻沒仔細考慮過，今後是不是每年大總管府都會給治下各部門投入同樣的錢財；更沒考慮過，一旦像劉基所說的那樣，涸澤而漁的情況出現，大總管府上下將何去何從?!

剎那間，眾人將目光都投向了朱重九，期待著他能像以往那樣，給大夥帶來信心和驚喜。

誰料朱重九卻忽然失去了說話的興趣，先將劉基輩子裡的茶水朝自己碗裡勻了一半，然後笑著舉盞相邀，「來，伯溫，請用茶！」

「嗯？」劉伯溫不知道朱重九在打什麼啞謎，端起茶盞陪對方喝了一口。

朱重九將自己茶盞裡的茶水一飲而盡，然後又將劉基茶盞裡的水再度勻走了一半，繼續發出邀請，「來，這茶不錯，請再飲。」

「呵呵！」劉基恍然大悟，將茶盞裡的水一口喝乾了，然後挑釁般朝朱重九亮出杯底。

「呵呵呵！」朱重九也笑著擺手示意羅本不要起身，拎起裝水的銅壺，將每個人的杯子都蓄滿，「來，伯溫，請再飲!小二，續水，此壺太小，換個大號的壺來！」

「嗯！」劉基胸脯起伏了好一陣，才咬牙說道：「大總管可知，壺再大終究有限，而人欲則無窮無盡。」

朱重九把頭搖了搖，自信滿滿地道：「那就換更大的壺，不停地換，實在不行，就將壺蓋打開，你在這邊往外倒，我在那邊往裡續，看你的肚皮大，還是我續水續得快！」

「哼！」劉基一聲悶哼，兩眼發直。

「噗！」施耐庵嘴裡的茶水只來得及咽下去一半，其他全都噴到了衣服上。再看先前義憤填膺的宋克，臉上憤怒之色都不見了，望著呆呆發愣的劉基樂不可支。

朱重九這個比方打得太生動了，在座的人沒法裝聽不懂。

劉基認為淮揚系的發展會後繼乏力，前提就是天下財富固定不變，朱重九這邊多「吃」了一口，別處自然會少吃一口，萬一朱重九將全天下的所有財富都搬回了揚州，其他地方將會徹底枯竭，屆時，淮陽系這個突然崛起的大怪物也會因為財富難以為繼，瞬間傾覆於地。

但朱重九一句「換大壺」就解決了所有麻煩，如果把目前天下紅巾所掌控的地域比作一個水壺的話，這個壺裡的水便是有限的；而與紅巾軍控制的地域相比，大元帝國無疑就是一個更大的水壺。

至於後面兩句，明顯雙方都在強詞奪理了。劉基固執地認為，整個大元的財富也有限，無論如何都不夠淮揚搜刮，朱重九則直接告訴他，大元朝不夠大的話，我繼續向外開疆拓土，不停地拓，拓到滿足需求為止。如果還不能滿足的話，就以大炮為犁，無止無休。

也不怪劉基吃癟，事實上，這個時代的讀書人，甚至包括一代名臣朱升、李善長等，對經濟學的認識水準都非常淺薄。他們平素見識到的，就是男耕女織，自給自足的小農生產方式，充其量再加上一個「薄賦輕稅，休養生息」，他們一直被灌輸的，也是「無商不奸」「以農為本」，所以自然而然地排斥一切官方參與的工商業行為，認為那是在與民爭利。

因此歷史上的那個大明朝立國之後，國家財政收入一直都是個很悲催的數字，非但跟幾百年後把海關完全交給外國來負責的「我大清」沒法比，甚至連已經滅亡了七十餘年，手裡只有半壁殘山剩水的南宋都不如。

而全程參與了大明朝早期各項稅收政策的制定的劉基，對此責無旁貸。

換句話說，正是因為劉基、李善長等人在經濟知識方面的短缺，才導致了大明朝在國家財政收入上的先天不足，而明代中後期的財政制度無論怎麼改革，也都沒能脫離農業經濟的窠臼。

甚至在大明末年，在滿清頻頻叩關的情況下，仍然沒有勇氣和能力從新興的外貿和工商業領域開闢財源，只是一味地從農民頭上加徵，最後李自成揭竿而起，天下重新陷入黑暗……

以己之最短，擊他人之最長，這個回合，劉基輸得是半點兒都不冤。

他哪裡知道，朱重九身體裡的另一個靈魂生前所處之地，資本主義盛行，又怎麼可能會被劉基那套古樸的小農經濟理論給忽悠住！

「大壺來了，大總管，這是本店最大的一隻銅壺了。您老慢慢用茶，熱水不夠的話，小的隨時給您續！」

就在眾人細細品味朱重九話中所指的時候，店小二愣頭愣腦地跑了上來，雙臂用力將一只斗大的白銅水壺提到桌案旁。

「哈哈哈！」這一刀，可是補得恰到好處，眾人頓時再也憋不住，一個個笑得前仰後合。

「這……」機靈的店小二不知道自己說錯了什麼，拎著水壺，面紅耳赤。

「沒你的事，趕緊下去準備菜肴！」朱重九怕他失手燙傷自己，趕緊接過水壺，將其輕輕放在桌上。

「哎，總管，您老慢用！魚馬上就好，小的去給您端來！」店小二如蒙大赦，抱頭鼠竄而去。

經他這麼一打岔，劉基終於緩過一口氣，整整衣冠，正色道：「大總管可知，國雖強，好戰必亡！」

「此語出自《司馬法》！」

自打娶了個學霸之後，朱重九的古文造詣就如飛猛漲，想都不想便說道：「後一句是，天下雖安，忘戰必危。天下既平，天下大愷，春蒐秋獮，諸侯春振旅，秋治兵，所以不忘戰也！」

「噗！」祿鯤忍不住笑了聲，迅速低下頭去。

自家老爺子眼光就是毒，這孫女婿挑得簡直沒話說了，雖然外貌看上去粗豪了些，但認真起來，連名滿江南的大才子劉基遇上他都縛手縛腳，根本占不到半點便宜。

「大總管有過目不忘之才，劉某佩服。」劉伯溫接連兩招都被打了回來，心中不免有些吃驚，拱了拱手，苦笑著誇讚。

「先生過譽了，朱某碰巧讀過這句，所以聽先生提起，就立刻想了起來！」朱重九做謙虛狀。但是，接下來那句，就盡顯輕狂之態了。

「不過朱某一直以為，盡信書不如無書，先生以為然否？」

「亞聖的話，自然有其道理！」劉伯溫有些艱難地回道。

朱重九剛才那句話出於孟子，南宋後期，正是孟學被儒者大為推崇的時代。作為一代名士，他不能說自己沒讀過孟子，也不能信口開河說孟子的話有錯，然而，「盡信書，不如無書」的下文，卻是「吾於《武成》，取二三策而已矣。仁人無敵於天下，以至仁伐至不仁，而何其血之流杵也？」

換句話說，孟子他老人家認為，以至仁討伐不仁，即便戰爭打得很殘酷，其正義性也無可質疑，剛好對應劉基先前引用的那句「國雖大，好戰必亡」的七寸，讓他比自己打自己的嘴還要難受。

但是，劉基如果這麼容易就被說服，就不是幫助朱元璋開創大明的後諸葛了。他深吸了口氣，重新振作起精神，道：「大總管可知何以為仁？」

朱重九沉吟片刻，反問：「武王伐紂，禮否？」

「大總管威武！」宋克一拍桌案，喝彩道。

孔夫子說過「克己復禮為仁」，從字面意思上講，就是克制心中的私欲，遵從大周的禮節。因此按照這個標準，朱重九眼下處處都在利用人心中的私欲，顯然違背了一個仁字，其戰爭，自然也就失去了正義性。

朱重九直接跳過這個問題，用武王伐紂的具體行為來回應，相當於**以子之矛攻子之盾**，既然仁者要克己復禮，我效仿周武王去討伐商紂，就是最大的遵守周禮啊，你又憑什麼說我做得不對?!

非但宋克一個人徹底倒向了朱重九，一直坐在旁邊，試圖借著劉伯溫的發難而仔細考察朱重九的章溢，此刻也是心潮澎湃，「這個朱佛子，到底是誰教出來的？說他沒讀過書，卻總能跟劉基針鋒相對；說他是個讀書人吧，他的言談舉止卻甚為粗鄙，簡直就是一半文人一半粗胚硬生生拼接起來的妖孽，全身上下處處透著古怪。」

正百思不得其解間，又聽見劉基語氣猛的一變，說道：「大總管當下所為，仁否？」

「伯溫，非朱總管，揚州六十萬父老去冬盡為枯骨也！」章溢聽不下去，清了清嗓子替朱重九辯解。

這是誰也否認不了的事實，你劉基再不認可淮揚的施政策略，卻不能閉著眼睛說瞎話，給朱佛子栽一個殘暴不仁的罪名，否則，非但揚州六十萬百姓不答應，連章某人這個外來者都無法認同。

然後朱重九卻不是非常領情，擺了擺手，示意章溢坐下喝茶，然後回道：「三益兄不必生氣，青田先生說得沒錯，朱某自起兵以來，親手殺死的人數以百計；淮揚高郵三地，因朱某而死者，數以萬計，因此斷然不敢以仁德自居！」頓

了頓，他的聲音陡然轉高，「而三地百姓因朱某而生者，則數以十萬計。朱某不知道自己所為仁否，然朱某卻知道，當此末世，朱某必有所為，有所不為！」

有所為，有所不為，這才是他的人生信條。

劉基只看到了表象，看到淮揚一帶新興工商業像個黑洞般，源源不斷地吸引全天下的財富。朱重九卻知道，這才是開始，當資本度過了萌芽期後，它對財富的吸納將更主動，更為瘋狂。

的確，這一切的確帶著掠奪性質，因為資本來到世界，從頭到腳，每個毛孔都淌著血腥和骯髒。

不列顛的財富，來自對海外殖民地的血腥征服和搜刮；美利堅更是直接奠基於印第安人和黑人的屍骨之上。即便到了二十一世紀，她的每一次對外戰爭，都帶著明顯的經濟目的，要麼為了傾銷商品，要麼為了掠奪資源。

但是，他們都是掠奪別人，而不是掠奪自己的同族。

朱重九沒有「虎軀一陣，天下英雄納頭便拜」的領袖魅力，也沒有「眼珠一轉，方圓二十里內所有人都自動變成白癡」的智慧光環，所以，他只能採用最簡單，最笨拙的方式，**借鑑歷史上已經有人走過的，並且已經成功的道路，哪怕這條路兩旁佈滿荊棘**。

第五章

以史為鑑

「章溢不敢！小人只期盼主公能以史為鑑！」章溢回道。
他與劉基不同的是，劉基試圖強行說服朱重九，讓其改變策略，
而他卻希望能通過進諫、潛移默化等方式，
慢慢將主公拉回至正確道路上來。

「啪啪，啪啪！」劉基的撫掌聲，在寂靜的房間裡聽起來格外的刺耳。

施耐庵紅著臉，看向朱重九的目光裡充滿了歉意；祿鯤和其他人則對劉基怒目而視，就算看不上淮揚這座小廟，姓劉的也不該做得如此過分，哪有當著若干下屬的面，逼迫自家主公承認「不仁」的道理？這也就是在揚州，換在別人家的地盤，你劉基哪有機會活著走出門去！

而劉基卻絲毫沒有適可而止的覺悟，低頭喝了幾口水後，又振振有詞地說道：「大總管勿怪，劉某並非有意冒犯，只是這一路行來，看到淮揚三地的百姓豐衣足食，而其他各地的百姓卻日漸窮困，義軍害民，更甚於蒙元官府，所以有些話才如鯁在喉，不吐不快！」

「且住！師弟，周邊義軍苛待百姓，與我家大總管何干？」這下，連施耐庵都忍無可忍了，大聲打斷。

「大總管先前說這壺裡的水可源源不斷，」劉基輕嘆了口氣，「可劉某只看到，群雄為了從大總管這裡買炮，一個個恨不能刮地三尺。大總管一門銅炮售價千貫，一副鐵甲售價百六，而周遭各地，上上之田，農夫精耕細作，畝產也不過三石；即便是年年風調雨順，一路之產能有幾何？」

這又繞回了他先前的論點，揚州的快速復蘇，是建立在朱重九依靠武力和商道手段，對周邊其他紅巾控制地區掠奪的基礎上而成的，短時間內可以創造奇蹟，卻絕對不可能複製，更不可能推廣到全國。

「這……」施耐庵學問不錯，是個辯才，一時間竟找不出任何話來反駁。更無法否認，眼下揚州的繁華跟周圍各地的貧困，的確形成了極其鮮明的對比。不遠處這段運河，就像一塊磁鐵般，將全天下的財富源源不斷地吸引過來，讓**富裕者愈發富裕，窮苦者愈發窮困**。

羅本不願讓自家師父孤軍奮戰，想了想說道：「那是群雄本事不濟罷了，如果換成我淮揚大總管府來治理，未必是同樣的後果！至少眼下我淮揚大總管府的地盤內，老百姓的日子一天好過一天。將來隨著我家主公地盤的擴大，周圍百姓自然能過上和揚州同樣的日子！」

「能如此當然是好，但是，不知道羅知府有幾分把握？」劉基立刻將目光轉向羅本，撇著嘴問。

「千里之行，始於足下！」羅本被問得微微一愣，然後咬著牙回道。

這話說得有些過於武斷，劉基立刻搖搖頭，冷笑道：「知府莫非真的以為你主公能點石成金麼？」

「點石成金的本事未必沒有，且天下之大，也遠非先生所能想像！」羅本也大聲冷笑，看著劉基回應。

跟對方鬥了這麼長時間嘴，他終於明白了，自家師叔劉基根本不是來開什麼書院，傳承師門絕學的，而是特地借著開書院的由頭，跑來給大總管府添堵的。並且他添堵的藉口還不怎麼高明，只是固執地認為淮揚三地的繁榮掠奪了其他各地財富，對腳下這片土地上日新月異的變化統統視而不見。

如果羅本沒親自跟著黃老歪、焦玉等人一道，在江灣裡建設一座座工坊；如果羅本依舊像傳統文職官吏那般坐在衙門裡頭，只管和同僚勾心鬥角，將公務全丟給胥吏，他還真會像施耐庵一樣被劉伯溫給辯倒。

而在親眼目睹了以往一文不值的石英砂如何變成了「華麗名貴」的玻璃器皿；親眼看到了精鋼板甲和百煉寶刀像爛菜葉子一樣，整車整車從工坊裡往外推之後，劉基所說的那些話，在他眼裡立刻變得幼稚無比。

石頭不能變成金子，但人們卻可以透過各種辦法將石頭變成比金子更值錢的東西！**沙土不能變成糧食，但有了工坊和大炮，卻能用一船沙土換回別國的十船糧食，這是他親眼看到的事實，勝過任何語言的雄辯！**

這是一個全新的世界，絕非閉門造車的書呆子所能理解；這是一個無比廣博的領域，甚至任何古聖先賢的著述都沒涉及到其皮毛，而羅本非常自豪地發現，自己站在了新世界的大門口，自家號稱博學多才的師叔卻還遠在數十里之外，連進入院子的道路都沒找到！

所以，此時此刻，羅本臉上的傲慢清晰可見。

坐在他對面的劉基立刻察覺到了這種傲慢，僵硬地說道：「劉某孤陋，願聞其詳！」

「算了！」羅本忽然失去了辯論的興趣，「師叔難得來揚州一趟，先吃飯吧，估計廚房那邊應該準備得差不多了。」

有些東西涉及到淮揚系的安危，既然劉基不打算留下，他就不能隨便透露給對方知曉。何況有些事，絕非幾句話就能說得明白，正所謂夏蟲不可語冰，你讓一隻到了秋天就會立刻死去的昆蟲去理解「千里冰封，萬里雪飄」的世界，最後的結果，要麼是把自己活活累死，要麼是把自己活活氣死，根本沒第三種可能！

「故弄玄虛！」劉基被羅本的目光弄得很是受傷，輕蔑地道：「紅巾那套，煽動愚夫愚婦起來造反可以，卻絕非治國之道！」

「師弟錯了！」施耐庵跟劉基之間的關係畢竟更近了一層，不忍看著他平白錯過一個建功立業的大好機會，放緩語氣道：「清源不是故弄虛玄，而是有些事情，他知道，你我不知道而已。」

「師兄身居高位，居然也有不知道的秘密？」劉基帶著幾分不信地道。

他倒不是在蓄意挑撥，而是憑著以往的經驗，認定像施耐庵這種掌握著一地學政大權的官員，早已走入大總管府的核心，怎麼可能還有一些秘密的東西，讓他也沒機會看到？

「愚兄來揚州時間尚短，最近又忙於籌備科考，所以很多地方都來不及去看！」施耐庵很坦然地道：「不過……」

稍稍斟酌了一下，他決定拿一件不涉及任何機密的事情點醒對方，「師弟可否告訴愚兄，這幾日在集賢館所食白米，味道如何？」

「硬且糙，味如嚼蠟，除了能療饑之外，無任何可取之處！」劉基不知道施耐庵的目的，不高興地回道。

「此乃占城那邊所產的稻米，一年兩到三熟。當然味道不會太好！」施耐庵笑著解釋。

「占城？」劉伯溫身體猛的一僵，如遭雷擊。

對博聞強記的他來說，占城不算是什麼新鮮的地理概念，但揚州人吃占城稻米，卻是遠遠超出了他的認知範圍。想到先前朱重九那個水壺的比方，這占城稻米豈不又應了源源不斷的活水麼？而占城周遭還有安南（今越南）、真臘國（今柬埔寨）、暹羅……

剎那間，劉基覺得自己腦門上被劈開了一個窟窿，無數新鮮熱辣的東西拼命朝裡頭灌。

而施耐庵卻唯恐他頭疼得不夠厲害，繼續蠱惑般說道：「但那占城稻米在當地售價卻不到三十文，而師弟你手中的白瓷茶盞，在當地一只就要三百文。從海門港那邊去占城，逆風不過一個多月，若是順風順水，十五日足矣！想換稻米，何須火炮，一船瓷器過去，二十船稻米也能換回來了！」

瓷器，水泥，玻璃，還有各種各樣價格昂貴的奇技淫巧之物，滿載於貨船之上，順著大海開往南方；然後，則是稻米、金銀，還有各國奇珍，源源不斷由海船運往揚州路海門港。

憑著相隔三十步遠就能將對方亂炮轟沉的本事，哪個海盜敢打揚州船隊的主意？長此以往，天下誰人還能與朱重九爭鋒?!恐怕剛一照面，就被淮安革命軍用錢給活活砸死了，哪有機會沙場爭雄？

雖然是管中窺豹，劉基劉伯溫卻窺得不寒而慄，錢糧方面，根本難不住朱重九；道義方面，自己先前的指責也非常勉強；而武力方面，朱重九只會將其他人越甩越遠，絕對不可能被別人追上，朱重八在滁州做得再努力，再謹守聖賢之道，恐怕到頭來也是個安樂公的結局，不可能好得更多！

不比較則已，越是比較，劉基越覺得滁州那邊前途暗淡無光。而三代之治，等級倫常，又像金科鐵律一般，在他腦子裡神聖不可顛覆，讓他腦海裡天人交戰，兩眼發直，身體僵硬，手中茶水哆哆嗦嗦，全潑在了大襟上。

「啊！」茶盞裡的水很燙，一沾身，痛得劉基徹底清醒過來，趕緊抖動袍袖，將衣服上的水漬拂了下去，然後訕笑著向眾人拱手道：「劉某剛才走神，讓諸位見笑了！失禮，失禮！」

「師叔燙得厲害麼，要不要去換件衣服？」看了眼劉伯溫發紅的手背，羅本關心地問。

「不必，不必！天已經熱起來了，這點水漬片刻就能乾掉。」劉基尷尬異常，臉上依舊裝作雲淡風輕模樣，笑著搖頭拒絕。

心神失守，剛才絕對是心神失守。想自己枉讀了半輩子聖賢書，還在宦海沉浮了那麼多年，居然被自家師兄的幾句話就差一點破去心防！這怎麼可以忍受?!劉某肩上承擔的，可是天下士紳百年命運，而施耐庵和羅本等人所圖不過一己之私！

想到這兒，劉伯溫臉上迅速又露出幾分堅毅之色，搖頭道：「劉某孤陋，竟不知道占城米價如此便宜！慚愧，慚愧！」

「伯溫不必自謙，我等也是剛剛知道天下居然還有能種三季稻米的地方！」不忍看到自家師弟太過難堪，施耐庵回道：「好了，不說這些了，咱們先吃飯，等改天有時間，師兄再帶你到四下轉轉，屆時你就知道，咱們淮揚到底和其他地方有什麼不同了。」

說著話，他一邊用目光不停地向朱重九請求。希望大總管能看在自己的面子上，不要計較劉基剛才的無禮，再給自己一些時間，以便將劉基招入淮安軍旗下。

朱重九心裡雖然對劉伯溫的表現非常失望，但想到此人畢竟不是浪得虛名之輩，縱使於經濟方面能力有所欠缺，其他學問卻未必太差，便笑了笑，輕輕點頭。

「吃飯，吃飯。說了這麼久，老夫也有些餓了！」祿鯤笑呵呵地轉換話題。

「聽您老這麼說，我等的確覺得肚子裡空得緊！想必是茶水喝得太多，洗去了腸胃中的油脂！」宋克、章溢二人也幫腔道。

徐洪三給樓梯上警戒的侍衛們使了個眼色，立刻有人跑去廚房通知上菜。須臾片刻，廚師最拿手的菜肴便流水般端了上來，著實是色香味俱全，不負盛名。

然而此時此刻，劉基哪裡還有心情品味淮揚菜的好壞？心中不停地盤算著，如何才能再尋到一個新的切入點，好將先前的話題繼續下去，進而說服朱重九，讓他放棄目前在淮揚各地所推行的那種「攤賦入畝」和「士紳一體化納糧」等諸多「苛政」，將淮安軍徹底引領到正途上來，而不是像現在這樣，在「成魔」的邪路上越走越快，越走越遠。

倒不是劉基有多冥頑不靈，而是他看問題的目光，遠比施耐庵、羅本等人深邃，後者只看到了淮揚大總管府所表現出來勃勃生機，但是他卻看到了淮揚三地目前所推行的這一套，徹底違反了幾千年來「**君王與士紳共治天下**」的秩序倫常。

那可是連蒙古人都不敢打碎的東西，哪怕是伯顏當年南征，殺得江左伏屍百萬，到最後，依舊要承認塢主、堡主們的特權，才終於能夠讓南方平靜下來。而朱重九仗著自己有幾分武力就倒行逆施，真正的有識之士怎能忍得?!

作為士紳中的菁華，劉基發自本能地就要站出來去阻止這一變化的發生，並且自認為站在了道義的制高點上，雖千萬人吾往矣！

「師弟，多吃些魚。這淮白魚過了江後，可是很難見到！」看出來劉基心事重重，施耐庵替他夾了塊魚肉，殷切相勸。

他家裡原本也有一些田產，但是因為寫書犯了忌，需要上下打點，這些年下來，早就「糟蹋」得差不多了。所以絲毫感覺不到劉基的切膚之痛，反倒認為自家師弟今天的做派實在過於魯莽古怪，有點兒對不起往日所負的盛名，更對不起自家主公的折節相待之恩。

「魚，固然是吾所欲也！」劉基正愁找不到說話的由頭，眼前靈光一閃，立刻拍打著桌案感慨，「然想到今後天下就要流血漂杵，劉某便食不甘味！」

「師弟這話何意？」施耐庵的笑容一僵，夾菜的筷子也停在了半空中。「莫非師弟以為，我等不動刀兵，蒙古人就會自行退往塞外麼？」

「非也，古來胡人無百年之運！」劉基搖頭，「而蒙古人入主中原已經七十餘載，氣數當盡。十年之內，即便大總管不誓師北伐，也會有其他人傳檄天下，號令群雄奮起，光復漢家河山！」

「呵呵！」羅本舉著酒杯，自己喝了一口，搖頭不語。

實在不想跟劉師叔浪費唇舌了，十年之內，傳檄天下，沒有淮揚軍參與，群雄連像樣的兵器和鎧甲都造不出來，誰還好意思腆著臉去號令群雄？

章溢和宋克兩人先前跟劉伯溫曾經爭論過，知道他接下來一定會想方設法將話頭引向大總管府的施政綱領上，便雙雙放下筷子，豎起耳朵聽施耐庵如何回應。

果然，施耐庵立刻著了劉基的道，高興地舉起酒盞，「除了我家主公，還有誰擔當起如此大任?!伯溫，你既知道朝廷那邊氣數已盡，何不就此留在揚州？咱們師兄弟一道，輔佐主公重整華夏，再現漢唐盛世！」

他是真心欣賞自家師弟劉基的才華，所以竭盡全力想將對方拉入淮揚大總管幕府，也相信自家主公得到了劉基的輔佐之後，能夠肋生雲霓，化蛟為龍。

誰料劉基心中所想，跟他完全格格不入，搖著頭說道：

「若論兵鋒之銳，天下群雄，誰也比不上淮揚。然吾輩欲重現漢唐盛世，卻不可一味地仰仗兵鋒。否則，縱使驅逐了蒙元，也不過是以暴易暴而已，頂多是秦皇之業，照著大漢四百年盛世相去甚遠！」

「啪！」羅本將酒盞往桌案上一頓，怒容滿面。

「夠了，伯溫，我家主公以禮相待，你不願留下也就罷了，何必一而再，再而三地口出惡言？」接著站起身，衝朱重九深深俯首，「主公，在下有眼無珠，引薦了一個狂夫來，請主公責罰！」

「他是他，你是你，何必混為一談！」朱重九輕輕擺手，「清源，稍安勿躁，且聽青田先生把話說完，朱某在這裡到底有哪裡做得不對，怎麼就成了第二個秦始皇了？」

「嘩啦！」沒等劉基接口，周圍的侍衛們全都將手按在刀柄上，對著劉基怒目而視。

他們讀書少，先前沒聽明白劉基在說什麼，直到此刻，才知道原來這個膽大狂徒居然將自家主公比作了千古第一暴君秦始皇，這讓一群直心腸的漢子如何忍得？當即準備一擁而上，將膽大包天的狂徒推出去碎屍萬段。

「退下！」朱重九狠狠瞪了眾侍衛一眼，喝令道：「咱們這裡什麼時候不准別人說話了?!」

「哼！」徐洪三等人忿忿地退到牆邊。

「子安不必擔心，朱某不會聽了兩句逆耳的話，就拿你師弟怎麼樣！」斥退一眾侍衛，朱重九將目光轉向倉惶站起的施耐庵。

「多謝主公寬宏！」施耐庵紅著臉坐下，心中卻後悔得直冒苦水，「哎，我沒事招惹劉伯溫幹什麼？這下好了，非但沒讓此人留下來，反而影響了羅清源的前程！」

「青田先生有話請直說，不必學那三國禰衡，朱某不會做那江夏黃祖，也不屑去做曹操和劉表！」朱重九朝劉伯溫點點頭。

若說肚子裡一點火氣都沒有，那是自欺欺人，但想到劉伯溫在另一個時空中的赫赫威名，朱重九就不願意對此人過分苛責。畢竟，這是輔佐朱元璋驅逐韃虜的一代名臣，自己連張士誠、朱元璋都沒碰一下，又何必讓此人死在揚州？

劉基也知道自己剛才的比方犯了眾怒，站起身來，做了個羅圈揖，道：「劉某心直口快，如有得罪之處，這廂先賠罪了！」

「哼！」除了朱重九和施耐庵兩個，其餘人皆把頭轉開，不願意再聽他囉嗦。

劉伯溫既然敢開這個頭，心中早把個人的生死榮辱置之度外，斟酌了一下，繼續侃侃而談：「諸公皆為飽學之士，可知道大漢為何有四百年江山？而大秦奮六世之餘烈，終於一統天下，為何卻二世而斬？」

「嗤！」眾人鼻子中噴出一股冷氣，放馬後炮誰不會啊，光是秦朝兩代而亡的緣由，前人就寫過幾百篇策論。

劉伯溫卻不怕眾人的冷落，頓了頓，繼續說道：

「漢初，高祖有白登之辱，文景之時，百姓雖然生活安定，朝廷對匈奴卻無可奈何。到了漢武即位，用董聖之策『罷黜百家，獨尊儒術』，才打得匈奴落荒而逃，數百年不敢生南下之念，我漢人頭上才有了一個『漢』字，才能重新傲視四夷！

「而大秦，以武力得天下，以軍法治天下，焚書坑儒，重軍功而輕士人，故其興雖迅，其亡亦乎！大總管能制萬夫莫當之器，能領上下同心之軍，何不早定方略，以謀大漢四百年之基？反倒效仿那嬴秦，處處以軍功為先。又推行什麼『四民平等』，亂華夏千年綱常？以大總管天縱之才，劉某不憂大總管不能重整山河，劉某所憂的是，**一旦大總管百年之後，這剛剛安定下來的河山，又要面臨一場腥風血雨！**」

「嘶——！」祿鯤、施耐庵和羅本等人齊齊倒吸了口冷氣。

他們都相信，按照目前的發展速度，淮安軍一統天下是早晚的事，卻誰也沒來得及考慮，**一統天下之後，淮陽系接下來該怎麼辦？**而劉伯溫的話，卻非危言聳聽，畢竟兩漢維持了四百二十餘年，而秦朝只維持了十四年，就被項羽付之一炬！

類似的話，章溢和宋克二人先前已經聽劉伯溫說過一次，所以他們兩個倒不像其他人那樣震驚，但是也將目光轉向了朱重九，希望從自家新投奔的主公嘴裡得到一個確切的答案。畢竟，如果可能的話，誰都希望將富貴榮華傳給子孫，而不是像秦朝那樣，連兩代都沒維持到，功臣勳貴的子孫後代們就全成了楚霸王的刀下鬼。

「來，大夥繼續喝酒！」

在眾人殷切的目光中，朱重九卻變得有些意興闌珊。舉起面前酒盞，向大夥吆喝道：「青田先生難得來我揚州一趟，大夥不妨跟他好好喝幾杯。」

「飲盛！」羅本和宋克互相看了看，帶頭附和朱重九的提議。道不同不相為謀，你劉基既然不看好淮揚大總管府的前程，大夥也不用把你當作寶，誰笑到最後，大夥用事實來說話就是，沒必要現在對著窗戶外的冷風逞什麼口舌之利。

「師弟，你難得來一次，大夥今天好好喝一場，不醉不歸！」施耐庵也無可奈何地舉起酒盞。很顯然，主公跟自家師弟話不投機，就此結個善緣算了，今後也能再相見，沒必要在爭執下去，弄到最後誰都不好收場。

劉伯溫等了半晌，得不到朱重九的回應，也只好舉起杯。「大總管不願聽劉某囉嗦，劉某也不強求，此酒祝大總管武運長盛不衰！來！」

眾人紛紛舉盞，將杯中酒一飲而盡。

同樣的酒，喝在不同的人嘴裡卻是不同滋味。在座眾人都被劉基給弄出了一肚子火氣，因此需要酒水來澆火，一個個喝得如鯨吞虹吸。

他們對面懷著為萬民請命之目的而來的劉伯溫，則是眉頭緊鎖，一小口一小口地慢品，以抒心中塊壘。

結果，鯨吞虹吸的人沒喝醉，一口口慢品的人反倒先喝醉了，沒等酒宴結束，劉伯溫就趴在了桌案上，癱軟如泥。

「清源，等會兒叫幾個人把他扶回你府裡安頓吧。這幾天如果有功夫的話，就陪著他到處轉轉，除了保密條例規定不准去的那幾處地方，其他你都可以帶他去看看！」朱重九望了眼人事不省的劉基，淡淡吩咐。

「是！」羅本拱手領命。

「二位今天暫且再在集賢館裡委屈一晚上，明天早晨，大總管府就會派馬車來接。」朱重九轉向章溢和宋克。

「但憑主公差遣！」章溢和宋克紛紛站起，帶著幾分醉意回道。

「二位請坐！天色尚早，咱們不妨再多喝幾杯！」朱重九再度舉起酒盞。

無緣收劉基於帳下，至少還收到了章溢和宋克，數個時辰的口水倒也沒白浪費。雖說章、宋二人在他的記憶中沒什麼印象，但任何人的成功都有其偶然性和必然性，誰能保證章、宋將來的成就不會小於劉基?!

「主公，劉師弟他只是眼界窄了些，沒看到過咱們的工坊，絕對不是故意為生事而來！」施耐庵紅著臉替劉伯溫賠罪。無論如何，他終究是劉伯溫的師兄，做師弟的行事莽撞，他這個師兄難辭其咎。

「我知道，子安不必擔心！」朱重九用酒盞與施耐庵相碰，「朱某並不生氣令師弟今天的作為，相反，令師弟的話倒是頗能發人深省。」

這是一句大實話，以朱重九現在的能力，可以一眼看出劉基並非是某個諸侯的說客。放眼天下，也沒幾個諸侯敢公開派人來揚州搗亂。

但劉基今天的表現，卻令朱重九清醒地認識到，自己當前在淮揚三地所推行的東西已經引發了士紳階層整體的警覺。說不定用不了多久，便**會有更多的劉基站出來，想方設法要將淮揚地區的工業化建設扼殺在萌芽狀態，甚至為此不惜主動去與蒙元朝廷那邊勾結**。

但是，以目前的能力和財力，朱重九卻**找不出任何有效的手段去緩和雙方之間的關係**，這也是他聽了劉基那番話後，不想再做任何回答的原因。

工業化生產與士紳們所秉持的農業社會等級秩序，有著根本上無法調和的矛盾，他朱重九即便說破了嘴皮子，做再多的讓步，也一樣是徒勞無功。

「主公請恕彥端貪心！」正惆悵地想著，耳畔傳來施耐庵略帶緊張的聲音，「師弟之才的確勝彥端十倍，今日雖然一時莽撞，做出了很多失禮的事，可如果他以後能自己醒悟過來，也許……」

「他不是想開個書院麼，那剛好在你學政衙門的管轄範圍之內，你自己酌情處理就是，不必向我請示！」朱重九想了想，乾脆說道：「資金方面，不妨給的充裕一點。以青田先生的品行，諒也不會將它用到不該用的地方！」

你劉伯溫不是聲稱要去傳承師門絕學麼？那朱某就成全你！要錢給錢，要地盤給地盤，哪怕你本人再不願意跟朱某合作，你教出來的學生卻都是淮揚子弟，日後依舊會進入淮揚大總管府和淮揚商號效力，最終還是逃不出朱某人的手心。

「多謝大總管寬宏！」施耐庵愣了愣，拱手向朱重九道謝。

這在他眼裡是最好的結果了，至少劉伯溫將來還有進入大總管幕府的機會，而他們師兄弟兩個日後也不至於為了各自的主公相見於沙場。

「也沒什麼寬宏不寬宏的，他有話能當面說出來，總比憋在肚子裡，然後暗中生事為好！」朱重九擺了擺手，喟然回道。

跟劉基等人吃飯，可比跟黃老歪、焦玉等人研究新產品耗神多了，讓他感覺形神俱疲。

「主公，章某有一言，不知道當講不當講？」見朱重九不會因言而罪人，章溢試探著道。

「說吧！」

「伯溫最後那幾句，其實並非沒有道理。」章溢深吸了口氣，鼓起勇氣說道：「溢觀主公這邊，處處都生機勃勃，然觀其綱紀秩序，卻又如霧裡看花；主公欲謀百世之業，總得有個章程為好，如此，溢等在做事之時，也能自覺遵從，不至於違了主公本意！」

這話，基本意思與劉基先一樣，態度卻緩和了許多，不強求朱重九遵從儒學道統，但希望朱重九能**拿出個固定章程來，以便成為新秩序的總綱，讓後世在繼承時有所憑依。**

朱重九聽了，先是眉頭輕皺，然後忍不住搖頭而笑。

大意了，自己還是大意了，只看到章溢願意加入大總管府效力的表象，卻忘了此人和劉伯溫一樣，也是受了幾十年儒學薰陶，不知不覺地就會從本能出發，去遵從心目中的「天理」。

「三益是否也想說，正因為採納了董仲舒之策，才確立了大漢的四百餘年傳承？」朱重九慢慢收起笑容，看著章溢的眼睛問道。

「不敢完全歸功於董聖！」章溢想了想，認真地點頭，「但至少董聖於其中居功至偉！」

「那大唐呢？」朱重九問。

「大唐立國之初，曾修《五經正義》，《唐律疏議》中，亦曾明言『士庶不同，士人若有罪，則受議請之庇』。」章溢立刻引經據典。

「這？」朱重九將目光轉向逯鯤。後者立刻解釋道：

「唐律，名位不同，禮亦異教。凡貴戚、官員、士子犯錯，有議、請、減、贖、當、免，六權。而奴婢，部曲，官戶，雜戶則嚴懲不貸。」

「大宋立國之初，則定立了『天子與士大夫共治天下』之策，所以南渡之後，依舊有一百五十餘年國祚！」

見祿鯤也有給自己幫腔的意思，章溢膽子更大，又道：「而蒙元雖然殘暴粗鄙，對鄉紳、望族卻是優渥有加，從沒有直接從鄉紳頭上徵收賦稅的先例！」

「如此說來，是朱某人特立獨行了？」朱重九反問。

「章溢不敢！小人只期盼主公能以史為鑑！」章溢謙卑地回道。

他與劉基在很多觀點上都有一致之處，但二人的最大不同是，劉基想現在就試圖強行說服朱重九，讓後者改變策略，而他，卻希望能通過進諫、潛移默化等方式，慢慢將自家主公拉回至正確道路上來。

「好一個以史為鑑！」朱重九冷笑道：「三益，我記得儒家是立志於復三代之治吧？推崇的也是復古和周禮！」

「主公所言甚是！」章溢想了想，點點頭。

「那三代之時，可有孔聖和董聖？」朱重九立刻順著他的話頭問。

「這……」這回輪到章溢發傻了，三代之治還在夏商之前，怎麼可能有孔夫子和董仲舒？怎麼可能去遵從儒學的觀點？

「大周的國運據說有八百餘年，然否？」朱重九卻不給他更多的思考時間，繼續追問。

「自武王伐紂，到文君入秦，有七百九十餘年！」明知話題要朝自己期待的反方向發展，章溢卻不得不硬著頭皮回道。

「那大周之時，可曾罷黜百家，獨尊儒術？」朱重九的下一個問題，如同利刀一般直刺章溢等人心底。

「這，這……」章溢一時語塞，額頭上汗珠滾滾。

西周時，孔夫子沒有出生，而放眼春秋戰國，竟沒有一個國家因為採用了儒學理念而興。孔聖人空負蓋世盛名，卻走到哪都無法將自己的理論推廣出去，到哪兒都不怎麼受待見。

「事易備變，上古競於道德，無須儒家之言，文教自興；而後世則競於智謀和氣力，是以儒家應運而生！」已經醉得不省人事的劉基忽然抬起頭，大聲說了句。

「好一句事易則備變！」朱重九用力鼓掌。

這句話，他不久前剛跟胡大海說過，還被對方認真地糾正了一回，所以印象極深，「此語，出於韓非子吧。他可是法家宗師！」

「儒者從來就不吝集百家之長！」劉基又醉醺醺地道，絲毫想不起來自己剛才還在推崇董仲舒的獨尊理念。

「好一句不吝集百家之長！」朱重九鼓掌，「那朱某還有兩問，一，當今之世與漢武之時，是不是還一模一樣？二，既然不吝集百家之長，朱某現在所行的工商之道，算不算其中一家，有沒有可取之處？」

「這，這……」劉基紅著臉無法回應。

平心而論，淮揚三地目前表現出來的勃勃生機，他根本沒辦法視而不見，只是為了心中的理念和自身所在的位置，不願意承認其的確有所長而已。

「諸君莫急，朱某還有一問。」朱重九擺了擺手，繼續問道：「**我輩舉義兵，到底是為了恢復華夏，還是恢復儒學？是為了給子孫後代謀萬世之幸福，還是謀萬世之桎梏？**」

劉基雙手扶著桌案，搖搖晃晃試圖站起，卻覺得頭暈目眩，兩腿發軟，「若無秩序倫常，何來萬世之基業？三綱五常乃天理人倫，何來桎梏之說？」

「先生醉了，先生且坐！」朱重九看了看他，嘆息著搖頭。

劉基這副模樣，在他的記憶裡並不罕見。在另外一個時空中，便有無數人試圖用一個固定框架規範整個國家的幾百年運轉，無論失敗多少次都記不住教訓。

受朱大鵬的影響，朱重九心裡根本沒有任何放之四海而皆準，並且足以使用千秋萬世的標準，當然更不會認同虛無縹緲的三代之治，就是該萬世奉行的政治框架，**他信奉的是拿來主義，信奉的是兼收並蓄！**

任何理念，儒家也好，法家也罷，包括記憶裡的社會主義，資本主義，**只要能讓國家復興，都可以將其有用的部分拿來一用。**

想到這兒，他拍了拍劉伯溫的肩膀，笑道：

「你其實說得對，朱某的確還沒建立任何固定秩序，也沒想死抱著任何一家經典。朱某以為，我等起義兵的目的是恢復華夏，不是復興儒學，而儒學也好，法家也罷，**都是手段，不是目的**，如果為了手段而忘記目的，那是捨本逐末。先生請恕朱某固執，如此愚蠢之舉，朱某義不敢為！」

「目的……手段……捨本逐末……」劉基小聲嘟囔著，兩隻眼睛亮了又暗，暗了又亮，最終還是支持不住，「砰！」地一聲趴在了桌案上，徹底沉沉睡去。

章溢、宋克、羅本、施耐庵等人，是第一次聽聞朱重九如此具體地闡述心中想法，震驚之餘，兩眼中充滿了茫然。

不怪他們理解力差，關鍵是，華夏自古以來，都講究祖宗規矩。通常立國的第一代把大框架定下來，後世繼承者蕭規曹隨就是，很少再出現大的變動，而變法者，也通常都落不得什麼好下場。

但是今天，朱重九卻親口說出他原本就沒想著死抱著一個固定的方略。也就是說，眼下淮揚地區秩序混亂，從某種程度上而言，是朱重九這個主公刻意縱容的結果，並且看樣子，朱重九還想繼續聽之任之下去，根本不想為子孫後代立任何百世不易的祖宗成法。

「主公至少得拿出一個最簡單的章程來，哪怕立國之後後再重新修訂，也好過沒有任何章程！」到底是朱重九的老丈人，祿鯤鼓起勇氣道。

「祿主事言之有理，即便昔日高祖入關，也曾有過約法三章！」章溢琢磨片刻，慘白著臉，跟在祿鯤之後說道。

他不敢奢求朱重九採用宋儒理學為治國之策，而是退守最後的底線，哪怕是漢高祖那樣的約法三章，你總得有個總綱，否則真的讓他們這種習慣了遵守固定秩序的人不知所措。

「那就先把高祖的約法三章拿過來用！」朱重九倒乾脆，想都不想，直接說道：「再加一條，四民平等，任何人都沒有凌駕於法律之上的特權。至於其他規矩，大夥根據這四條總綱和咱們自己的實際情況商量著來。

「朱某不管你什麼儒家，法家，道家，哪怕是明教和大食人的東西，只要切實有效，切實能讓咱們淮揚三地往上走，就都可以借來一用。至於立國之後如何，相信那時諸位都已經摸索出一些經驗來，咱們再匯總所有人的經驗去建立一部國法。總之一句話，**朱某只看效果，不問出處**，那些勸朱某捨本逐末的話，諸位切莫再提！」

「如果新法依舊不合適呢？」宋克的思路十分活躍，對朱重九剛才的「目的手段」之說非常感興趣，所以適時地問了句。

「那就繼續改，只要國家重臣有七成以上贊成修改，就可以變法，但每次修訂內容不得超過整部律法的一成。就這樣不停地改下去，總會把它變得越來越好。」

「不停變法？那天下豈不亂了套？」眾人還是第一次聽到如此「不負責任」的說法，齊齊把眼睛瞪得滾圓。

「也未必一定是十分之一。」朱重九迅速意識到自己的說法衝擊太大，想了想，放緩了語氣補充道：

「可以更少，但最多不得超過十分之一。每次修訂之後，五年之內不准再次修訂，讓國家和百姓都有個適應期，然後再核實新修訂那幾條的好壞。「如果好的話，就繼續用，不成的話，就想辦法廢除，誰也別打腫臉皮死撐，更不要老想著什麼祖宗成法，什麼萬世不易，咱們不可能把兒孫們的事情都給做了，要相信他們比咱們聰明，比咱們更懂道理，否則，就真是黃鼠狼窩裡出耗子，一代不如一代了！」

「哈哈哈！」眾人被朱重九的比方逗得前仰後合。笑過之後，心裡頭覺得敞亮了許多。不排斥任何一家，也就是儒家還有很大復興的希望；不拒絕調整，就意味著任何一派的理念都有機會成為治國之道。只是所有理念都需要做一些調整，包容新的內容進去，以適應淮揚三地新興的產業和新發生的變化而已。

這讓在座大多數人瞬間又找回了幾分自信，並且躊躇滿志地設想，自己如何能繼往聖之絕學，海納百川，成為董聖、朱子之後新的一代宗師。

「朱某可以坦誠地告訴大家，諸君和朱某眼下所做之事，必將惠及千秋萬代。」朱重九難得一次說這麼多務虛的話，盡情傾吐之後，心情也有些激動，借著幾分酒意，大聲宣布道：

「江灣裡那些工坊，你們中間有的人已經看到過了，有的人還沒來得及去看，但你們應該感覺到，眼下淮安和揚州兩地，百姓的謀生方式已經發生了變化，並且還在持續不斷的變化中。故而朱某稱之為『**工業革命**』！

「一旦這種變化形成規模，朱某可以保證，世界上便再沒有人能阻擋我等的腳步。屆時，我淮揚擁有的，就不僅僅是大炮、火槍、寶甲和利刀，而是**全方位的勝出，全方位的徹底碾壓**。舊有的秩序，要麼與其適應，要麼被其毀滅！來，諸君，讓吾等一道開創這個時代！」

羅本、祿鯤兩個率先舉起酒盞，大聲附和。施耐庵聽得似懂非懂，卻毫不猶豫地跟上。年逾花甲卻得附青龍尾翼，他還有什麼好猶豫的？哪怕所求一切最終是大夢一場，至少，這輩子他轟轟烈烈過，沒有白白活了一回。

章溢和宋克兩個人是完全沒聽懂，但也強烈感覺到了朱重九發自內心的自信，舉著酒盞回應。反正人已經來了，賊船已經上了，便沒有再後退的理由；況且以淮揚目前所呈現出來的態勢，朱總管所言，未必沒有道理！

房間裡的氛圍，立刻被推向了高潮，大夥你一盞，我一盞，喝得好生痛快，至於沉醉不醒的劉基，則徹底被忽略成了一個擺設。

既然提到了工業革命，朱重九就不可能只說一個新鮮名詞，少不得借著幾分酒勁，把自己肚子裡那點兒有關工業革命的淺薄概念，東一句，西一句地往外倒。雖然極為零散，並且很多東西都似是而非，但對於祿鯤、羅本和施耐庵等親眼目睹了水力推動生產和原始流水線作業的人來說，無異於在眼前推開了一扇窗，讓他們愈發相信，自己已經進入了一個全新的世界，將同時代其他讀書人都遠遠的甩在了後面。

而章溢、宋克兩個，雖然聽得滿頭霧水，卻通過朱重九醉醺醺的描述，發現後者正在做的事情，並非像他自己說得那樣，沒任何規矩可言，而是遵循著一種非常高深的理念，其繁瑣高深程度，絲毫不亞於諸子百家中的任何一家。與諸子百家不同的是，這種理念，完全建立在現實的基礎上，處處可與眼下現實世界中的東西相對應，而不是建立古聖先賢的名言，以及與對三代盛世的想像上。直到入夜，眾人才終於盡興而散。

第六章

工業革命

一個機器轟鳴的時代，一個沒有奴隸的時代，
他一輩子只要做成這一件事就足矣！
至於什麼著書立說，跟此事相比，全都黯然失色。
工業革命，開闢一個時代！打碎舊的人身依附關係，
讓每個人都成為一個獨立而自由的個體！

劉伯溫被侍衛們攙扶著，送進了羅本的宅邸。章溢和宋克兩人，則自行返回集賢館，想著酒席間聽到的那些話，竟然輾轉反側，一夜都沒能睡安穩。一會夢見自己成了千古罪人，被昔日的朋友和同學唾棄，口誅筆伐；下一刻，卻又夢見自己被塑成雕像，受到數萬學子的頂禮膜拜。

第二天早晨起來，兩人都頂著一對黑眼圈。食不甘味地吃了早飯過後，就坐在各自的房間裡，忐忑不安地等著朱重九派人來接。

大約在上午巳時左右，馬車終於來到，陪同的是揚州知府羅本和大總管府侍衛統領徐洪三，讓二人大吃一驚。

「逸公，徐將軍，我等何德何能，敢勞煩兩位親自來接？真是折殺了！」章溢和宋克立刻迎出門外。

「二位大人不要客氣！」羅本退開半步，笑著還了個平輩之禮，「原本大總管要親自來的，只是講武堂那邊今日開學，大總管、祿主事和家師都必須到場。所以今天就由祿某帶著兩位先去總管府報到，領了告身、袍服和所居的院子，然後再去各處看看，熟悉一下我淮揚地區各級部門的情況，也好將來做事情時，不至於兩眼一抹黑！」

「侍衛統領徐洪三，奉大總管之命保護兩位大人！」徐洪三行了軍禮，大聲道；「兩位大人今後的親兵，一會兒就可以由徐某帶著兩位去近衛團裡挑選。每人可選四個親兵，負責輪流保護兩位大人。院子裡的僕役、廚娘和小廝，則請兩位安頓下來之後，自己去牙行雇傭，先簽訂契約，再到大總管府報備即可！」

「契約？買幾個小廝怎麼還要契約？」二人聽了微微一愣，瞪圓了眼追問。

「這是不久以前大總管府參考宋制定下的規矩，凡是人口，縱使親生父母亦不可將其買賣；各家需要人手幫忙，可從牙行雇傭。並且要簽訂具體雇用年限、工作範圍和薪水報酬。年限一到，要麼協商後續簽，要麼一拍兩散，誰也不能為難誰！」羅本帶著自豪道。

這是宋代已經有的舊規，按照當年大宋律例，即便是小妾，如果原本出身於良家，也只能被雇，不能被買賣。當然，官府認定的罪犯之後和賤籍不在此法的保護之列。

崖山之後，蒙古人將所有被征服者都視作了四等奴隸，自然這一規矩也徹底被遺忘。朱重九怕大災之後，有些奸猾之徒趁機販賣人口為業，所以在淮安軍打下揚州之後沒幾天，便和逯魯曾商量著，將這條規矩撿了回來，並且發揚光大的不止十倍，宣布徹底廢除了賤籍，即便罪囚的子女也不准被賣做奴隸。而原本大戶人家的私奴，則一律轉為雇傭的長工。具體時間和薪酬，由雙方協商，如果告示貼出之後兩個月後仍不遵從者，視為心懷舊朝處置。

「怪不得外邊那麼多讀書人都在罵揚州！」章溢和宋克兩個互相看了看，心中暗道。

這等同於從大戶人家手裡直接搶走了一大筆財產，某些完全靠奴僕種地而活著的莊主堡主，甚至損失要以萬貫計。除了逃離淮揚，或者起來跟淮安軍武力對抗之外，幾乎沒第三條路可選。

「都督說過，蒙古人奴役漢人是罪，漢人奴役漢人一樣是罪，他不會帶領大夥趕走了蒙古人之後，再任由漢人自己騎在自己人頭上，否則大夥既然是當奴隸，給誰當不是當？又何必去造蒙古人的反！」見章溢和宋克滿臉不解，羅本又補充道。

「既然是當奴隸，給誰當都一樣？」章溢和宋克臉上的不解瞬間化作了震驚。這又是他們從來都沒聽聞過的說法。

使奴喚婢，在這個時代是最普通不過的事，以他們兩人的家境，身邊沒有幾個丫鬟小廝伺候著才不正常；而們也習慣了將丫鬟小廝們當作低自己一等的存在，從沒視對方為自己的同類，更未曾站在對方的角度想過什麼。今天乍聞聽羅本的話，頓時覺得以往的一切都變得支離破碎，腳下的大地也隱約開始搖晃。

「當然一樣！反正都是被呼來斥去，隨意生殺予奪。這有什麼好奇怪的？」羅本笑道：「你們忘了主公昨晚的話麼？所謂工業革命，不僅僅是用機器取代人力，而是要徹底打碎原來的人身依附關係，讓每個人都成為一個自由而獨立的個體，誰也不被誰踩在腳下。這樣的世界前所未有，他要領著大夥開創這樣一個時代！」

一個機器轟鳴的時代，一個沒有奴隸的時代，他羅本有幸側身其中，親手拉開整個時代的帷幕。還有什麼事情比這更有意義？還有什麼事情比這更令人熱血沸騰?!

他一輩子只要做成這一件事就足矣！至於什麼著書立說，什麼弘揚師門絕學，跟此事相比，全都黯然失色。

工業革命，開闢一個時代！

打碎舊的人身依附關係，讓每個人都成為一個獨立而自由的個體！

昨天夜裡，章溢和宋克兩人輾轉反側了整整一宿，卻沒像羅本這樣看得清楚，看出淮安軍的目標居然如此之遠大！

而這與儒家的大同世界的終究目標沒有絲毫矛盾之處，可以說，如果所謂的工業革命果真能夠成功的話，距離孔聖人推崇的大同世界只會越來越近，而不是漸行漸遠！

「也許，這次真的賭對了！」章、宋心中都湧起了一股淡淡的慶幸。

「三位大人趕緊上車吧，今天咱們需要去的地方很多，一天未必跑得完！」徐洪三心思簡單，沒幾個讀書人想得那麼多，提醒道。

「有勞徐將軍！」羅本、章溢和宋克抬腳邁上馬車的木製臺階。

「嗯！三位大人請坐好。窗戶不要開得太大，昨夜剛下過一場雨。」徐洪三吩咐了一句，將木臺階收起，掛在馬車後面，然後縱身跳上車轅，與馭手並肩而坐。

隨著馭手一聲令下，拉車的兩匹駑馬邁動四蹄，馬車開始緩緩向前移動。城中心的路都是用石頭碾子壓實過的，表面還鋪了一層煉鐵作坊廢棄的灰渣，因此四輪馬車走在上面非常平穩。

很快，宋克就發現了舒適度方面的巨大差距，他趴在窗口向外望了望，問道：「清源兄，你們揚州的生鐵很便宜麼？怎麼路上所有馬車都是四個車輪，並且上面還頂著一個巨大的鐵架子？」

「不是鐵的，是鋼製的！」羅本似乎早就料到對方會大驚小怪，笑了笑道：「生鐵可做不了這麼輕巧。至於上面的那個架子，叫做什麼避震器，用的是一種特製的軟鋼，裡邊好像加了銅，具體軟到什麼程度我不太清楚，反正有了它之後，即便車輪輾了土坑、石頭什麼的，車廂裡的人也輕易感覺不出來！」

正說著話，車身輕輕地顫抖了一下，一串泥水在車輪後濺起老高。

路面有地方被暴雨沖壞了一小段，淮揚商號正動員人手進行排水和搶修，但路面輕微的損傷，並沒有影響到馬車的舒適度，也絲毫沒破壞乘車者的心情。

宋克和章溢兩人立刻體驗到了避震器的好處，齊齊將頭探出窗外，然後又扭頭看向羅本，異口同聲說道：「果然是巧奪天工，一定是大總管造出來的吧？我等早就聽聞大總管的製器之術天下無雙，今日得見，果然名不虛傳！」

「兩位還真猜錯了，大總管哪有時間擺弄這東西！」羅本搖頭否認：「這個是黃管事帶著幾個徒弟弄出來的。大總管不但救過他一家人的性命，還把他和他的幾個兒子都提拔到顯赫職位上，所以他就變著法子想報答大總管的恩德。結果避震器弄出來後，大總管覺得好用，就把此物交給了淮揚商號打造，然後就賣得到處都是了！」

「誰都可以買麼？」章溢和宋克又是一愣，詫異地問。

「當然，只要你出得起錢！」羅本點點頭，笑呵呵地補充道：「不過價錢可一點兒都不便宜，就這麼幾片軟鋼疊出來的架子，每個就要賣十多貫！不過能買得起馬的，通常也不差這點錢！」

「那倒是！」章溢和宋克兩個會心地點頭。

馬生性喜歡乾爽，而黃河以南地區，冬季和春季又以陰濕多雨而聞名，所以再好的駿馬到了這一帶之後，也用不了幾年就得廢掉。故而在北方幾貫錢就能買到的馬匹，運至兩淮之後往往能賣到數十貫的高價。如果是菊花青、捲雲白和板栗紅之類的特殊品種，每匹賣到上百貫也很輕鬆。

換句話說，能買得起兩匹毛色一致的駿馬拉車的人家，在黃河以南地區肯定是非富即貴，根本不在乎多花四五十貫錢給馬車配上軟鋼減震。而那些小門小戶人家，縱使手中有點餘錢，也只會選擇驢車或者牛車。一則牲口容易伺候，二來大夥通常也不需要那麼趕時間。

三個人坐在車廂裡邊走邊聊，時間過得飛快，不知不覺中，就來到了大總管行轅門口。

徐洪三命令馭手將馬車停在行轅門口的空場上，與羅本帶著章、宋二人去吏局報到，領了各自的告身文書和青銅腰牌，然後又到參謀本部、禮局、兵局、戶局等重點部門走了一圈，待再從大總管行轅出來時，每個人手裡都抱上厚厚的一大摞東西。

沒有昨夜想像中的熱情迎接，也沒有昨夜猜測裡的嚴格驗明正身，整個報導的過程，就像舞臺上的折子戲一樣，按部就班。甚至沒有人停下來多看二人幾眼，彷彿他們早就是大總管府的僚佐，剛剛外出公幹回來一般。

「二位兄台將來都要做軍隊中的文職，所以算是文武兼任，衣服自然就得多領幾套！」看著章溢和宋克兩個眼睛又開始發直，羅本非常貼心地向他們介紹著：「兩位手裡那兩套淺綠色的，是武官常服，穿戴起來跟徐將軍身上差不多，只是外邊少了一套鎖子背心；至於那套絲綢長衫，可以自行選擇穿戴場合，但大多時候都用不上！」

「多謝清源兄指點！」章溢、宋克兩個感激地點頭，目光在徐洪三和一眾衛兵身上來回掃視。

衣服的料子應該是染了色的棉布，樣式非常簡單。無論袖子還是褲腿都很窄很短，但看起來並不醜陋，相反，將人襯托得極為幹練。特別是腰間那條寬寬的牛皮板帶，紮好之後，更令人顯得猿臂狼腰，英姿颯爽。

「騎馬的時候才能顯出穿武服的好處來！」徐洪三被打量得不好意思，難得開口解釋：「兩位大人以後試過就知道了，文服雖然好看，卻不方便，特別是下去跟弟兄們一道出操的時候，簡直是自己給自己做找罪受！」

「什麼？我們也要去跟弟兄們一起操練麼？」章溢和宋克瞪圓了眼睛，問道。

「兩位將來要帶兵的，怎麼可能不跟弟兄們一起摸爬滾打！」羅本是從參謀部出來的，所以絲毫不覺得這有啥好值得奇怪，「況且君子六藝，射、御本在其中。當年趙公長孫無忌，衛公李靖等人，哪個不是上馬能舞朔，下馬能治民？只是到了宋代，民風懦弱，我輩文人才變成了一碰就倒的窩囊廢！」

「那倒也是！」章溢和宋克兩個互相看了看，無可奈何地點頭，既然來了，就按照大總管府的規矩做吧！反正把騎馬和射箭學得精熟一些，戰場上也能多一份自保的本事。

「兩位先去各自的宅邸，把衣服和東西放下吧！」知道對方需要一些時間適應，羅本提議道：「大夥的宅邸就在行轅後面，走幾步就能到，放在腰牌旁邊那串，就是各家的鑰匙！」

「噢！」章溢和宋克二人懵懵懂懂地點頭，跟在羅本身後，木偶般朝大總管府行轅後方走。

正如羅本介紹，眾人的官邸距離大總管行轅極近，只是每一座官邸都顯得相當簡陋，占地不過半畝大小，彼此間只用一道三尺高的磚牆隔開。

前院內，隨便擺了幾個石頭桌椅，便算做裝飾。至於院子裡的建築，則清一色為正面一座兩層小樓，外加側面一棟廂房。官邸的主人在小樓中休息，親兵和下人則統統安置於廂房居住。

這已經是簡陋到了寒酸的地步了，即便縣城裡的班頭、弓手之流，住得院子也要比眼前寬闊奢華十倍。家境殷實的章溢和宋克兩個見過，不覺又將眉頭皺了起來，心中暗道：「大總管雖說四民平等，卻也沒有如此輕慢士人的道理？如此一來，今後誰還願意替淮安軍效力！」

「這是大總管府統一給大夥配發的官邸，只給臨時居住，如果將來升遷去了別處，還要交還。」羅本自己有過類似的經歷，所以不用猜就明白對方在想什麼。「二位家眷都沒到，所以就先住在這邊，等家眷到了，或者手中有了餘錢，就可以去外邊自己購買私宅。眼下淮揚商號在城裡新蓋了很多宅院，價格都不算貴，大小也可以根據個人喜好隨意挑選！」

「噢！夠了，夠了！審容膝之易安，我等又不是為了宅院而來，我等剛才只是奇怪，這小樓究竟怎麼蓋出來的，怎麼每座都一模一樣。」章溢和宋克兩個被戳破了心事，紅著臉，訕訕地轉移話題。

「用的是青磚和水泥，中間還有竹子搭了框架，結實得很，蓋起來也非常便捷！」

提到眼前的建築，羅本臉上又寫滿了自豪。那是自家主公帶領著泥瓦匠們，反覆摸索出來的一種全新的營造手段，熟練之後，十幾個人半個月之內蓋好一座宮殿都輕而易舉。揚州城之所以這麼快就重新聳立在廢墟之上，全賴這種新式營造術之功。

「用的是水泥，那豈不是貴得嚇人？」宋克立即驚呼起來。

水泥那東西的確好用。但價格在江南一帶，也是相當可觀。甭說一般殷實之家，就是高門大戶，想完全用磚塊和水泥起這麼一棟小樓，恐怕也要被視作嚴重的敗家行為，沒等動工，就被族中長輩們噴一臉口水。

「運到外地就貴了，在揚州城內倒是不貴！」羅本想了想，很認真地回答。

「重點是那東西是防水的，蓋起來後，挺上幾百年都不會出現問題。」

「那倒是！」章溢和宋克第三次木然點頭。只覺得腦袋裡漲漲的，彷彿在極短時間內被硬塞進了無數新鮮東西，幾輩子也接受不完。

「跟兩位的薪俸比起來，就更不貴了！」羅本又看了他們兩個一眼，提醒道：「兩位的腰牌一定要拿好，每月初一，可以派人拿著腰牌去大總管府戶局那邊領一次薪俸。咱們這邊全是實發銅錢，沒有什麼紙鈔、折色等花哨，二位都是初來，暫且領六級薪俸。就是每月三十二貫，可以直接用車推走，也可以存在淮揚商號下的錢莊裡，如果將來正式出任實職，年底應該還有一筆分紅可拿！」

鐃是章溢和宋克兩人都生於豪富之家，也差點被羅本拋出來的俸祿給砸了個大跟頭。

三十二貫銅錢，沒有任何折色，即便蒙元官府也拿不出同樣的手筆。而眼下揚州雖然物價高，有兩百貫銅錢，也足夠在城裡買一座相當不錯的宅院了，根本不用愁會被來訪的朋友們笑話的問題。

正驚愕間，卻又聽徐洪三板著臉道：「二位別忙著高興，咱們薪俸給得高，規矩也極嚴，蒙元那邊的陋習是絕對不准碰的。大總管說了，這叫什麼高薪養廉，如果有人敢不守規矩，一旦被蘇先生給盯上，那可是不死都得脫層皮下來！」

「嚇！」章溢和宋克聽得心中俱是一凜，然後惱怒道：「徐將軍把我等當成什麼人了？我等要是想撈錢，又何必來揚州？」

「兩位大人不要生氣，徐某只是順口一提。並非有意冒犯！」徐洪三絲毫不以得罪人為意，「兩位都是識字的，不妨看看腰牌上寫的什麼。然後就知道徐某不是針對任何人了！」

「腰牌上還有字？」

章溢和宋克兩人聞聽，好奇地將腰牌拿起來仔細觀瞧，正面凹進去有一行字，正是二人的臨時職位，背面則是凸鍛出來的齒輪、大炮和火焰圖案，不知道用了什麼神奇工藝，看起來非常光滑齊整。圖案的周圍還有兩句凸起來的小字，剛好湊成一句對聯：

「升官發財，請走別路；貪生怕死，莫入此門！」

每個字都銀鉤鐵畫，直刻進人的心底。

「好一副奇聯！」章溢和宋克不禁誇讚，雙手將腰牌捧在胸口，恭敬地朝徐洪三施禮，「謹受教，我二人定會牢記於心！」

對聯所用文字非常淺顯，嚴格來說，平仄也不算工整，但所表露出來的浩然正氣，卻一下子就打在了二人的心裡頭。

要知道，儒家學派一直推崇的就是天下為公，越到後世，特別是宋儒理學之後，越強調「存天理，滅人欲」。雖然儒林人物當了官員之後，沒有幾個能潔身自好者，但骨子裡頭，他們卻從沒認同過貪污受賄有理，更不認同蒙元治下那種手中稍有點權力就變著法子撈錢的行為。

章溢和宋克兩人都沒做過蒙元的官，所以對廉潔奉公的要求沒有任何排斥情緒，既然冒險過江來投身於揚州，與貪生怕死四個字更是毫無聯繫，因此確定徐洪三不是刻意針對自己之後，立刻就接納了此人的好意。

徐洪三見章溢和宋克如此謙遜有禮，反而不好意思起來，擺了擺手，訕訕道：「兩位大人言重了。徐某連大字都沒識得多少，徐某哪有資格教育人？只是覺得，兩位大人都是有本事的，可別受了蒙元那邊習慣的影響，不小心毀了自家前程，否則真是可惜了！」

「徐將軍提醒得好，我二人初來乍到，對這邊兩眼一抹黑，今後若是有什麼需要小心的地方，還請徐將軍多多賜教！」章溢和宋克笑著回應。

「這……」徐洪三臉色愈發尷尬，半晌說出來話來。

「行了，你們三個就別客氣了，今後打交道的日子長著呢！」羅本主動替三人化解尷尬。

「走，先把東西放屋子裡去。仲溫兄，讓我看看你鑰匙的號碼。嗯，丙十七號，就是前面那個院子了。先把東西都放你家，等晚上回來咱們再仔細收拾！」

「好！」宋克爽利地答應，拎起鑰匙走向前方的標記著丙十七字樣的院落，先用鑰匙開了大門上的鎖，然後請眾人入內，再把正對著大門的二樓打開，將所有東西一股腦全放進了屋子裡。

「一樓牆角處有個鐵櫃子，是給諸位放重要物品的！」羅本指了指牆角處一個笨重的鐵傢伙，介紹道：「兩位的告身可以鎖在裡邊，腰牌得隨身帶著。後面有個環，可以穿上繩子繫在貼身衣袋中，以備出入重要部門時，供警衛人員檢查！其他物品隨便放就行！這一帶有專門的退役老兵組織的巡邏隊，每格一刻鐘左右便過來一趟，等閒蟊賊很難混進來！」

「多謝清源兄提醒！」章溢和宋克兩個，一邊道著謝，一邊按照羅本的指點將東西收拾好。然後走到裡間，換上剛剛發下來的武將常服，重新把自己整飭了一番，大步出門。

他們兩個年齡都不算太大，個子在江南人中也算出挑的，因此換上了朱重九根據記憶裡製作出來的制服，倒也顯得挺拔精幹。只是對於眾多木頭扣子和口袋覺得很不適應，手指捏捏摸摸，眼睛裡充滿了困惑。

「行軍作戰，難免要舞刀弄槍，所以袖子短一些，反而俐落。」知府羅本一邊帶領大夥朝外邊走，一邊解釋，「這上面的兩個口袋，是裝記事本和炭條用的，臨時想起什麼事情來，或者接到命令怕記不住，直接拿出炭條就能記在紙上。如果是在家中，就用毛筆或者大食人傳過來的天鵝筆。」

「炭條？」宋克皺著眉頭。

「就是把木柴燒黑了，削尖成小棍，在紙上也能寫字，不過硬得厲害，體現不出書法造詣！」羅本耐心地說：「大夥都不太愛用，但這東西簡單方便，不怕寫出來的字無法儘快乾掉！」

「那天鵝筆呢，又是什麼東西？」章溢繼續刨根究底。

「是用天鵝翅膀上的大毛修剪出來的筆，沾一種很稀的墨汁來寫字，字跡很細，一小張紙上就可以寫幾百字。是由大食人那邊傳過來的。沾一次墨汁，可以連續寫小半頁紙，乾得也快。咱們總管府以前謄抄公文的時候，經常用這種筆。不過最近用得也少了，大總管找黃主事幫他做出了一批全鋼的筆頭，安裝在木柄上，可以跟毛筆一樣書寫，並且能存住很多墨汁，字跡也和天鵝筆寫出來一樣清晰。就等工坊裡邊把製造這種筆頭的機器弄出來，就能大量製造，然後交給商號發售。」

「這花樣可真夠多的！」章溢沒想到一枝寫字的筆也能弄出如此多講究來，大感嘆為觀止。

「這哪複雜，比這複雜的多的是！」羅本笑道，「比如你衣服上的扣子吧，原來都是用絲條打結，現在有木製的，有貝殼製的，還有石頭做的。最名貴的，則是那種玻璃製的，晶瑩剔透，顆顆都像和田玉一般。形狀也各式各樣，圓的，方的，菱角狀的，甚至蝴蝶翅膀狀的，花樣百出。如今揚州城裡的殷實人家，誰家女眷沒幾件玻璃扣子的衣服，都不好出門走親戚！」

「噢？」章溢和宋克兩個抬起胳膊來仔細端詳。怎麼看都覺得沒必要如此浪費功夫和材料。

羅本卻指著二人衣袖口後面的三顆扣子，繼續指點道：「二位還別覺得多餘，每個扣子都有其用途，前面扣衣服的，羅某就不囉嗦了，誰都知道是幹什麼的，但這三粒扣子，二位知道是什麼作用嗎？」

「不知道！」章溢和宋克老實地搖頭。

「你抬起衣袖擦一下汗試試！」羅本促狹的笑道。

二人聞言舉袖，剛好把扣子貼到了腦門上，立刻大笑起來，搖著頭道：「好你個清源兄，我等還以為你是個厚道的，居然也學會了捉弄人。」

笑過之後，又忍不住道：「如此奇思妙想，也就是揚州這裡才能看到，換做別處，有個扣子用在前面就不錯了，誰能想出這種花樣來？」

「倉廩實而知禮節，衣食足而知榮辱！」羅本收起笑容，正色說道：「不瞞二位，現在羅某越來越覺得司馬子長所言有道理了，東西多了，自然就能想出新花樣來；要是用都不足用，誰還顧得上變換花樣？」

「那是自然！」章溢和宋克異口同聲的回道。心中立刻想起昨晚酒宴間自家主公趁著醉意說出的話：「工業生產必然會帶來商品的繁榮，而商品充足了，功能上就會細化，人的創造欲望也會加倍的提高……」

一邊將昨晚的記憶和眼前的事情作對照，他們先後去了府學、工坊、商號等眼下淮揚系的重要部門，親眼目睹了外界售價百貫的板甲，如何在水力鍛錘下，幾個呼吸間就被打出了毛坯；也親眼目睹了水力三十二錠王氏大紡車，如何將成堆的棉花迅速紡成又細又長的白紗。

然後又被徐洪三帶到靶場，親手體驗了新式線膛火槍的巨大威力，當傍晚時分拖著疲憊的身軀回到住處時，便再也生不起離去之念。

章溢的臨時官邸就在宋克的隔壁，吃過親兵從外邊買回來的晚餐後，他沒有半點倦意，端著杯清茶，抬腿翻過矮牆，走進了宋克的宅院。

宋克也有一肚子話想跟人說，見到章溢來，立刻主動迎到了房門口，「三益兄，小弟正要去找你。今日所見所聞，令小弟好生感慨，如果三益兄不嫌累的話，小弟想跟兄長好好聊一聊，今後你我二人在揚州城裡如何立身行事，也好有個章程。」

「章某恰有此意！」章溢想都不想，笑著答應。

「伯溫兄可惜了！」宋克一關上門就大嘆道。

「的確可惜了，他做決定太倉促了，至少該如你我今天一樣，先在工坊裡轉上幾圈，然後再選擇去留！」章溢也是感慨萬千。

就在昨天這個時候，他還被劉伯溫說得舉棋不定，今天，卻發現自己差一點兒就被劉基拉著做了井底之蛙。

劉伯溫只看到了淮揚三地對周圍諸侯的掠奪，卻沒看到這些財富集中到淮揚後，發揮了十倍百倍的作用。像捏泥巴一樣打造鐵甲，把成堆的棉花在頃刻間變成紗，像刨木頭一樣造大炮，**這樣的淮揚，怎麼可能再被人征服？如果將其模式推廣至全國，華夏又怎麼可能再淪陷於連鐵都不會打的異族之手？**

「工業化，昨天你我只聽了個新鮮，今天……唉！」宋克沉默片刻，長嘆了口氣。「說實話，看著一門火炮轉眼間就從鏜床上被抬下來，我當時眼睛揉了無數次眼睛。照這個造法，只要銅料供得上，恐怕一月之內，千門火炮也唾手可得！」

「是啊，可嘆劉基還以為朱重八前途遠大！」章溢為劉基的有眼無珠，也為天下其他諸侯早已註定的命運感慨。

「還有那火槍！雖然裝填起來麻煩些，但只要是個肯用心的，哪怕手無縛雞之力的秀才，練上兩三個月，也能不亞於一個神箭手。」

「三個月，新兵足以成伍，半年，則足以成為野戰之軍！」不愧是章溢，一眼就看出了火器的優勢所在。「而一個神箭手，少說也得三年苦功。」

「箭矢五十步外，根本不可能破甲！」

「最簡單的那種火繩槍，六十步以上還能將三寸厚的目標鑿個窟窿。」

「如果火槍和火炮配合起來……」

「只要不是雨天，遠戰近戰皆無敵手！」

「可笑那劉基還說剛不可久！」

「他沒見識過，所以不知道！」

二人越說越投機，都覺得假以時日，淮揚大總管府必將一飛沖天，而自己昨晚選擇了跟劉基分道揚鑣，簡直是這輩子最英明的決定，否則肯定會後悔終生。

「我看咱家主公未必真能寫得了好詩，做得了好文章，但在製器一道上，絕對是天下無雙。並且，他在揚州做的這些事情，也不是率性胡為，而是循著既定之道，只不過他想做的事，他想遵循的大道，大夥眼下都看不懂，古聖先賢們也未必清楚罷了！」宋克四下看了看，壓低聲音說道。

「豈止是如此！」章溢點點頭，亦有同感，「你看天下群雄，哪一個像他這樣，雄踞兩路一府，還過得如此簡樸的？又有哪個像他這樣謙恭下士，明知道到劉基不肯投他，還以禮相待？你再看這揚州城內的官兵，走在路上，隊伍排得整整齊齊，既不搶掠財物，也不調戲女人。傳說中的岳家軍恐怕也未必能做到這樣。」

「你沒聽他們自稱是革命軍麼？」宋克帶著由衷的佩服道：「軍心、民心他都有了，武備錢糧也非常充盈，這天下將來如果不歸淮揚，根本就沒道理！」

「哈哈！正是英雄所見略同！」章溢大笑著拍案，「愚兄現在對此也是信心百倍，咱們兄弟這一步絕對沒錯。」

宋克走到窗口向外看了幾眼，然後緩緩收起笑容，「咱們這一步確實沒錯，但是有些事，我心裡始終覺得好生忐忑。」

「賢弟何出此言？」

「唉！」宋克搖搖頭，低聲嘆道：「不瞞你說，小弟我在來揚州之前，也是個眼高於頂的，總覺得只要時機合適，自己就能成為伏波、定遠這等風流人物，再不濟，也能擊楫中流，誰料到了此地之後，才知道自己以前是何等的狂妄無知。」

「是啊，可笑愚兄當初還想著自己是那諸葛武侯！」章溢臉上露出幾分苦澀。「現在才知道祿管事、施學政和羅知府，個個都是學富五車。特別是那羅本，年齡才二十出頭，胸襟氣度、眼界本領都遠在你我之上。」

「還有那祿長史，可是取過榜眼的大材，有他在前，你我真是自負不起來！」

「所以你就氣餒了？」

「那倒不至於，但小弟我總擔心沒法回報大總管的禮遇。大總管對你我不薄，我等如果拿不出些本領來，時間久了，即便大總管不說什麼，周圍的同僚怕也會不屑與你我為伍！」

「那怎麼辦？誰曾料想到這邊居然人才濟濟？」

章溢想了想，咬著牙道：「眼下也只能邊做事，邊虛心求教了！我就不信，整個淮揚的文武官員個個都像羅本這樣有本事！況且聽他自己說，也不過比咱們早來了七八個月，早睜開幾個月眼睛罷了；只要你我不抱殘守缺，拿出當年五更溫書的勁頭，也未必會做得太差。」

「那倒是！」宋克聽章溢說得果斷，心中也被激勵起了幾分豪氣，「不會幹，還不會學麼？三人行必有我師，大不了從頭學起罷了，總好過像劉伯溫那樣，只能做個看客。」

「劉伯溫不會永遠做看客的！」章溢搖頭，「他那個人，骨子裡傲氣得很，絕不會讓自己一肚子學問都白白荒廢了！」

「可他昨天做得那麼絕。」宋克滿臉不解。

「大總管其實並未真的生氣，把他留下開書院，等於還給他留著一扇進入大總管幕府的大門！」章溢對人心的把握，比宋克透徹得多，沉吟了片刻，分析道：「而劉基像你我一樣開闊了眼界之後，只會做兩種選擇，第一，放下架子認錯，與你我一道全心全意輔佐主公；第二，負氣而去，想辦法輔佐別人，做得比主公更好，從而證明主公是錯的！」

「就憑他，想得美！」宋克撇了撇嘴，然後又擔憂地道：「那樣，咱們跟他今後豈不是要沙場上相遇了？」

「有什麼辦法？他自視那麼高，欲替天下士紳出頭，也不管人家需要不需要他出這個頭！」章溢無奈地說：「如果真的有那麼一天，你我也未必怕了他，縱使他奇謀百出，只要你我小心謹慎，一步步碾壓過去，憑著咱們淮安軍的實力，什麼奇謀都得被碾壓成齏粉！」

「希望別有那麼一天！」宋克握起拳頭，眼睛裡卻湧起了幾分期待。

憑藉絕對的實力，碾壓一切對手，這是何等酣暢的打法！為將者如果真的有那麼一天，可是舒坦壞了，給幾百石甘露都不換。

「你我將來遇到的對手，恐怕不止是一個劉基！」看宋克那躍躍欲試的模樣，章溢說道：「你沒聽羅本今天說麼，主公要打破什麼舊有的人身依附關係，給每個人獨立和自由。」

「對，工業革命！」宋克興奮地道。

「愚兄原來不明白，今天卻清楚了，所謂革命二字，不是革某個人，革的是全天下士紳，包括你我這樣的也算在內！」

章溢不禁顫慄萬分。自己對付自己，這滋味可不好受，怪不得劉基要第一個跳起來阻止，此人不光是眼界窄，而是既窄且毒，憑著外面的表象，就看出了淮揚兩地所作所為的本質。

「那又如何？」宋克搖搖頭，滿臉不在乎，「宋某為了造反，已經把家破了，革無可革；況且主公也不是一味的用狠，那些入股淮揚商號的士紳，不是個個都賺得眉開眼笑麼？雖然不能隨意處置奴婢了，但自己人欺負自己人這種事，又有什麼癮頭？真的欺負出個陳勝、吳廣來，誰還能獨善其身不成？」

「愚兄也是這麼以為。過幾天，就讓家裡賣些田產，籌錢來買淮揚商號的股票。趁著眼下股票價格還不算太高，好歹搶個先手！」

「那你可得抓緊，我今天在商號看到很多人都在排隊搶購！」

「搶不到，就讓家裡子侄過來，學著開工坊，買了機器去，只要操弄得當，也好過在地裡頭刨食！」章溢早就想好備用方案，頓了頓又道：「不過，天底下恐怕不止一個劉基，愚兄我總覺得，他們不會讓咱們安安心心地去造槍造炮積蓄力量，如果勸說不成，定會訴諸武力，今後這仗恐怕有得打！」

「打就打，誰還怕了他！」宋克揮舞著手臂，毫無懼色。

話音剛落，就聽門外響起一串龍吟般的號角聲，「嗚嗚，嗚嗚……」低沉悠長，直透進人的心底。

「大總管聚將！」一名親兵在門外扯開嗓子大喊著：「大人大總管聚將，請速前去應卯，屬下負責沿途保護大人！」

章溢和宋克急匆匆衝出門外，看見許多和自己差不多裝束的身影，從各自的小樓裡跑出來，大步流星地走向不遠處的大總管行轅。

行轅內，無數燈球火把點起，將頭頂上的夜空照得如白晝般明亮。

二人剛入朱重九幕府就遇到大事，心情難免緊張。偏偏周圍全是陌生面孔，連個可以討教的人都沒有，只好隨著人流，急匆匆地朝大總管行轅趕去。

待來到議事堂內，裡邊已經擠滿了人，有個渾身是泥土的年輕將領站在大堂中間，兩眼盯著地面，滿臉慚愧。

「趙君用是怎麼搞的，整天就忙著睡女人麼？居然連個響動沒有就把睢陽給丟了?」有人向年輕將領大聲質問道。

「還歸德大總管呢,丟了睢陽,扯什麼歸德?」有人話語裡則帶著幸災樂禍的味道:「小李子,你家總管上回不是在信上說,有他在,黃河一線就固若金湯麼?怎麼蒙古人還沒等走到聊城,他就先把睢陽給拱手讓人了?」

「就是,咱家都督好心提醒,你們卻不領情!這下可好,知道疼了吧!」

……

一時間,整個議事堂吵得像個菜市場般混亂。

「睢陽丟了?蒙古人用了什麼手段,居然讓這邊一點動靜都沒聽到?」

章溢和宋克四目互視,心中也是驚詫莫名。

在朱重九南下高郵之前,任何一座城池被攻破,至少都是花上十天半月的事,而蒙古人這次有如神助,連消息都沒傳開,就輕鬆破了睢陽。

更令人緊張的是,睢陽城乃為歸德府的治所,西鄰劉福通部所控制的睢州,南接芝麻李所控制的宿州。蒙元朝廷的兵馬重新控制了此城,就等於在三家紅巾勢力之間打進了一條楔子。非但趙君用的頭頂上被懸起了一把鍘刀,臨近的劉福通、芝麻李兩個,也是難受萬分。

正驚愕間,卻聽見朱重九清清嗓子,沉聲斷喝:「都別瞎嚷嚷,打仗自然就有輸有贏，丟了睢陽，再派兵搶回來便是。李大哥、趙總管，哪個用兵不比咱們強？都給我坐回各自的位子上去，準備點卯！」

「是！」眾人聞聽，趕緊尋找自己的座位。

朱重九抬頭在屋子裡掃視了一圈，最後將目光落到章溢和宋克兩個身上，吩咐道：「三益，請坐我身後第三排，這邊是參謀本部的位置，你以後都坐這邊；仲溫，你去學局那兒，挨著祿主事身後坐，等科考的事情操持完，再去第五軍報到！」

「遵命！」章溢和宋克拱手施禮，快步走向指定的座位。

朱重九心中默默點著名，看該到的人都已經在場，便笑了笑，介紹道：「這位是徐州的李喜喜將軍，去年跟咱們一起並肩作戰過，大夥應該都認識他。來人，給李將軍也搬張椅子來，順便拿壺清水，讓他先緩口氣！」

「是！」

徐洪三替報信的李喜喜拿來椅子和水壺，後者卻不敢多耽擱時間，屁股剛沾到椅子邊上，就急切地說道：「謝大總管賜座！我家主公在末將臨來前特地叮囑過，只要大總管肯發兵相救，糧草輜重都交給他來負責，收復睢陽後，他願意睢水為界，重新劃分貴我兩方的轄區！」

「嘶——！」話音剛落，眾人齊齊倒吸了口冷氣。

睢水與黃河的交匯處位於睢寧、宿遷一帶，趙君用此舉，相當於把上次淮安軍贈送的領土又全都還了回來，並且還加上了一倍的利息。

他為什麼要這樣做？難道形勢危急到了如此地步麼？光是丟失睢陽，不至於把他逼至如此狼狽吧？還是其中藏著別的原因，他想把淮安軍拉過去，跟他一道承擔風險？

「兵我肯定會出！」沒等眾人想清楚其中貓膩，朱重八已經承諾道：「重新劃分轄區的話，請李將軍休要再提，咱們徐宿淮三地原本就是同氣連枝，斷然沒有徐州有難，我淮安軍按兵不動的道理！」

「多謝大總管！」李喜喜立刻站起來納頭便拜。

朱重九搶先一步攙扶住他的胳膊，說道：「你且莫道謝，先仔細說說趙總管到底遇上了什麼麻煩？怎麼偌大的睢陽城不聲不響就歸了別人？」

「是我家主公誤信了歹人！」李喜喜扼腕嘆道：「大總管有所不知，我家主公為了經營歸德，這兩年廣撒英雄貼，招募天下豪傑。黃河兩岸的英雄紛紛前來投靠，其中難免就有些良莠不齊。」

「這我知道，你儘量簡單些說！」朱重九點點頭，趙君用喜歡招募綠林人物的事，不算什麼秘聞，當年在黃河北岸被他氣走的那些水賊山匪，到西邊兜了個大圈子之後，就又投奔到了趙君用帳下。其中不乏一些有本事的人物，如太叔堂、孔勝等，但大多數都屬於窩裡橫的角色，派不上什麼大用場。

李喜喜和傅友德兩個在被趙君用收歸帳下之前也是綠林豪傑，所以對這些人並未如朱重九一樣，把他們想得很不堪，喘了口氣道：

「大總管勿嫌末將囉嗦，這其中緣由必須從頭說起。前來投奔的人中，有一對來自汝寧的兄弟，一個叫李思齊，一個叫李思順，乃是漢軍將門之後。他們兩個武藝不在傅有德之下，謀略也非常厲害，每次帶兵出戰，都贏得乾淨利索，所以趙總管對他們兄弟甚為依仗，讓一個做了親兵萬戶，一個做了睢陽同知！」

「嘿——！」朱重九低聲喟嘆，剩下的事，他已經可以猜到了。

李思齊和李思順兄弟，一個掌兵，一個主政，當然很輕鬆就把持了睢陽城的控制權，一旦趙君用有所疏忽，兄弟二人就能聯手造反，兵不血刃拿下一座軍事重鎮。

第七章

國是建言

「對於那些冥頑不靈，
膽敢勾結蒙元朝廷抵抗我淮安義師者，則適於用急！
誅其族，抄沒其家，將其田產盡數充公然後分給百姓，
那些妄圖腳踏兩隻船者見到大總管之霹靂手段，
也會心生忌憚，權衡自己今後的作為！」

「半個月前，李思齊不知道從哪裡弄來個女人，說是他的表妹，獻給我家主公為妾。主公不願拂了他的意，就收了那個女人，那個女人裝作非常賢慧的樣子，勸主公帶她回徐州拜見大夫人，沒想趙總管三天前剛剛離開睢陽，李思齊兄弟倆馬上就將睢陽獻給了蒙古人！」李喜喜咬牙切齒地說道。

「什麼東西！居然用如此下作手段！」

「趙君用也是瞎了眼，居然用這種忘恩負義的人做親兵萬戶！」

……

議事堂裡立馬又亂成了一鍋粥，眾淮揚文武，特別是跟趙君用有過數面之緣的，紛紛張口唾罵，恨李氏兄弟無恥，恨趙君用荒唐。

「嗯哼！」朱重九大聲咳嗽，眾人這才停住罵聲，將目光看向他，準備聽他調兵遣將。

誰料朱重九並沒有立刻發兵，沉吟片刻問道：「你來之時，趙總管已經調兵去奪睢陽了麼？」

「我家主公聽聞兩個狗賊叛亂，當晚就回師相擊，誰料那李思齊準備極為充分，居然在半路上設下埋伏，還勾結了北岸的一夥探馬赤軍。他手中的親兵萬人隊，原本就是我們那邊裝備最精良的，結果兩家打得正難解難分之時，探馬赤軍突然從側面殺了出來……」李喜喜頭垂得更低了，嘆道：

「結果一場惡戰下來，我們打輸了，傅友德也受了重傷，昔日在趙總管麾下的那些所謂的豪傑見勢不妙，要麼倒戈去了李思齊那邊，要麼悄悄地拉著隊伍逃走，留下跟主公患難與共的，加起來湊不齊一巴掌！」

「無恥！」

「沒良心！」議事堂裡又響起了低低的喝罵聲。

蘇先生、黃老歪等人目光不禁轉向朱重九，心中捏了把冷汗。如果當初朱重九也不分青紅皂白的接納了那些「英雄豪傑」，恐怕現在灰溜溜四處求援的就是他們了！而他們當時還為自家主公將送上門來的兵馬推給別人而悶悶不樂了好長一段時間。

「行了，罵又罵不死他們！大夥何必費這個力氣！」

朱重九制止大夥的謾罵，事件脈絡已經非常清楚，趙君用誤信李氏兄弟在先，又中美人計在後，這跟頭栽得一點兒都不冤；而淮安與徐州互為唇齒，趙君用有難，他無論如何都必須發兵相救。

但眼下為難的是，淮安軍在上個月才剛剛完成新一輪的擴編，隊伍裡的新兵人數高達老兵的三倍，戰鬥力不增反降。而李思齊那邊，如果李喜喜所說沒有誇張的話，則是趙君用精心打造出來的王牌，雙方實力的差距不知是多少。

「李思齊所部的親兵萬人隊是滿編麼？兵種如何配製？火炮呢，趙總管給他們配備了多少門？」朱重九趕緊向李喜喜探聽道。

「是的！」李喜喜回道：「他在趙總管眼裡，比傅友德還吃香，所以有什麼好東西，都先歸他先拿。那個萬人隊裡，有持矛甲兵五千、重甲兵兩千、擲彈兵和弓箭兵各一千，還有一千人是炮隊，總計裝備了四十門火炮，如果把睢陽城頭上的火炮也拆下來，則不下六十門！」

「嘶！」黃老歪等人再度低聲吸氣。因為同出一脈的緣故，淮安軍賣給芝麻李和趙君用兩人的火炮，幾乎都是按照成本價給的，所以趙君用手中此刻火炮極多，總加起來恐怕已經超過了兩百門，李思齊這一造反，等同於把其中一半的火炮白白送給了蒙元朝廷。

然而**一件壞事發生，就總會向最壞的方向發展**。沒等眾人把一口冷氣吸完，李喜喜又雪上加霜地說道：「不光是火炮，那支從北岸殺過來的探馬赤軍也相當厲害，裡面至少有三千多騎兵、六七千戰兵，加上輔兵的話，總兵力恐怕超過了兩萬人，如今就駐紮在寧陵，跟李思齊互為犄角！」

「啊！」眾人聞聽，眉頭都皺成了一個川字。一個李思齊已經夠令人覺得麻煩了，居然還有一支規模龐大的探馬赤軍，這一仗，怕是不會太容易拿下。

「那個探馬赤軍的頭目叫什麼名字？以往的戰績如何？」逯魯曾問到了重點。

「好像叫什麼察罕帖木兒，中過舉人，文武雙全，去年在羅丘造劉福通的反，被打得落荒而逃，隨後就跑到了黃河北岸，在月闊察兒的支持下，糾集了幾支探馬赤軍的殘部，又許下免稅的好處，招募了許多莊丁入伍。眼下被韃子朝廷委任了一個達魯花赤的職位，專門跟紅巾軍做對，前一陣子布王三好像就在此人手裡吃過大虧。」

「察罕帖木兒，是不是姓王？這個人我聽說過，是個很有本事的蒙古貴冑！」朱重九想了想，說道。

他不光聽說過布王三在此人手裡吃虧，還隱約知道此人是王保保的父親，另一個時空中張無忌的便宜老丈人，至於此人是不是有個女兒叫趙敏，就不得而知了。

「不是蒙古人，是個畏兀兒人！」李喜喜糾正，「他姓李，是北庭那邊的畏兀兒，世居潁州。算起來，跟李思齊還算遠親。他有個外甥，叫王保保，極為驍勇。蒙古名字好像叫做擴廓帖木兒什麼的，他們北庭人，名字都是一長串，極為繞口！」

「王保保也來了？怪不得，你家總管這仗能打贏了才是奇蹟！」朱重九心中一凜。

倒不是瞧不起趙君用的本領，而是他對王保保的印象實在是太過深刻。蒙古郡主趙敏的親哥哥，剷除六大武林門派的主要執行者。《明英烈》裡頭文武雙全的第一帥才，謀略水準超過三國時的周瑜，勇猛又不亞於虎牢關前的呂布，曾經單人獨扛傅友德等十員大將的圍攻，絲毫不落下風……

「不過是個二世祖罷了，大總管何必長他人志氣，滅自家威風？」第五軍指揮使吳良謀未曾像朱重九這樣聽說過王保保的傳奇，見自家都督如此推崇此人，忍不住心生較量之意。「末將願領麾下弟兄，先行趕赴徐州，去會一會這個什麼寶寶！」

「第四軍的人馬已經滿編了，雖然訓練的時間稍短，但新兵未見血，永遠是新兵！」第四軍指揮使吳永淳也感到很不服氣，站在吳良謀背後向朱重九請纓。

「也對，養兵千日，用兵一日，趁著脫脫還沒趕到，咱們剛好拿這個王保保來練手！」耿再成雖然沉穩，但前段時間一連串勝仗打下來，心中也積聚了許多驕傲之氣，根本不覺得兩萬探馬赤軍有什麼了不起。

「可不是麼，兵來將擋，水來土掩就是！三千騎兵還比得上當年的阿速軍？」

「當年阿速軍怎麼樣？還不是被都督帶著咱們給打了個落花流水！」

「好久沒打仗，老子正嫌手癢癢呢。總算有人送上門來了！」

……

在座的其他武將雖然不像他們三人這般敢說，卻也摩拳擦掌，躍躍欲試。李思齊是誰，王保保又算個頭？連孛羅不花、帖木兒不花叔侄跟淮安軍對陣都是一觸即潰，李、王兩個名不見經傳的小將還能逆天了不成?!

「諸位稍安勿躁，何時出兵，怎樣出兵，想必都督心中自有定奪！」徐達為人老成，聽眾人越說越離譜，站起身打斷眾人，朝朱重九行了個禮，說道：「都督，依末將之見，此戰最終結果如何，恐怕不在於李思齊、察罕和王保保三個，而是脫脫那邊。畢竟脫脫的大軍前幾天就已經抵達了聊城，如果把輜重放在身後，輕騎南下的話，數日之內就能與李思齊會合！」

「啊？」眾武將議論的聲音立刻小了下去。

脫脫帶領三十萬大軍南下的消息，大夥在三天前就知道了，而淮安軍在拿下揚州之後，一改先前的精兵政策拼命擴充，也是為了將來能抵住蒙元朝廷的血腥反撲，但聊城與睢陽兩地相距千里之遙，所以剛才誰都未曾將李思齊等人和脫脫放在一起考慮。

而大夥即便今夜就從揚州出發，就算夜以繼日趕路，到達徐州至少也是兩天半之後的事了。從徐州趕赴睢陽戰場，前後還得兩天，察罕和李思齊在睢陽以逸待勞，再加上一個隨時可能冒出來的脫脫……

「你認為脫脫和李思齊之間是早就勾結好了的？」聽了徐達的話，朱重九也嚇了一跳，目光看向掛在牆上的輿圖。

「末將不敢說，末將只是覺得，李思齊的發難時間非常蹊蹺！」徐達回道。眾人齊齊將目光投向輿圖。掛在牆上的輿圖很粗糙，但好歹能看出個大概。

聊城是東昌路的治所，緊鄰大運河，而這個時代最便捷的行軍方式，大概就是借助運河了。非但糧草輜重可以放在船上，士兵如果走累了，也可以輪流上船休息，在沒有任何阻擋的情況下，一日間行軍百里完全不是問題。

並且運河沿岸地勢平緩，途中沒有任何高山阻擋，脫脫如果單純為了搶佔先機的話，甚至可以帶領少部分騎兵精銳輕裝前進，一日夜甚至可以向前奔行一百四五十里，從聊城出發，七天內肯定能到達睢陽。

更無奈的是，受這個時代的通訊能力所限，淮安軍所掌握的敵情肯定要比真實情況落後幾天，而脫脫兵馬即將抵達聊城的消息，卻是三天之前就送到了大總管府。淮安軍抵達睢陽還要再多加上五天，前前後後的時間加起來，遠遠超過了脫脫輕裝沿河畔奔行千里的最大時間。

想到這兒，朱重九心中真的有幾分緊張了。他先嘉許地朝徐達點了下頭，然後衝陳基問道：「陳參軍，白天運河上可有新的警訊送過來？」

「還沒！」陳基不敢怠慢，立刻回道：「按約定，那邊的消息是三日一到，今天剛好是第三天，如果途中遇到蒙元那邊查得緊，送信人在路上耽擱一日半日也極有可能。」

「嗯，你這兩天盯緊一些，一有消息，馬上讓我知曉！」朱重九命令道。

沒有及時可靠的通訊手段和無孔不入的間諜，光靠著船幫的支持，很難對敵情做出正確判斷，朱重九滿臉無奈。然而打造一個可靠的情報系統，卻不是一兩天的事。

「多算勝，少算不勝！」老進士逯魯曾見朱重九臉色凝重，忍不住提醒道：「不知道脫脫的人馬是否來了，就當他已經到了便是！反正即便脫脫不來，眼下黃河天險已失，咱們也無法保證其他蒙元兵馬不趁機渡河！」

「那咱們至少得出三個軍才行！」徐達想了想，「趙總管的兵馬剛剛打了一場敗仗，恐怕士氣和戰鬥力都會受到極大影響。李平章那邊抵住察罕，咱們自己派一個軍去收拾李思齊，一個軍在外圍警戒，以免受到脫脫的突襲，另外一個軍則留在都督身邊，以備不時之需。」

「我軍還有一戰之力！」李喜喜趕緊主動站出來。「我軍雖然新敗，但留在徐州的，還有一萬多戰兵，從周邊收攏回來的戰兵估計也有兩到三萬。再加上輔兵，湊足五萬不成問題。我家主公上次是急於收復睢陽，才被李思齊和察罕兩人給打了埋伏，這回謹慎一些，應該能對付他們其中一個。此外，劉大帥那邊，我家主公也派人去求援了，就是沒把握劉大帥是否肯出兵。」

「沒把握的，就先不考慮在內！」逯魯曾毫不客氣地說道：「另外，你說能從周圍幾個縣城收回兩萬兵馬，那睢寧，宿遷等地誰來防禦？脫脫此番南下，可是帶著三十萬大軍，隨便分出一路來，都能打得你家趙總管一個措手不及！」

「這……」李雙喜被說得無言以對。

在來揚州向朱重九求援之前，趙君用曾經交代過，只要對方肯答應出兵，他可以將睢寧、宿遷等地割讓給淮揚。在他們君臣想來，既然那些地方已經割讓了出去，防務責任肯定也得由淮安軍來負，誰料到朱重九根本不肯占友軍的便宜，所以他們的如意算盤沒等開始打就徹底落了空。

對趙君用的瞭解，在座當中，誰也沒有逯魯曾這個當人家師父的深刻，見李喜喜尷尬成那副模樣，心裡立刻明白了其中隱藏的貓膩，說道：「你如果不嫌累的話，現在就去向趙君用覆命，就說我家總管的兵馬，後天下午就會啟程出發，五日之內，前鋒肯定能抵達徐州。」

「如此，多謝祿長史，多謝大總管！」李喜喜聞聽，再顧不上慚愧，立刻彎腰恭敬地行禮。

「你也不用謝我們！」逯魯曾笑了笑，「剛才我們的話，你也都聽見了，回去後，記得立刻提醒你家主公嚴加防備，一旦李思齊真的像我等分析的那樣，早就搭上了脫脫的線，恐怕此番脫脫南下，第一個目標就是徐州！」

「多謝老人家提醒，末將這就去給我家主公報信！」李喜喜躬身回應。隨即又向朱重九請求借兩匹快馬，以便路上能輪換著騎乘，早點趕到徐州。

朱重九見他救人心切，也不攔阻，關心地說道：「好馬我倒是有，但你的身體能撐得住麼？」

「多謝大總管掛懷，末將以前在綠林道上混日子時，連續跑上幾天幾夜也是常有的事。」李喜喜強撐著回應。

來的時候為了節省時間，他選擇了騎馬而不是乘船，整整兩天一夜沒怎麼合眼，回去後再趕上兩天一夜，即便是鐵打的身子骨，也非折騰散架不可。

但眼下徐州城內都是平時一個鍋吃飯的弟兄，他實在不敢讓大夥連半點兒防備都沒有就去面對脫脫的數十萬大軍；更何況他當年跟傅友德磕頭結拜時還發過誓，不能同年同月同日生，但願同年同月同日死，所以哪怕還剩下最後一口氣，也得把脫脫南下的消息先送回去。

見李喜喜對趙君用如此忠心，朱重九非常感動，想了想道：「我給你九匹好馬，你和你的侍衛每人三匹，再給你一面腰牌，凡是我淮揚三地的關卡驛站，你只管將腰牌亮給他們看，他們見到之後，會盡可能地給你提供幫助！」

「多謝大總管！日後大總管若有用到末將之處，哪怕是刀山火海，末將亦不敢辭！」李喜喜心中感激萬分，跪下去重重地給朱重九磕了個頭。

「起來，你是個好漢，男兒膝下有黃金！」朱重九上前將李喜喜拉住，然後朝徐洪三吩咐道：「你派二十名騎術最好的弟兄，一路護送他們到淮安。把咱們淮安軍的斥候長腰牌給他一面，順便派人給胡大海傳訊，讓他立刻做好臨戰準備！」

「是！」徐洪三大聲答應，攙扶著李喜喜退去。

朱重九看著兩人的身影消失在議事堂外，斟酌片刻，走到帥案旁，抽出一支令箭，「水師統領朱強！」

「末將在！」朱強騰地站起身，上前聽候調遣。

「派兩艘最快的船去黃河上巡邏。發現敵情，馬上返回淮安示警。」朱重九舉起令箭，大聲吩咐。

「末將遵命！」朱強伸手接過令箭。

朱重九又吩咐道：「調集水師所有戰船，即日起加強江面上的巡邏，如果發現對岸有兵馬過來，能擊沉的，就立刻擊沉；實在阻攔不住，也不要戀戰，務必第一時間把消息送回揚州！」

「這？」朱強愣了愣，心中有些失望。

他麾下的水師人數雖然只有三千出頭，可戰船卻有二十多條，每艘船上都配有四斤、六斤兩類火炮。本以為能在即將爆發的惡戰中露上一手，誰料卻只撈到了個打探消息、巡視江面的差事！

「你別以為這任務輕鬆！」朱重九正色說道：「張士誠和王克柔剛剛在江南立足，未必能纏得住董摶霄；而那姓董的，又處處唯脫脫馬首是瞻，此番脫脫南下，他肯定會全力配合。特別是得知咱們的主力都北上迎戰之後，十有八九會把主意打到揚州這邊。」

「他要是敢來，末將就讓他來得去不得！」朱強立刻就有了精神。

「能攔，就儘量攔；攔不住，就放他上岸！放他上岸之後，若是能斷了他的糧道，比直接在江面上跟他拼命還好。去吧，立刻去著手準備，我等你的好消息！」

「是！」朱強敬了個禮，大步退下。

「第四軍指揮使吳熙宇！」朱重九舉起第二支令箭，點將道。

「末將在！」吳二十二大步上前。

「第四軍留守揚州，此外，整個揚州路的防禦也一併交給你。」

「末將遵命！」吳二十二接過令箭，大聲回道：「如有疏漏，末將願提頭來見！」

「我不要你的人頭，但你必須保證揚州城、江灣基地和海門港這三處地方絕對不能落入外敵之手。否則，你就是死一百次也不能贖罪！」朱重九強調道。

「末將明白！」吳二十二鄭重點頭，接過令箭，轉身退出門外。

「第三軍指揮使徐天德！」朱重九目光從眾將臉上掃過，把第三支令箭舉在手中，呼喊自己最放心的一員將領：「你立刻下去準備，攜帶十天的糧草輜重，弄好後立即出發，為全軍先鋒，前去支援徐州。記住，如無絕對把握，不要輕舉妄動！」

「都督放心，末將絕不敢辜負您的信任！」徐達快步上前，接過命令，然後與第三軍副指揮使王大胖，長史李子魚等人一道，小跑著出門做出征準備。

「第一軍副指揮使劉子雲，第五軍指揮使吳良謀，你們兩個也立刻帶人去準備，待糧草輜重都裝船後，立刻與我一道去支援徐州！」朱重九拿起第四支令箭，調兵遣將道。

劉子雲、吳良謀接了令箭，帶領各自麾下的將領退出。

議事堂內，立刻空了一半。

朱重九陸續拔出第五，第六，第七支令箭，交給揚州知府羅本、工局主事黃老歪，學局主事祿鯤和學政施耐庵，讓四人互相配合，在大軍出發後，繼續進行揚州城的重建、新作坊的開發以及本年度科考籌備等工作，儘量不要讓內政運轉受到戰事的困擾。

然後，又抓起第八支令箭，遞給距離自己最近的蘇先生，「老樣子。我出征之後，整個淮揚的軍政諸事就全交給你。」

「微臣縱使粉身碎骨，也不敢辜負主公信任！」蘇先生站起身，紅著眼睛接令。

他的能力有限，已經越來越不適應長史的位置，曾經幾度提出辭職，請朱重九另找賢能接任。然而朱重九卻始終沒有答應，讓他的權力始終隨著大總管府的發展而水漲船高。

朱重九語重心長地說；「你威望高，資歷也重，替我留守最為合適。如果有什麼解決不了的地方，多跟羅本他們幾個商量。須知一個人本事再大，也難免有疏漏之處，而集眾人之力，卻可以把事情做得更為穩妥！」

蘇先生知道自家主公是提醒自己不要犯攬權的毛病，趕緊點頭答應，「微臣記下了，都督放心，微臣自己知道自己什麼斤兩。」

「我一直對你放心！」朱重九點點頭，笑著鼓勵。

又叫來工程院主事焦玉、商局主事于常林以及一些文職幕僚，叮囑了最近需要關注的重點。然後將目光轉向去年剛投奔過來的原廬州知府張松：

「內衛處的組建工作，你還得抓緊，最近一段時間重點放在進出淮揚三地的商販頭上。我估計朝廷那邊一旦戰場上打不贏，就又會試圖從咱們內部下手！」

「是！」張松接過令箭，躬身領命。

他性子陰柔，又在官場打滾，最適合用來幹一些「髒活」。而朱重九在去年接受了他的投奔之後，立刻想到了一個合適的位置，那就是秘密成立的大總管府內衛處，專門用來對付混入淮揚地區的各方間諜，以及調查官員們的廉潔問題。

「常副幫主那邊再送一筆錢過去！」揮手讓張松離開，朱重九又對參軍陳基吩咐，「等打完了這一仗，你就負責組情報處。專門負責對外刺探敵情，向回傳遞消息。像今天這樣，敵軍都打到黃河邊上了，咱們卻一點兒動靜都不知道情況的事，千萬不要再發生第二次！」

「臣遵命！」陳基大喜，接過令箭，長揖及地。

他和葉德新，羅本三人依靠上次科舉成績，同日進入大總管幕府。而如今羅本和葉德新都出任地方大員了，只有他還在繼續於參軍位置上歷練，要說不著急，那是打腫臉充胖子。如今終於有了可以獨當一面機會，豈能不牢牢抓在手裡，爭取早日脫穎而出?!

看看議事堂裡沒剩下幾個人了，朱重九就準備吩咐大夥回去休息。誰料坐在陳基身後的章溢卻站起身，大聲說道：「主公，臣有些話，不知道當講不當講！」

「說吧，咱們這裡，可以隨心所欲地說話，但決策一出，無論支持還是反對，都必須全力去執行！」朱重九鼓勵道。

「微臣遵命！」章溢斟酌了一下措辭，說道：「古語云，故上兵伐謀，其次伐交，其次伐兵，其下攻城，不知道主公以為然否？」

這是《孫子兵法》裡的名篇，朱重九自打徐州起義之後，不知道背了幾百遍，早已爛熟於心。但是爛熟歸爛熟，如何將理論應用到實踐中去，卻是兩眼一抹黑。今天猛然聽人提起，不覺心中一動，點點頭回道：

「孫子之言，當然是兵家至理，但朱某學識淺薄，以其為然卻不知其用，三益如果有話教我，不妨說得詳細些！」

「微臣不敢！」章溢見朱重九被自己的話語所動，拱了下手，繼續說道：「剛才臣聞聽李將軍說，朝廷那邊授了察罕帖木兒一個達魯花赤的頭銜，並且許給地方上堡寨之主免稅的特權，讓他們自組兵馬，追隨察罕。此計甚毒，請主公務必小心應對！」

「免稅，自組兵馬？那不是湘軍麼？朝廷可真捨得下血本！」朱重九對這幾句話還有印象，仔細一琢磨，眉頭迅速皺成了一個川字。

記憶裡頭有例子明擺著，當年的太平天國，輝煌時刻曾經打得滿清正規部隊落花流水，遇到了曾國藩的湘軍之後，卻越來越力不從心，最後連南京城都被攻破，用幾百萬屍骨成就了曾剃頭中興能臣的美名。

究其原因，太平天國自己腐爛的速度太快是其中之一，滿清王朝應對策略得當，最大限度地利用了鄉紳地主們對太平軍的仇視，也居功至偉。

「敢請主公知曉，蒙元朝廷此舉絕非一時心血來潮，眼下非但中書行省治下各州府都在自組鄉勇，陝西、湖廣和江浙那邊，去年秋天起，也先後貼出告示，准許各路設立義兵萬戶府、毛胡蘆義兵萬戶府等，所選將領皆為當地士紳，其所募之兵，也都是各堡寨的莊丁。凡是應募者，則免其差役，令討紅巾自效！」唯恐朱重九大意失荊州，宋克在一旁補充道。

逯魯曾和一眾還沒散去的文武們雖然不懂什麼是「湘軍」，但從朱重九的表情上來推測，應該和宋克嘴裡的「義兵」「毛葫蘆兵」差不多，都是地方團練武裝的別稱，於是紛紛附和道：

「都督萬萬不可掉以輕心，朝廷此舉雖為飲鴆止渴，卻也能為自己贏得一絲喘息之機。那些鄉勇本事未必強悍，卻勝在於自家門口作戰，熟悉地形，並且隨時隨地都能得到補充！」

「的確，主公切莫大意，畢竟渡過淮河之後，便非我軍所掌控之地，人心難測！」

「要我說，就一路殺過去，凡是有與蒙古人勾結嫌疑者，斬草除根便是，省得將他們留在身後，吃飯睡覺都得睜著半隻眼睛。」

「不可！」章溢嚇了一跳，趕忙說道：「主公，諸位大人，切莫亂起殺心，倘若如此，章某之罪，將百死莫贖！」又給朱重九行了個禮，道：「主公明鑑，其實那些地方士紳，也有許多人看出蒙元氣數已盡，未必真心願意與之同生共死，只是紅巾劉平章自前年起兵以來，對士紳誅戮過甚，布王三、孟海馬等將所過之處，士紳之家更是十室九空。那彭瑩玉最為狠辣，每至一地，必先查抄大戶之家，焚毀地契，打開穀倉，如此一來，那些士紳即便想袖手旁觀都沒有機會了，也只能死心塌地站在蒙元朝廷那邊！」

朱重九眉頭緊皺，心中有股怒火熊熊而起，反問道：「如此說來，他們當漢奸當的還有理了？還是你覺得，那些紅巾將士就該把手捆起來，伸長脖子等著朝廷來殺？」

「微臣不敢！」章溢打了個冷戰，額頭上滲出一層冷汗。他雖然足智多謀，膽子卻不是很大，感覺到頭頂上雷霆滾滾，剩下的話再也說不出口。

與他同來的宋克卻灑脫許多，接過話頭道：

「主公明鑑，紅巾將士固然不該將手捆起來等著朝廷來殺，但鄉紳們卻也不是個個都該死。牛羊臨被宰殺之前，還會掙扎一番，有人要拿刀子砍他們，搶他們的土地，分他們的糧食，他們當然寧願把錢糧拿出來招募鄉勇拼命，也不肯坐以待斃。蒙元朝廷正是看明白了這一點，才因勢利導，准許士紳們募兵自保；那李氏兄弟也正是因為物傷其類，才背叛了趙總管，導致睢陽重鎮不戰而落入朝廷之手！」

「哼——！」朱重九咬著牙，雙目寒光四射，握在刀柄上的手指關節，隱隱都變成了青灰色。

劉伯溫寧願去做閒雲野鶴，也不肯出來輔佐他，讓他意識到，**某些矛盾遠比自己想得要嚴峻**。今天聽了章、宋兩人的說辭，更是心中覺得一片冰冷。

「**莫非真的逼著老子來一場紅色風暴？**」

人一著急，就本能地想採用最簡單有效的方式解決問題，特別是手中握著刀柄的時候。然而，看到宋克一臉坦誠，再看看自己周圍這群謀士，朱重九就覺得腰間的刀子有數萬斤重，幾度發狠，最終仍沒能將其從刀鞘中拔出來。

如果真的進行一場紅色風暴的話，將士紳殺光了，華夏文明的傳承也就徹底斷絕了，百年之後，誰能說清楚自己到底是功臣還是罪人？

「主公且息雷霆之怒！」逯魯曾一直在默默地看著自家孫女婿，熟悉他的逆鱗在何處，見他又瀕臨暴走的邊緣，主動上前開解道：「章參軍和宋教授也都是出自一番公心，朝廷此舉雖然歹毒，對其自身來說，卻不失為一條善政，故而眼下我等沒必要計較鄉紳們的短視，而是應該仔細商量一下大總管府該如何應對。」

「正是如此！」章溢終於緩過一口氣來，加倍小心地道：「微臣剛才所言，並非為自己請命。而是心憂我淮安軍前途。畢竟別處不比淮揚，在這裡，主公一聲令下，無人敢於違背，而出了淮揚，則主客倒易。士紳豪強，皆為鄉間大戶，平素裡在鄉間一言九鼎，尋常百姓，要麼為其同族，要麼為其佃戶奴僕。聽從族長莊主之命，早已成了習慣，倉促之間，根本不會仔細辨別是非。」

「在河南江北行省還好，要是過了黃河，恐怕情況更甚。」宋克接口道：「我軍每到一處，皆人地兩生，而士紳大戶們，則皆為朝廷耳目，甚至主動配合朝廷，焚毀莊稼，堅壁清野。如是，每至一地，我軍補給難度為朝廷十倍，消息獲取難度為朝廷十倍，敵暗我明，處處被動，縱有火器之利，恐怕也難如在兩淮這邊一樣攻無不克了！」

「兩淮地寡而人稠，且臨近運河，百姓消息靈通，又多不以耕種為生，然離開兩淮之後，百姓皆為士紳的附庸，只會盲從於族長，輕易之間絕不會相信一個外來人！所以微臣以為，主公欲取天下，必先收取民心！即使不能令其贏糧影從，至少也讓其袖手旁觀，而不是捨命去幫助朝廷。」章溢擦去額頭上的冷汗，娓娓說道。

近一年多來，淮安軍高歌猛進，百戰百勝，一眾文武的心目中，朱重九幾乎成了半個神仙，雖然不至於唯命是從，但輕易也不會叩闕死諫，所以朱重九造工坊也好，開辦淮揚商號也好，提倡四民平等也罷，除了逯魯曾等少數幾個偶爾敢提出質疑之外，其他文武則是理解就執行，不理解便在執行中理解，從來不敢有異議。

但是今夜章溢和宋克兩人，卻成了議事堂裡難得的一道風景，讓大夥厭惡之餘，心中倒湧起幾分佩服：這兩個書呆子，話雖然難聽，卻勇氣可嘉！

「兩位應知曉，朱某志在光復華夏，從沒想要與天下士紳為敵！」手掌在刀柄上握了好半天，朱重九最終還是鬆開了發青的十指，強調道。

「微臣知曉，微臣已經決定發賣家中田產，購買淮揚商號股本！」章溢悄悄鬆了口氣，表白忠心道：「然微臣是看過江灣的眾多工坊之後，才明白天道已變，智者無需擁田萬畝，亦可以讓子孫衣食無憂，其他人卻沒機會看到，也未必看得明白！」

「微臣以為，這種人不在少數！」宋克也偷偷在衣服下擺上擦了擦濕漉漉的手掌，感慨道：「臣家已經破落，所以沒什麼捨不得，那些鄉間土豪，幾輩子守著土地過活，只知道紅巾軍來了，自己就要破家，卻未必知道大總管來了，他們反而更容易發財，稀里糊塗中，就成了蒙元朝廷手裡的棋子！」

「嗯！」聽他這麼一說，朱重九總算稍稍冷靜了點兒。

殺人，終究不能徹底解決問題，將那些冥頑不靈的士紳屠戮乾淨未必很難，但重新培養一個知識群，卻至少要花費三十年；況且換個角度看，那些士紳們的抵抗也未必完全不占理，畢竟，刀子架到了脖子上，無論是誰都會努力掙扎一下。

想通自己終究不能將全天下的反對者都殺光的道理時，朱重九長長地嘆了口氣，艱難地擠出一絲笑容，向章溢和宋克兩人虛心求教：

「兩位說得甚是，淮安軍早晚要走出兩淮，請二位不吝教我，如何才能令蒙元毒計落空，令天下士紳不再以我為敵？」

「這？」沒想到朱重九如此容易被說服，章溢和宋克兩個有些受寵若驚。

然而，他們馬上就看到對方固執的一面。

「『與士大夫共治天下』那一套就不必提了，朱某自己就是個草民，沒理由捨命去打江山，卻請士大夫出來欺負自家左鄰右舍的道理。若是只有此一種辦法，朱某寧願徹底做個孤家寡人！」

「主公明鑑，我二人絕無此意！」章溢趕忙鄭重申明立場。

劉伯溫是前車之鑑，他們兩個可不願重蹈覆轍；況且改變一個人，也不是一天兩天的事。朱佛子現在不忘其本，誰能保證朱重九坐了江山之後，還記得他曾經是個屠戶？更何況即便朱重九能堅持一輩子，他的太子、皇孫總不可能生下來就送到民間去殺豬，幾代之後，聖人子弟自然還能重主朝堂。

「有也沒關係，我不聽就是！」朱重九也沒指望憑著自己幾句話，就能讓章溢和宋克徹底改變立場。

「呵呵呵……」周圍立刻響起一片湊趣的笑聲，逯魯曾等人如釋重負。

笑過之後，議事堂裡的氣氛終於恢復了正常，宋克主動說道：

「克以為，士紳紛紛與紅巾為敵，大部分都是受了蒙元朝廷的蠱惑，對我淮安新政不瞭解的緣故，如果大總管府能主動派出細作，混於商賈中間，讓後者借往來商賈之口，使百姓知道我淮揚大總管府與其他紅巾諸侯有所不同，想必他們的敵意就會降低許多！」

「嗯，此言甚善！」朱重九在不被氣暈了頭的時候，倒是個能虛心納諫的，立刻點點頭交代道：「蘇長史，此事就交給你來安排，你前段時間不是結交了許多說書人麼，拿出些錢來，讓他們把淮揚的新政編成段子，四處傳唱，效果應該不會太差。」

「是，微臣遵命！」只要對朱重九有好處的事，蘇明哲才不在乎採取什麼手段，立刻接令。

「善公！」朱重九看了看欲言又止的逯魯曾，「士林那邊，還請善公多寫幾封信代朱某辯解一二，此外，淮揚地區的所有報紙，不管是官辦的，還是商號私辦的，善公都可以派人先管起來，讓他們替我淮揚說話。」

「是，老臣遵命！」逯魯曾拱了拱手。

「你們幾個，則想辦法多跟商號和往來行商溝通，讓他們在賺錢之餘，想想怎麼才能賺得更長久！」朱重九將目光落在身後的一眾幕僚身上。

「是，主公！」眾文職幕僚躬身領命。

「三益，你看還有什麼可以做的，儘管說！」朱重九向章溢請教。

「微臣還有一個緩急之策，想請主公考慮！」章溢遲疑地說道。

「怎麼個緩急法？你不妨說仔細些！」

「以微臣之見，都督現下所行之策有些操之過急，在淮、揚、高郵三地還好，畢竟這裡土地貧瘠，百姓多半靠煮鹽、幫工和經商為生，新政對他們來說，有百利而無一害，至少不會絕了任何人生路，其他地方則是不然！」

「嗯，你繼續說！」朱重九無奈地點頭。

「所以，微臣以為，我軍若是離了兩淮，**必須以爭取民心為上！**」

章溢很小心地避開一些敏感字眼，用民心取代士紳之心，據他以往的經驗，大多時候，百姓都會唯當地士紳、族長馬首是瞻，不會仔細權衡利弊。

「的確！得民心者，得天下！」朱重九點頭。

「所謂緩，就是在淮揚之外，暫且不要過早推行將奴僕改為雇工之策，而是重拾光武仁政，嚴令其不得殘害奴婢；對肯主動響應新政者，則重獎之，或賜以一、二開作坊生財之道，或賜予某種貨物在當地的專營權，令其他旁觀者權衡利弊，自行決定是否效尤。」

「嗯——！」朱重九不置可否。光武仁政到底是什麼東西，他不甚清楚，但從章溢的說辭上來推測，應該是自上而下的一種號召，沒有什麼實際法律效力，並且也未必能得到有效的執行。這與他原來的打算嚴重的不符，甚至會拖慢他的工業化的實現，讓他很不以為然。

「主公可以在新得之地設立一個年限，或三年，或五年，期限之內，一切照舊；但期限過後，則任何人不得再買賣奴僕。」

知道朱重九不是那麼容易讓步，宋克趕緊在一旁補充，「對於攤丁入畝，士紳一體化納糧也是如此。肯主動回應我淮揚軍的，不妨許他一些好處，在開辦作坊，經營貨物，或者其他方面給予大力扶持，在其應納總數的分額內，也做部分減免；對於袖手旁觀，不肯主動投效者，則不承認其為士紳，該怎麼辦就怎麼辦，一切從嚴！」

先以緩和年限慢其死志，然後再誘之以利，分化拉攏，雖然與朱重九理想中的情況相差還是很遠，卻不失為一個解決辦法，至少推行起來，會比一切嚴格按照淮揚這邊的規矩辦要容易得多。

「對於那些冥頑不靈，膽敢勾結蒙元朝廷抵抗我淮安義師者，則適於用急！」章溢緊跟在宋克之後說道：「誅其族，抄沒其家，將其田產盡數充公然後分給百姓，百姓得我大總管府之田，自然不在乎攤丁入畝。那些妄圖腳踏兩隻船者見到大總管之霹靂手段，也會心生忌憚，權衡自己今後的作為！」

「此言大善！」朱重九撫掌喝彩道。

什麼叫做**毒士**，章溢此人就是個活生生的例子，**該給好處的時候，根本不考慮什麼原則；該動手殺人的時候，也絕不會有半點猶豫。**

如果淮揚大總管府採納他的提議，今後在新打下來的地盤上推行區別對待的政令，當地那些所謂的士紳，排斥心理將減小許多。畢竟他們還有一段時間去適應，有一定特權可以享受。遠比跟著蒙元朝廷一條路走到黑風險小。

朱重九麾下的眾文官裡頭，除了蘇先生、和于常林這些最早參與起義的古代城管之外，其他絕大多數原本在當地都算得上是富家子弟。因此在內心深處就對淮揚大總管府所推行的新政有些排斥情緒，只是因為淮揚大總管此刻正處於高速上升階段，朱重九的以往的決策又極少出錯，所以大夥心裡即便有所排斥，也不敢當面反對罷了。

而章溢今天直言進諫，實際上說出了很多人以前沒敢說，或者沒想到的東西，所以在朱重九表態接納之後，還留在議事堂內的眾人，心思立刻就活絡起來，紛紛獻計獻策，按照章溢和宋克兩人所提的思路，從各個角度將政令補充細化，使其轉眼之間就變得切實可行。

對於眾人的積極，朱重九不好過於打擊，只得耐著性子，讓人將這些全記錄在案，以便將來真的打出淮揚之後，照方抓藥。

第八章

上兵伐謀

「難道不能在沙場上堂堂正正地一決雌雄麼？
那脫脫兵法造詣真到了鬼神難測的地步，
居然令逯老進士從始至終都不敢跟他正面一戰？」
「上兵伐謀！」逯魯曾只用四個字，
就將朱重九沒說出來的話全憋死在了肚子裡。

會議一直開到凌晨四點多，直到雞叫頭遍，大夥才興盡告退。

朱重九也通過這次議事，瞭解到了章溢和宋克兩人的本領，於是將二人單獨留了下來，吩咐道：「三益，你回去後做一下準備，此番出征，朱某需要你跟著一道去，以便隨時請教。」

「願為主公效死力！」章溢喜出望外，立刻跪倒施禮。

「起來！」朱重九用力攙扶住他，叮囑道：「朱某不願給別人下跪，所以也不願意讓別人下跪。朱某讀書雖然不多，卻也知道大唐之時，群臣在帝王面前有一個座位。到了宋代，才有人偷走了那把椅子。至於蒙元，朱某身為四等漢人，從沒把自己和蒙古老爺們視作一國之民，所以矢志驅逐其回漠北，其所有規矩、政令皆不會遵從。」

「多謝主公厚愛，溢縱使粉身碎骨，也難報答主公知遇之恩！」章溢聞聽，眼睛頓時開始發燙，低下頭，啞著嗓子表態。

讀書人講究「士為知己者死」。朱重九剛才提到了唐代君王前那幾個座位，明顯是準備把他當作房玄齡、杜如晦之類的肱骨謀臣來看待了。他初來乍到就得到如此器重，夫復何求？別說辛苦一點，隨大軍出征，即便親自披甲執朔，給自家主公遮擋矢石都心甘情願。

「粉身碎骨就算了，朱某希望你永遠都能如今日一般，發現朱某政令有失，便不懼直言相告！」

他身邊無論是逯魯曾，還是陳基、羅本，專長都在政務方面，並非合格的謀士，今天既然發現章溢在這方面潛力巨大，怎麼可能不給予充分的成長空間？所以毫不猶豫地將其擺在一個關鍵位置上，準備委以重任。

至於宋克，朱重九則喜歡其灑脫靈活，光明磊落，想了想，道：「仲溫，科舉的事你要多出些力，淮揚這邊，眼下不需要人能做一手花團錦簇文章，卻需要一些懂得變通，勇於任事賢才。所以在閱卷之時，你和祿主事、施學政三個，務必要把握好尺度！」

「微臣明白，微臣多謝主公指點！」宋克鄭重點頭。

「一旦閱卷結束，你立刻去第四軍就任長史一職。吳熙宇要以區區兩萬出頭兵馬，確保整個揚州路不被敵軍窺探，任務不是一般的重，有你在他身邊幫襯，我能放心許多！」

「臣誓與第四軍共進退！」宋克立即覺得肩膀一沉，躬身許諾。

「好了，你們兩個都下去休息吧。明天一早，便去各自的主官那邊報到。本來按照常理，朱某還該擺一次接風酒，介紹大夥給你們兩個認識，但警訊既起，就只能暫且記下。待哪天咱們大軍直搗幽燕，朱某定然在大都城內請兩位痛飲！」

「願與主公不醉不休！」章溢和宋克熱血澎湃，紅著眼回道。

朱重九主動將二人送出了議事堂。回來後，走到了輿圖前，仔細斟酌下一仗的具體戰略戰術。

睢陽一失，他先前不惜低價出售火炮，苦心積慮幫趙君用打造的黃河防線，就被捅出了一個大窟窿。而脫脫帶著三十萬大軍來勢洶洶，並且具說還攜帶了大量火炮，顯而易見，**這一仗，恐怕最終會發展成一場聲勢浩大的決戰**。

紅巾軍若是能取勝，至少最近一兩年之內，蒙元朝廷的北方兵馬，很難再渡過黃河。而紅巾軍萬一失敗，恐怕最近這兩年積累起來的大好局勢將急轉直下，淮安、徐州、汴梁，甚至一直到黃河上游的洛陽都岌岌可危。

如果另外一個時空的正史上，此戰也曾經發生的話，那芝麻李等人無聲無息地消失，和朱元璋笑到了最後，恐怕與此戰有脫不開的關係。

畢竟朱元璋在北伐之前始終活動於江南，而芝麻李、趙君用、劉福通等人佔據的卻是蒙元地圖中的河南江北行省，恰恰擋在了朱元璋的前面，成為一道血肉屏障。

越是到了這種時候，朱重九越是後悔，自己當年讀書時，怎麼沒把歷史書好好背上一背。那樣的話，至少他現在也能知道，脫脫到底與察罕、李思齊等人之間有沒有相互勾結，眼下這一仗，到底從哪裡下手才好。

但是轉念一想，他又忍不住搖頭苦笑，「背也沒用，自打老子來了那一刻，歷史就已經不是歷史了。」

想到這兒，他又振作起幾分精神，吩咐道：「來人，取紙筆來。幫我寫幾封信。」

「是，夫君！」背後響起一個熟悉的聲音，不是參軍逯鵬，而是妻子祿雙兒。

朱重九回過頭，看見妻子熬紅的眼睛，有股淡淡的愧疚湧上他的心頭，迎上前，輕輕整理對方的披肩，「你怎麼來了，大半夜的，小心著涼！」

「你不睡覺，我這個做人家老婆的怎麼敢先睡！」逯雙兒俏皮地吐了下舌頭，用朱重九「發明」的新鮮稱呼回應。「我過來給你送湯水，看見二叔犯睏，就讓他先去休息了。你要給誰寫信，我幫你！我模仿任何人的筆跡，他們保證都看不出來！」

「給李大哥，毛將軍和朱重八！」朱重九輕攬了一下妻子的腰，然後迅速鬆開，堂前還有侍衛在，他不好意思太造次，但心中的溫柔卻湧了滿滿。

「馬上要打仗了，我得提醒李大哥和毛將軍他們儘量小心，並且叮囑朱重八，讓他別老想著過江，先把孛羅不花叔侄給我看死了，免得大夥後院起火！」

「嗯！」祿雙兒輕聲答應，然後鋪開紙筆替朱重九寫信。

寫這東西，對她而言幾乎是一揮而就，但對於書信的效果，她卻很是懷疑，不禁質疑道：「他們會聽你的麼？我是說，朱重八那個人一看就知道野心勃勃。」

「應該會吧！」朱重九心中也有幾分擔憂。

老朱的人品到底如何，他真是沒有任何把握，自己的記憶裡，朱元璋的形象也是以腹黑居多；然而想到雙方結識以來朱某人的表現，他迅速下定決心，「此人應該能分得出輕重，唇亡齒寒，即便想爭天下，他也不會在此刻就動手。寫吧，我相信他是個真正的豪傑！」

「嗯！」祿雙兒低下頭去，筆走龍蛇。

夫妻兩個成親以來，朱重九要麼出征在外，要麼為了淮安軍的生存而忙得焦頭爛額，真正能靜靜守在一起的時間，加起來恐怕也湊不足一個月。

眼看著馬上又要帶領大軍北上徐州，朱重九望著妻子認真替自己寫信的模樣，心裡不禁湧起幾分不捨，從身後繞過去，溫柔地替妻子揉捏肩膀，「辛苦你了，我原本以為打下了揚州之後，還能多休息幾天！」

「誰讓我嫁了一個蓋世英雄呢！」陸雙兒放下筆，將頭揚起，明亮的眼裡寫滿了崇拜。「待重整漢家山河，妾身再跟夫君於黃龍府內把盞！」

「自當如是！」朱重九心中的所有遺憾立刻變成了豪情萬丈，毫不猶豫地將嘴巴低下去，對準烈焰般的紅唇。

有股晨風透窗而入，玻璃罩下的燈芯猛的跳了跳，在牆壁上投下兩個纏綿的身影。

忙裡偷出的片刻閒暇，總是過得匆匆。

接下來一天半多時間，朱重九又忙得像長江邊上的水車一般，連停下來喘口粗氣都成了奢侈。

第一軍和第三軍都是三萬人的大軍，第五軍則是剛剛擴充到了兩萬，總計八萬人的糧草輜重，想起來都是一個令人頭疼的數字。

此外，還有給傷兵用的烈酒、綳帶、草藥以及各類罈罈罐罐，也裝了滿滿三大船。

為了將物資及時運送到指定位置，就需要盡可能地徵集船隻，這又進一步引發了航道和貨物發運等連鎖問題，林林總總加起來，足夠讓整個大總管府上下忙得焦頭爛額。

這個時代既沒有衛星，又沒有電報電話，最便捷的運輸方式僅限於帆船，所以能多做一些準備，就多一分活命機會。雖然趙君用在求救時曾經鄭重許諾，一切消耗都歸他來負責，但是朱重九卻沒有將如此龐大的壓力轉嫁給友軍的習慣。在他看來，一旦趙君用被蒙元剿滅，下一個目標肯定就是淮揚。

事實證明，老天偶爾也會照顧一下好人。誰也沒有想到，這個完全是因為個性而做出的選擇，卻令淮安軍僥倖躲過了一個滔天大禍。

就在作為前鋒的第三軍剛剛乘船離開不久，形勢就開始急轉直下，船幫以十餘條漢子的性命為代價，送來了淮安軍最迫切需要的消息。

三天前，蒙元丞相脫脫親率五萬餘從塞外調集來的精銳騎兵，直撲徐州，沿途所有關卡全部封鎖，任何人沒有府級以上達魯花赤的手令不得通過。

黃河上的所有渡口也全部禁航，包括曾經與淮安軍暗中眉來眼去的下邳、安東等地的官吏，也乾脆俐落的翻了臉。試圖往南傳遞警訊的眼線要麼被他們當場處決，要麼被捉拿下獄，幾乎沒有一人能夠成功將消息送出。

「通海，你現在就騎著快馬去追趕徐達，傳我的將令，讓他加快速度去接管睢寧防務。然後想方設法與趙總管取得聯繫，確定最新敵情之後，再繼續趕往徐州！」

打了這麼多仗，朱重九對危險已經有了某種直覺，心中立刻湧起一股不祥的預感，抽出令箭，迅速交到親兵俞通海的手上。

「是！」俞通海不敢怠慢，接過令箭，翻身跳上坐騎。「末將這就去，天黑之前，一定追上徐將軍的船隊。」

「老黑，帶著你的弟兄，立刻上船趕往淮安，與胡大海一起去接應徐達。」朱重九又對抬槍營的營長連老黑吩咐。

這個營最初配備的武器是大抬槍，為了保證準頭，挑選了當時槍法最好的三百多名弟兄入伍，戰鬥力原本就在同級單位當中數一數二。如今又全部更換了焦玉剛剛發明沒多久的線膛槍，攻擊力更是強悍得驚人。同樣數量的敵軍，根本不可能走到他們的近前，隔著一百多步遠，就會被表面塗了軟鉛的子彈打成篩子，即便套著雙層鐵甲也無法倖免。

「遵命！」連老黑興高采烈的答應一聲，拔腿便走。

朱重九卻一把拉住了他，吩咐道：「挑幾個槍法好水性也好的，乘輕舟到徐州附近轉轉，黃河北岸那些狗官敢跟咱們翻臉，肯定是覺得脫脫此番南下，有極大把握將咱們徹底消滅。我估計，老賊除了察罕帖木兒和李思齊這兩個暗子之外，還有其他陰險手段。現在藏起來不讓人看，就等著關鍵時刻給咱們致命一擊！」

連老黑點點頭，道：「那我自己去，把弟兄們交給胡將軍統一調遣。若論槍法和眼神，整個淮安軍中未必找得出比我還好的來！」

朱重九知道這句話不是在吹牛，輕輕點頭，「行，不過你自己也多加小心，無論什麼情況，保住性命回來都最為重要！」

連老黑感動地回答了一聲「是！」拿起令箭，轉身離去。

朱重九想了想，又命令陳基拿著自己的令箭，到船塢中把兩艘剛剛托沈萬三從南方買回，火炮還沒裝配完畢的仿阿拉伯式三角帆船給提了出來。讓水師統領抽調兩百名好手上船，隨著大隊人馬一道出發，以備不時之需。

能讓麾下的弟兄們到黃河上一展身手，朱強當然歡天喜地。立刻親自帶人上了船，把每艘船上僅有的兩門六斤炮親手調試了一遍，又仔細檢查了所有船帆、繩索，以及甲板兩側的女牆、箭孔，才戀戀不捨地將戰艦和隊伍一併交了出去。

然後又是一番緊張的準備，第三天傍晚時分，朱重九帶領第一軍、第四軍，也揚帆北行。五萬戰兵輔兵坐在一百六十多艘臨時徵集起來的大船上，再加上兩百餘艘專門運送糧草輜重的貨船，扯起來的竹子硬帆遮天蔽日。借著徐徐吹來的南風，日夜兼程趕往徐州。

沿途不斷有斥候和信使將紅巾各方所掌握的消息傳來，一個比一個令人心情沉重。

蒙元朝廷這次不僅僅是在北方動員了三十餘萬大軍，在四川、湖廣兩個行省也調集了十餘萬的兵馬，由剛剛剿滅了四川紅巾的平章政事答失八都魯率領，以迅雷不及掩耳之勢壓向了襄樊。眼下南派紅巾大將鄒普勝已經戰敗，退守德安，而南鎖紅巾主將孟海馬敗得更乾脆，竟然被直接逼進了竹山當中。

與此同時，華陰豪紳張良弼也突然發難，殺死了自家結拜兄弟，北鎖紅巾副帥張椿奪其部眾，竊據澠池。

北鎖紅巾大帥布王三聞聽噩耗，倉促前去給張椿復仇，竟然被張良弼打了個大敗，只好收拾了麾下的殘兵敗將去投奔了劉福通。張良弼則直接搭上了陝西省平章政事定住關係，被蒙元朝廷授予了河南府路達魯花赤之職，隨時準備窺探汴梁。

百足之蟲，死而不僵，蒙元朝廷從南、北、西三個方向，幾乎在同一時間朝紅巾軍展開了瘋狂進攻。如今，除了東面臨著大海，蒙元的水師力有不逮之外，其他地區都是烽火連綿。

紅巾軍在倉促之下，前一段時間地盤和兵馬過度擴張所帶來的弊端盡數暴露無遺，在所有戰場上，都被打得毫無還手之力。那些加入紅巾的山賊水寇，要麼按兵不動，要麼臨陣倒戈，接受了蒙元那邊的官爵，竟然鮮有人留下來與紅巾軍患難與共。

「該死！」朱重九被陸續傳來的壞消息氣得臉色發黑。手按刀柄，咬牙切齒地罵道。

來自內部的敵人最為可怕，對上蒙元那邊的兵馬，趙君用和布王三等人好歹還佔據火器方面的優勢；而李思齊、張良弼等人一造反，等同於把紅巾軍最大的殺手鐗送給了敵人，今後雙方交手，兵器上的優勢就不復存在，無數弟兄因此而血灑疆場。

「來而不往非禮也，主公，既然脫脫想決勝於沙場之外，咱們不妨也還他一招釜底抽薪？」新上任的中兵參軍章溢不甘心光挨打還不了手，向朱重九提議。

「怎麼抽法？咱們可拿不出那麼多好處來收買對方的將領！」朱重九好奇道。

「不是收買將領，而是在蒙元朝廷和脫脫的大軍之間狠狠放上一把火！」章溢將聲音壓低。「主公可能有所不知，蒙元貴胄不通稼穡，大都城附近的農田在立國之初就盡數變成了牧場，所以大都城內的糧食向來靠江南和中書省南部的濟南、益都等地供應。如今我軍佔據了小半條運河，江南糧食只能依仗方谷子的海運，而海運數量畢竟有限，時間也無法確定，既要養活脫脫的三十萬大軍，又要供應大都城內幾十萬蒙古老爺，蒙元朝廷那邊的存糧肯定早已捉襟見肘。」

「你是說，要我收買方谷子，讓他減少向大都城供糧？」朱重九眼睛頓時一亮。

「方谷子沒那個膽子，他還想做蒙元的高官呢，頂多是收了咱們的好處之後，藉口風浪大，將糧船扣住十天半月。」章溢對方國珍的為人非常不恥，搖頭道：「微臣的建議是，大總管派一名膽子大的將領，帶五千精銳，直接去拔了黃河對岸安東州，然後不管脫脫如何反應，放棄安東，直撲益都、濟南和東平，走一路燒一路。將中書省的夏糧毀個精光！」

「啊！」朱重九愣了愣，章溢這條計策，頗似後世的蛙跳戰術。然而此刻他手裡的水師，能力卻非常有限。可以在長江上縱橫，卻無法進行遠距離海運，所以那渡過河去的五千將士，最後的結局很可能就是全部戰死，無一能夠生還。

在章溢的想法，那五千精銳原本就是一群死士，撒出去後，就沒打算讓他們再活著回來。但是看到朱重九面色猶豫，趕緊道：

「主公如果捨不得那些弟兄，不妨再召見一次沈萬三，他們沈家既然常年做海上買賣，絕對有辦法派船到北邊，把弟兄們從海路平安接回來！」

「你是說，讓弟兄們燒了蒙元的莊稼後，就到文登一帶集結，然後由沈家派遣海船，將他們全部運回來？」朱重九反問。

這個辦法，倒有幾分可取之處。沈家的船隊既然連錫蘭那邊都去得，走一趟後世的山東半島應該不成任何問題。關鍵是，自己要付出怎樣的代價，才能讓沈家肯為淮安軍出一次力。要知道，這個家族的胃口可不是一般的大，弄不好，連火炮的製造工藝他們都敢作為交換條件提出來。

「其實也不用五千大軍，只要是敢戰的精銳就行。臣估計，一次拿出五十萬兵馬，也是蒙元朝廷的極限了，如今北方各地根本沒多少駐軍，這支隊伍的目的並不是攻取城池，只是大肆破壞，讓蒙元朝廷感到難堪，就會對脫脫失去耐心。」

章溢想了想又道：「即便此計失敗，益都、濟南和東平三地的夏糧也徹底收不上來了，脫脫三十萬大軍就會跟大都城裡的蒙元貴胄爭食；一旦雙方戰事膠著，那些大都城內的王公貴胄們絕對不會自己餓著肚子去支持脫脫！」

「如此一來，大都城裡的王公貴冑肯定不會支持脫脫，可是今後中書省的百姓肯定也視我淮安軍為寇仇！」第五軍指揮使吳良謀沒等朱重九做出決定，便氣哼哼地反駁道。

他的家就在黃河以北緊鄰山陽湖的位置。第五軍中許多同僚也是當年被各自家族作為「長線投資」，送至朱重九帳下的鄉紳子弟，如果淮安軍派一夥死士去北岸大肆燒殺的話，誰也不敢保證他們的家鄉不受影響，那樣一來，第五軍將士還有什麼心思再跟元兵打仗？不鬧出嘩變來就是老天爺保佑了。

「吳將軍可派一個信得過的人一道去，以甄別敵我！」章溢不願自己出任參軍之後第一次獻計就無疾而終，想了想，小心翼翼地商量道。

「你是怕我家的人死得不夠快麼？」吳良謀撇了撇嘴，冷笑道。

隨著他在淮安軍的地位越來越高，名氣越來越大，遠在北岸的家人早已成了蒙元官府的重點關注對象；只是因為吳家在當地還算有點勢力，又早就聲明與他斷絕關係，所以勉強還能應付得過去。

如果淮安軍的「奇兵」過河之後，將周圍禍害得一片狼藉，卻單單留著吳家、劉家和其他幾個與這邊有瓜葛的莊子不動，豈不是證明所謂的「族譜除名」根本就是一個徹頭徹尾的謊言？甭說蒙元官府會立刻翻臉，周圍其餘受了害的豪紳也會一擁而上，硬生生把這幾家人撕成碎片。

「章某說的是從安東那邊過河，繞開了你家！」章溢心裡發虛，紅著臉辯解。

「你說繞開就能繞得開的？」吳良謀狠狠瞪了他一眼，不滿地道：「火頭點起來容易，要撲滅就難了，有淮安軍帶頭殺人放火，那些鄉間的地痞惡棍豈能不趁機渾水摸魚？弄不好，就又是第二個揚州，虧得咱們還斬了張明鑑！」

「你……」章溢氣得兩眼冒火，恨不得一巴掌將吳良謀拍下船去。

兩軍交戰，手段無不用其極，甭說是到對方的領土上殺人放火，就是更惡劣的手段也理所當然，況且這火還是有選擇的放，而不是一味地亂點。

「怎麼，說不過就想動武麼？章參軍，那你可真找錯了對手！」吳良謀嗤了聲，伸胳膊活動腿，將十指的關節握得咯咯作響。

這就有些欺負人了，章溢年齡幾乎為他的一倍，又是個文官，而他卻是新附軍將門之後，從小就有人盯著打熬筋骨。雙方的戰鬥力根本不在一個等級上，三個章溢綁在一起都擋不住他一隻胳膊。

「好了，都少說兩句！別仗還沒打起來，自己人先窩裡反！」逯魯曾在旁邊實在看不過眼，板起臉來呵斥。

無論是吳良謀還是章溢，都得算他的晚輩，故而兩人立刻沒了脾氣，互相瞪了一眼，躬身認錯，「卑職（末將）失態，請長史大人責罰！」

「三益之策，不是針對鄉間百姓。」逯魯曾看了看皺眉陷入沉思的朱重九，解釋道：「其實咱們派出的人只要攻下幾個府城，把倉庫搬空，讓各地官府無糧可運就行了，根本不用到田裡頭去放火！而佑圖的擔心也不是多餘的，淮安軍乃仁義之師，絕不能為了一時之快，就自己壞了名頭。」

「嗯……」章溢和吳良謀二人紅著臉。他們兩個先前想表達的肯定不是逯魯曾所說的意思，但是老進士先每人拍一巴掌，然後又胡亂引申一番，令他們想辯解都力不從心。

正懊惱間，又聽逯魯曾說道：

「馬上夏收在即，地方官府把麥子從百姓手裡徵繳上來，然後再裝車發運，絕不是一天兩天就能完成的事。依老夫之見，這兵要麼不派，要派就派足，無論脫脫在徐州這邊打成什麼模樣，咱們派出的這支奇兵自管從安東州一路往北打，每破一城立刻開倉放糧，將各地官府的糧食和錢財全都分給當地百姓。如此，百姓們定然會感謝我淮安軍，而官府等我淮安軍走了之後再想徵集第二波糧食，恐怕也沒那麼容易了。」

「可萬一弟兄們被堅城絆住……」章溢愣了愣，然而想到朱重九去年一天破一城的速度，到了嘴邊的話又硬生生吞回了肚子裡。

在淮安軍面前，哪裡還有什麼堅城？連青磚敷面的高郵都沒撐過一天，黃河北岸那些純用黃土夯出來的城牆，能經得起火藥幾炸？恐怕一個時辰之內，就得盡數化作廢墟吧！

「王宣的黃軍休整也有小半年，該派出去歷練一番了！再不派出去，恐怕難免有人會抱怨髀肉橫生了！」魯曾衝他笑了笑。

王宣和他麾下的黃軍，是去年十二月揚州之戰時，主動投靠到大總管府帳下的。當時雙方曾經有過口頭約定，一旦揚州的危機解決，大總管府就會全力支援黃軍北上，在黃河對岸自己打出一片生存空間來。

但王宣在看到了淮安軍強大的戰鬥力和各家工坊驚人的生產能力之後，又開始後悔當初的決定，猶豫著是要像張士誠和王克柔那樣，作為淮揚系的周邊力量，出去自己闖蕩，以圖將來；還是乾脆就把黃軍改編，徹底併入淮安軍中，直接成為淮揚系的一員。

如果不是大戰在即的話，朱重九倒不在乎王宣再多猶豫幾天。反正黃軍這半年來也沒白吃軍糧，除了數千精銳一直按照淮安軍戰兵的模式大力整訓之外，其他絕大部分士卒都承擔了和淮安軍輔兵同樣任務，修橋補路，屯田挖河，基本上已經能算是自力更生。

但是大戰馬上就要打起來，將兩萬餘黃軍繼續留在淮揚地區，卻不是一個明智選擇，所以一經逯魯曾提醒，朱重九立刻就想到了這支兵馬的用途，欣然點頭道：「善公所言極是，本總管當年許下的承諾的確到了需要兌現的時候。來人，傳我的命令給王宣，讓他立刻帶著所部兵馬，趕來淮安會合。」

「是！」親兵接過令箭，小跑著奔向船尾。跳上一艘繫在後面的輕舟，三兩下划到岸邊，然後跳上駿馬，飛奔而去。

朱重九吩咐章溢：「等到了淮安後，把你的謀劃仔細說給王宣將軍聽！然後，你、吳佑圖和王宣三個再拿出個具體北進方略來。我要的不是搶一把就走的那種，而是看看能不能讓王宣和他的黃軍一路朝東北方向打，最後佔據登萊。如此，大總管府這邊可以想辦法從海上為王將軍提供必要的支援，而王宣在登萊站穩腳跟後，隨時都可以出兵威脅益都和濟南。」

這比逯魯曾先前的設想，又更向前走了一大步，非但讓大都城的蒙古貴胄們今年無法吃上中書省南部的麥子，以後每年恐怕都是空歡喜一場。而一旦這種跨海支援的模式成熟，淮安軍甚至可以隨時派遣一小部分精銳在直沽登陸，讓蒙元朝廷的京畿地區也徹底無法安寧。

章溢、吳良謀的反應非常快，立刻從朱重九的安排中看出了此計的妙處，雙雙拱起手，大聲稱是。後者則笑了笑，繼續跟逯魯曾商量道：

「善公，記得咱們去年曾經放過了月闊察兒……」

「主公即便不提此事，老臣也要跟你提起。」逯魯曾接過話頭：「哈麻、雪雪和月闊察兒等人絕對不會眼睜睜看著脫脫建功立業，只是這三人都屬於無能之輩，一直找不到合適機會從脫脫背後捅刀子罷了，所以主公必須在身後狠狠推上一下，讓哈麻等人早下決心！」

「怎麼推？」朱重九聽了，立刻問。

「第一步，就是在徐州頂住脫脫，即便不能戰而勝之，至少要維持住不勝不敗之局，別給脫脫繼續增長名望的機會。」逯魯曾不愧是塊老薑，軍略不很擅長，官場手段卻門清，娓娓道：

「第二步，則是讓王宣帶領黃軍過河，攻打益州、濟南、登萊等地，讓蒙元朝廷感到威脅近在咫尺，下旨給脫脫，要求他分兵去救；脫脫為了集中全力對付咱們，未必捨得分兵，那時，就是第三步……」

逯魯曾越說聲音越低，到最後幾乎微不可聞。

朱重九連打了好幾個冷戰，對老進士佩服得五體投地，然而看著身前身後如林的船桅，他心裡又好生不甘。

「難道真的不能在沙場上堂堂正正地一決雌雄麼？必須用這些陰險手段？那脫脫就真的如傳說中一般，兵法造詣到了鬼神難測的地步，居然令逯老進士從始至終都不敢跟他正面一戰？」

「**上兵伐謀！**」逯魯曾只用四個字，就將朱重九沒說出來的話全憋死在了肚子裡。

「脫脫此番南下，各種手段必將無不用其極！」看著朱重九寫滿不甘的眼睛，老進士開導道：「我等只不過是**還之以顏色而已！**」

「的確，來而不往非禮也！」朱重九用力把自己心裡那些單純的想法完全甩到九霄雲外，他現在是淮揚大總管，手下有十餘萬大軍，文臣武將過百，一舉一動都牽扯到許多人的生死，早已沒有資格由著性子胡來。

眼下雙方在兵力上的差距過於懸殊，令淮揚大總管府上下不敢把戰事估計得過於樂觀，據目前掌握的情報顯示，脫脫此番南下帶了整整三十萬精銳，沿途的糧草輜重運輸，則完全交給各地官府來承擔。

換句話說，這三十萬精銳，用淮安軍目前的劃分方式，應該全都算作戰兵；而淮安軍所有人馬加起來，能算作戰兵的也只有五萬出頭。

當然，芝麻李和趙君用兩個人也絕不會做壁上觀，但蒙元那邊，卻還有察罕帖木兒、王保保父子，再加上一個李思齊。本來遠在汴梁的劉福通還有可能出兵前來助戰，然而漢奸張良弼突然叛變之後，劉福通的身後就被頂上了一把刀子，令其很難拿出足夠的力量去支援對他來說只有名義統屬關係的徐州軍。

一路走，無論怎麼謀劃、商議，朱重九和逯魯曾等人最終也沒能拿出一個有絕對把握的作戰方案。

大夥在淮安下了船後，卻突然得到一個令人振奮無比的消息，芝麻李在三天前收復寧陵，大敗察罕帖木兒。宿州軍和徐州軍兩翼夾擊，將察罕帖木兒和李思齊的兵馬，徹底壓回了睢陽城內，旦夕可取二賊項上人頭。

「脫脫呢，脫脫的前鋒還沒到麼？」朱重九聞聽，先是不敢相信，隨即皺著眉頭追問。

不正常，這絕對不正常！如果脫脫根本無法及時趕到戰場，他又何必讓李思齊提前發難?!

「趙君用派遣水師炸毀了睢陽到徐州之間的所有浮橋，脫脫的前鋒抵達徐州附近的黃河北岸之後無橋可行，最近雨水較多，黃河的水流甚急，除非他能找到上百艘大船，否則根本沒法強渡，下到河裡一艘，就會被趙君用的水師擊沉一艘！」胡大海幸災樂禍的解釋。

「蒙古人水戰原本就不在行，如今只能在黃河北岸架起火炮來轟擊趙君用的水師，他們的火炮雖然造得很大，準頭卻不怎麼樣。趙君用的戰船只要不停在原地，就很難被傷到分毫！」老伊萬也湊上前，滿臉媚笑地補充。

做了這麼長時間第二軍副指揮使，老兵痞的氣質按說早就該脫胎換骨了，可無論再怎麼變，他在半輩子雇傭生涯中養成的那種卑微仍是擺脫不掉，無論跟誰說話，都像是在拍人家的馬屁。

「就李平章和趙君用在夾擊察罕帖木兒麼？那邊還有誰？」朱重九詢問。

「當然是郭子興和孫德崖兩個，他們上次嘗到了甜頭，這次趙君用一封信過去，二人各自帶著一個萬人隊趕了過去，比徐達將軍走得還快，據說四天前就已經進了城！」

「徐達呢，他目前在哪兒？睢寧那邊情況怎麼樣？」

雖然聽見一切情況都在朝好的方向轉變，然而不知道什麼原因，朱重九心裡的**不安感覺卻越來越明強烈，彷彿被一頭猛獸給盯上了般，隨時都有可能成為對方嘴裡的獵物。**

「我沒記住！反正已經到睢寧了！」老伊萬訕訕地回道。

「徐將軍把手中兵馬分成了三份，讓王胖子帶著五千戰兵，五千輔兵守睢寧，李子魚帶五千戰兵輔兵和一萬戰兵守宿遷；他自己則帶著五千戰兵直接去了徐州。要不是知道他來了，趙君用恐怕還鼓不起勇氣去跟李平章一道夾擊察罕。」

胡大海看向朱重九的目光裡，慢慢湧上幾分困惑。形勢分明一片大好，他不理解自家主公為什麼看上去心事重重？難道就因為蒙元那邊也造出了火炮？可沒有火炮優勢，就打不了勝仗了嗎？當年你朱佛子沒有火炮，不也把俺老胡打得滿地找牙？

「水師派出去的快船回來沒有？連老黑呢，他回來沒有？」朱重九越聽，越覺得情況不對勁，朝出來迎接自己的人群裡頭掃了幾眼。

「那兩艘哨船已經回來了！蒙古人沒法子渡河的消息，就是他們帶回來的。」胡大海被朱重九的模樣弄得心裡一陣緊張，回道：「至於連宣節，他是前天下午乘輕舟出發的，估計現在剛剛抵達徐州附近。雖然用的是那種帶輪槳的哨船，但逆流而上的話，速度也沒法子快起來！」

「嗯，也是！」朱重九無可奈何地點頭。

他現在十分懷念朱大鵬所處的那個時代，幾千里外，一個電話打過去，什麼事都問清楚了，而現在，他卻只能選擇等待。

「都督，咱們是先進城吧。即便救兵如救火，也得先讓弟兄們歇一歇再走。」老兵痞伊萬顯然沒察覺到朱重九的狀態。見問話已經基本上宣告結束，主動發出邀請。

「把糧草輜重都卸下來，存在淮安，輔兵也都下船，進軍營休息。戰兵……」朱重九看了看船上密密麻麻的頭盔，立馬做出決定，「第五軍進軍營休息，第一軍就在碼頭附近紮個臨時營盤，隨時準備上船出發，近衛團的長槍營和刀盾營下船休息，火槍營去那兩艘大食三角帆船上待命！」

「是！」眾將領齊齊答應一聲，轉身去執行任務。

「通甫，你再派兩艘哨船，讓斥候帶上望遠鏡，去接應一下連老黑。」看身邊的人散得差不多了，朱重九一邊邁步往淮安城裡走，一邊繼續吩咐。

「遵命！」胡大海大聲答應，卻沒有立刻去執行任務，而是將頭湊到朱重九身邊，用極低的聲音詢問：「都督，莫非你還得到了其他消息？怎麼看上去臉色這般差！」

「沒有！」朱重九輕輕搖頭，「我只是覺得，脫脫準備了將近一年時間，不會這麼簡單就被擋在黃河北岸；眼下他不趁著睢陽還在李思齊、察罕兩人之手時強行渡河，等到這兩個人被李平章給消滅了再想過河，豈不是更難？」

「那倒是，除非他還藏著什麼別的後手！」胡大海想了想，表示同意。

「另外，明知道李思齊和察罕兩個打了敗仗，他卻不趕往睢陽，偏偏把大軍留在了徐州。通甫，你不覺得這很反常麼？」朱重九回頭看了眼天邊黑沉沉的雲層，繼續低聲補充。

已經是四月初了，按道理，黃梅天早就已經結束，小麥灌漿也灌得差不多了，但今年的雨水卻充足得有些嚇人，非但運河的河道被灌得滿滿，沿途的白馬湖、銀湖等處，也是湖水及堤，隨時都可能漫上岸來。

「他不會認為察罕還有機會翻盤吧？或者說，察罕先前根本就是詐敗！」猛然間，胡大海的聲音拔高了好幾度！「怎麼可能，李平章也是老行伍了，察罕才領了幾天兵？況且，趙君用一向以狡詐著稱！」

「多派人手去打探，我要最新消息！」朱重九狠狠瞪了他一眼，低聲重申。

「是，末將這就去派人！」

這回，胡大海終於不再遲疑了，小跑著去調兵遣將。

老伊萬則帶著留守淮安的眾文武官員簇擁著朱重九繼續往城裡走，一邊走，一邊試探道：「都督，李平章真的會打不過察罕帖木兒麼？他老人家手裡的火炮，可是一點兒不比咱們少。」

「等消息回來再說。如果到了今天傍晚還沒任何消息回來，我就帶領第一軍先行趕赴徐州。不夠，大夥也不要太緊張，說不定是我想多了，誰知道呢！」朱重九回道。

「願主保佑李平章！」老伊萬誇張地在身前畫了個十字，大聲替芝麻李祈福。

朱重九對任何宗教都沒什麼好感，但也談不上有多排斥，因此老伊萬也從不在眾人面前掩飾他是個不交十文奉獻的天主教徒，並且經常宣稱，自己之所以能遇到朱都督，從俘虜直接變成了將軍，完全是因為被俘之後堅持每天都向上帝禱告，得到了上帝庇佑的緣故。

然而這次，上帝卻沒有聽見他的祈禱。

直到傍晚申時，上游依舊沒有更多的消息傳回來，逯魯曾卻把朱重九叫到一邊，焦慮地說道：「主公，老臣剛才去黃河邊上轉了轉，情況非常不妙。」

「怎麼了，你看到什麼？」朱重九正愁得揪自家鬍子，聽了老進士的話，立刻低聲詢問。

淮安城距離黃河與淮河交匯處非常近，以往這個時候，河床中的水流是一道非常有趣的風景。從上游來的黃河水呈現暗金色，滔滔滾滾，而從淮河中注入的則是一大股清水，嫋嫋婷婷，與上游來的黃水擁抱在一起，誰也不肯被誰輕易吞沒，一直奔流出幾十里外，仍然涇渭分明。

「黃河水位突然降了許多！淮河那麼急的水流注入，都止不住黃河的河灘一點點往外露！」老進士今天顯然看到的不是什麼風景，臉色蒼白，哆哆嗦嗦地彙報。

「什麼意思，您老能不能說得仔細點？」朱重九心臟猛的一抽。

「老臣當年曾經陪著賈魯一道治過水，在黃河上游堤壩沒合攏之前，淮安附近的水文就是今天這般模樣！」

逯魯曾抹了把額頭上的汗，道：「當年主公和李平章剛剛奪下徐州，朝堂之中就有蒙古大臣提議屠盡徐州城的漢人，如今半個河南在朝廷眼裡都是匪區，萬一有人喪心病狂，指使察罕在上游掘開黃河大堤，非但李平章的大軍難保，恐怕從寧陵到徐宿盡是一片澤國！」

「啊！」

朱重九魂飛天外，兩眼直勾勾地看向牆上的輿圖。從汴梁到虞城，黃河一分為二，新舊兩條河道之間，夾的正是睢陽！

·第九章·

趁水打劫

大量的土坯房屋被河水泡塌，
淹死的牲畜和人的屍骸，順著水流漂到各處。
偏偏對岸的元軍還要趁水打劫，
不停派遣通水性的士兵乘坐小船和木筏，
到徐州城外對逃難的百姓搶劫財物，掠走婦女。

察罕帖木兒放棄寧陵。

芝麻李挾大勝之威，越過黃河南道，兵臨睢陽城下。

趙君用率兵東進，與芝麻李一道夾擊察罕帖木兒和李思齊。

郭子興、孫德崖匆匆帶領所部精銳前去助戰。

淮安第三軍旌旗西指，緊隨趙君用之後。

脫脫的五萬大軍，猛然在黃河北岸停了下來，引而不發。

黃河下游的濁水突然減少，流量甚至比不上淮河。

……

太清晰了，將所有事實擺放在一起，**連日來盤踞在朱重九腦子裡的疑雲終於顯出了本來面目，化作一頭巨大的魔鬼，於半空中張開了血盆大口。**

五萬餘徐州紅巾、五萬餘宿州紅巾再加上濠州和定遠紅巾各一萬，淮安第三軍五千，總計超過十三萬紅巾義軍，彙聚於睢陽附近，新舊兩條河道之間。而擁有新式火藥的察罕帖木兒和李思齊等賊，**只需派人將黃河炸開一條口子，頃刻之間便能水淹七軍。**

睢陽城處於舊日的黃泛區，地勢原本就比周圍高，城裡的察罕帖木兒和李思齊兩人如果準備充分的話，甚至可以憑藉城牆和城內原有的各種防洪措施，將河水隔離在城廓之外，站在敵樓之上，看十三萬紅巾將士盡數葬身魚腹……

想到這兒，朱重九眼前一陣陣發黑，身體晃了幾晃，本能地用手扶住了牆壁，才讓自己勉強沒有栽倒。

逯魯曾卻早就蹲了下去，像個傻子般喃喃地念叨：「八年，光治水就治了八年，六百里長堤，兩百餘處缺口，上萬民壯的性命。蒼天啊，你怎麼不肯睜開眼睛？」

「行了，站起來！」朱重九一把從地上拉起逯魯曾，又揮手斥退了試圖上前攙扶自己的親兵，「走，去議事堂。洪三，給我擂鼓聚將！」

「是！」徐洪三咬著牙答應，飛一般離去。

逯魯曾整個人就像被抽去了筋骨一般，半倚在朱重九的肩膀上，繼續不停說道：「不可能，一定是我看錯了！他們怎麼能這樣？**怎麼能使出如此絕戶之計**，縱使把我等統統淹死，這千里之地也要再次荒無人煙，這對他們到底有什麼好處？」

「**他們從來沒把咱們當成過同類！**」朱重九將湧到嗓子眼的甜腥之物咽回肚子裡，冷笑著回道：「**他們從來沒把咱們當成過人**，幾千里地毀於洪水，明年剛好當做牧場。」

「噗！」逯魯曾一口鮮血噴出來，將衣服和鬍鬚染得通紅一片。

然而一口血吐出後，他的眼神卻迅速恢復了清明，將自己的身體從朱重九的肩膀上挪開，一邊踉蹌著往前跑，一邊大聲道：「是，他們從沒把咱們當成人看，從當年伯顏提議殺光『張王李趙』四姓的時候，老夫就該明白。可嘆老夫居然還以為那只是伯顏一個人的邪惡想法，還以為夷狄入華夏者則為華夏……」

「自古奴隸和主人便不屬於同一個國家！」朱重九咬著通紅的牙齒接了一句，越過老進士，大步流星朝淮安城的議事堂走去。

黃河決口已經是板上釘釘的事了，他現在需要做的，不是跟老進士一道去譴責罪行，而是想盡一切辦法救人，救芝麻李，救趙君用，救徐達，救所有能救的人。

逯魯曾愣了愣，眼睛突然變得像燭火一樣明亮。緊跟在朱重九身後，二人小跑著趕赴議事堂。「咚咚咚咚」的鼓聲，伴著人的腳步炸響起來，像驚雷般，迅速傳遍整個淮安城。將所有沉浸在睡夢中的人徹底喚醒。

當二人來到議事堂時，大部分高級文武官員已經恭候在內。

與朱重九一樣，他們也隱約預感到最近的情況有些不太對勁，所以誰都沒心思回去休息，一直留在衙門裡頭等候前方傳回來的最新情報，於是，在聽到鼓聲的第一時間就趕了過來。

「都督，末將請命，殺光淮揚三地的蒙古人和色目人！」沒等朱重九開口，胡大海便上前一步，雙膝跪倒，瞪著通紅的眼睛嘶吼道。

「主公，末將錯了，末將願帶領麾下兵馬，這就殺過黃河去，將益、泰、濟、河諸路的蒙元官吏全都斬盡殺絕！」吳良謀緊跟著跪倒，血流滿臉。白天的時候，他還怕戰火燒起來之後，禍及自己的家人，此時此刻，他卻寧願以自己的家人為代價，拉著整個蒙元中書省的蒙漢色目官吏一起去下地獄。

「殺人放火的罪孽由末將來背，都督只管裝作什麼都不知道！」第五軍指揮使劉魁也跪了下來，雙目之內寒光四射。

「都督，血債血償！」

「非我族類，其心必異！殺，全都殺光。讓脫脫也知道什麼叫做疼！」

「殺光蒙古人，殺光色目人，殺光這些沒有人性的衣冠禽獸！」陸續有文臣武將跪倒，紅著眼睛請求對敵方以牙還牙。

朱重九將目光轉向徐洪三，見自己的近衛團長的眼睛也一樣的紅，按在刀柄上的手掌青筋亂蹦，只待他一聲令下，就會將鋼刀抽出來，高高地舉起。

是徐洪三失去了冷靜，在他沒到達之前，就將察罕帖木兒可能炸開黃河大堤的消息告訴了眾文武們。此時此刻，朱重九也沒辦法要求任何人保持冷靜。議事堂裡頭除了逯魯曾等極少數人之外，其餘文武官員差不多都出生於徐州、宿州、安豐一帶。這場人為製造的大洪水，等同於直接毀了他們的家。

但是，這不共戴天的仇恨卻不能發洩在無辜者頭上。雖然在判斷出黃河已經決口的剎那，朱重九自己心裡也同樣充滿了殺人的欲望。

他曾經寬恕了無數對手，這些人只有很少一部分已經離開了淮揚，大部分都留在了當地，成了普通老百姓。其中有的還開起了作坊、商鋪，與當地百姓徹底融合為一體，彼此間已經看不出太多分別。

從淮安、高郵到揚州，這樣的人數量恐怕不下十萬。報復之火一起，恐怕他們第一時間就要受到衝擊，血流成河。

「噗通！」就在朱重九不知道該如何回應眾將們的請求時，第二軍副指揮使伊萬諾夫也跪了下去，以頭搶地，「都督，末將自追隨您以來，受過四次重傷，三次輕傷，從沒主動後退過半步。」

不待任何人回應，他又將身體轉向胡大海，用力磕頭道：「胡將軍，老伊萬跟你並肩作戰一年多，自問沒偷過片刻懶。你要殺人，就請先從老伊萬這裡殺起，老伊萬願以這顆腦袋，為淮安城裡所有色目人請命！」

「主公三思！」第五軍火槍旅副旅長阿斯蘭也跪了下去，「末將自打投了都督之後，就忘了自己是一個蒙古人！」

胡大海和劉魁愣住了，不知所措。

尤其是劉魁，就在他投奔淮安軍的當天，他的副手阿斯蘭也被朱重九所俘，被迫加入了淮安軍，所以二人可以說是同期入伍，然後一起並肩作戰到現在，彼此之間就像兄弟一般親密。如果不是阿斯蘭突然跪倒，劉魁早就忘了此人也是個蒙古人，是自己剛才誓言要殺死的對象。

正驚愕間，近衛團長俞通海帶著其他幾個當值的侍衛也緩緩跪倒，臉色蒼白，泣不成聲地說：「主公，小的，小的……嗚嗚……」

他們的頭髮或者金黃，或者捲曲，面孔明顯帶著西域一帶的特色，如果主公真的決定報復，他們不知道自己該身居何處？

「我不是說你們！」劉魁像被嚇到了一般連連擺手，不知道該怎麼解釋，只能將目光轉向吳良謀，向耿再成等人求援。

吳良謀和耿再成也沒想到身邊並肩戰鬥的弟兄，其實有很多是異族，一個個面面相覷。

「起來，都給我站起來！淮安軍什麼時候又興了跪拜之禮？」

正當大夥手足無措之時，朱重九猛的一拍桌案，大聲喝令道：「胡大海、伊萬，你們兩個要逼我用軍法麼？」

「末將不敢！」胡大海和老伊萬同時站起，拱手向朱重九謝罪。「末將，末將剛才……」

「退下！」朱重九狠狠瞪了二人一眼，然後看向吳良謀等人，「還有你們，都給我退到一邊去，再有高聲喧嘩者，決不輕饒！」

「是！」吳良謀等訕訕退到一旁。

「在本都督這裡，只有自己人和敵人的區別，沒有異族！」朱重九環視眾人道。

老進士逯魯曾站出來轉圜道：「淮揚三地，無論蒙古人、色目人還是大食人，都是都督的子民。當然不可報復；但脫脫指使察罕帖木兒炸開河堤，殺我軍民數十萬，天良喪盡，都督卻不可再報之以慈悲……」

「逯長史說得對，咱們這兒的蒙古人和色目人都與脫脫沒關係，但他們那邊的，一定不能輕饒！」眾將聞聽，心中的仇恨之火又熊熊燃起，七嘴八舌地道。

「殺，以後我淮安軍再與蒙元交戰，只殺不俘！」

「殺，凡是與蒙元朝廷有瓜葛者，無論軍民，都罪在不赦！」

「啪！」朱重九又用力拍了下桌案，打斷議事堂內的喧囂。

他手上已經沾了不下百十條人命，早已不忌諱殺人，然而，他想要打造的國度，卻不能充滿了仇恨。就連另一個時空的朱元璋，都知道在北伐檄文中堂堂正正地宣告：凡是遵守華夏禮儀法度者，不管蒙古還是色目，皆為華夏之民。他多進化了六百餘年，不能連個古人都不如。

「脫脫領的是一群禽肉，但咱們不是！」

朱重九目光從眾文武臉上逐一掃過，一字一頓地道：「咱們起義兵是為了驅逐禽獸，不是把自己也變成禽獸，我們不能把自己變成自己最恨的那一種人；那樣的話，咱們現在所作所為將沒有任何價值！傳我的命令，從現在起，揚州、高郵、淮安三地，除了水師外，所有船隻都趕赴徐州救人，救李平章，救趙君用，救徐達，救所有能救下來的人，不管他長著什麼樣的眼睛和頭髮！」

「是！」眾文武躬身領命。

在隨後的漫長戰爭年代，不知道有多少人因為朱重九今天的理性決定，保住了身家性命。在而後的數百年時間裡，每當華夏內部民族矛盾瀕臨爆發時，總有一些人想起朱重九今日所說的話，一次又一次挽狂瀾於既倒。

促使人類進步的，永遠是理智，而不是本能。

這是人類和野獸的區別；也是文明與野蠻的分水嶺。

不過在朱重九剛剛說出這句話時，淮安軍中的任何人，都沒想到他們正在重新點燃文明之火。他們很忙，每個人接下來都像水車上的齒輪一樣忙碌。

大總管府的規矩，經過一年多來的潛移默化，已經滲透到每個人的骨頭裡。朱重九根據另一個時空企業運作經驗拼湊起來的任務劃分及整合方式，雖然是個四不像，卻令他的大總管府比這個時代任何官僚機構都有效率得多。

只用了大半夜時間，所有船隻就全部清理完畢。

胡大海的第二軍依舊留守淮安。第一軍和第五軍的所有戰兵，則在凌晨時分，以連為單位，分別乘坐四百餘艘不同規格的船隻，衝向滾滾黃河。

每艘船都只裝了三分之一載重，除了人和必要的武器之外，就是足夠船上人吃十天的乾糧。

桅杆再次如樹林般高聳於大河上，緩緩前行。

黃河的水面變窄了足足一半，大片大片的灘塗露了出來，就像魔鬼啃過的骨頭。

忙著在淺灘上截殺魚群的水鳥被船隊驚動，紛紛展翅飛起。

所有人都站在甲板上，焦急地看著坑坑窪窪的灘塗，彷彿從中能找到一個幸運的答案。

也許大總管和祿長史的判斷錯了，今年黃河的枯水期提前了，所以下游才會出現反常；如果那樣的話，大夥雖然是白跑了一趟，至少其他十幾萬紅軍袍澤安然無恙。從睢陽到徐州，這片廣袤的土地上，父老鄉親們安然無恙。

每個人都不希望朱重九的預料成為現實，然而，再美好的幻想都有破滅的那一刻，當船隊臨近宿遷時，所有的期盼都化作了泡影。因為中間隔著睢水、淮河兩道大河，以及磐石山、洪澤湖等緩衝地帶的緣故，臨近淮安的位置，幾乎看不出洪災的發生。

但是，當過了睢水和黃河交匯處後，船頭下的水面就變得越來越寬闊，很快，就再也看不到河岸與河道的分別，一個人間澤國，像被魔鬼用筆畫出來的一般，慢慢顯示在大夥面前。

本來已經到了收麥子的時節，田野裡卻看不到任何麥穗和牲畜，只剩下一片接天蔽日的暗黃色水面，將所有田野、村莊都給覆蓋了。

房屋早已垮塌不見，高大的柳樹和楊樹也只能看到一個灰綠色的樹頂，僥倖活下來的人和動物，牢牢地抱著樹頂上的枝幹，閉著眼睛，把命運徹底交給了老天。只要失去力氣，他們就會掉進汪洋之中，轉眼消失不見。

「按原定計劃，第五軍留下一個團救人！其他船隻繼續往上游走！」

朱重九舉起喇叭，在指揮艦上下達命令：「救了人之後，立刻送往睢寧，然後再慢慢想辦法往淮安那邊送！」

「大總管有令，第五軍留下一個團救人！」指揮艦上的近衛們，也多是兩淮子弟，立刻扯開嗓子，大聲將命令傳了下去。

「大總管有令，第五軍留下一個團救人！」臨近船隻上的弟兄們接力叫嚷，讓命令迅速朝艦隊末尾傳遞。

幾面特製的三角形旗幟，迅速升到桅杆頂，更多的三角形指揮旗，從指揮使、旅長、團長的座舟上陸續升起來，將命令傳達到隊伍最後的十艘大船上。

接到命令的團長徐一不敢怠慢，立刻將麾下的船隻分散開，沿著寬闊的水面四下搜索，遇到在樹枝上或者丘陵頂部避難的百姓，就迅速接上大船，然後再集中到一艘原本用來運糧食的巨大貨船上。待貨船裝滿了人，就返航將百姓送往睢寧。

其他船隻則奔赴下一片未知水域繼續搜索，盡可能救助更多的人，不到最後一刻絕不放棄。

由於今年春末雨水充足的緣故，這次黃河決口，受災的面積相當大，從房村一直到徐州，僥倖沒被洪水吞沒的村落寥寥無幾。

即便是這些倖免於難的零星村落，也成了被洪水所包圍的孤島，如果不抓緊時間運進足夠的糧食，或者勸導百姓撤離的話，肯定會有人要活活餓死。

徐州城本身倒是因為以往常年受災，排洪設施齊全的緣故，並沒有被洪水給完全吞沒，但城內的街道上，水深也達到了三尺多。

大量的土坯房屋已經被河水泡塌，淹死的牲畜和人的屍骸，順著水流漂得到處都是。趙君用留在徐州的心腹李慕白雖然用盡全身解數，也只能保證城牆和府衙不被沖垮，對城內外的其他險情一籌莫展。

偏偏對岸的元軍還要趁水打劫，不停派遣通水性的士兵乘坐小船和木筏，到徐州城外對逃難的百姓搶劫財物，掠走婦女，當著百姓的面殺死老人和小孩，並且樂此不疲。

所以當朱重九帶領救援艦隊趕到的時候，第一件事不是救災，而是驅散過河來打劫的散兵游勇，維持徐州城內外已經瀕臨崩潰的秩序。

好在他帶來的船隻夠多，而北岸的元軍中會駕船和游泳的士卒又相當少，所以雙方在水面上打了幾仗之後，很快就分出了勝負。

元軍再也不敢過河來搗亂，但淮安軍也沒有力量向北岸發動進攻。脫脫手中的大炮雖然笨重，數量卻非常充足，只要淮安軍的戰船一靠近岸邊，就會同時被數十門火炮盯上，根本沒有搶灘登陸的機會。

如此一來，雙方不覺地劃分出一個水面疆界。黃河主道以北區域，盡在蒙元的火炮射程之內，淮安軍輕易無法進入；而黃河南岸，包括徐州城在內的無邊無際的黃泛區，則暫時屬於紅巾軍的控制範圍，在洪水徹底退去之前，蒙元的力量暫時無法染指。

於是乎，朱重九就有了幾天喘息的時間，一面命令麾下將士進城，協助徐州知府李慕白和一干留守官吏從倒塌的房屋裡邊拆下房梁趕製木筏，運載災民離開徐州，到下游的磐石山、睢寧等地安置；一面派出大量船隻分散搜索周圍區域，打探徐達、芝麻李和趙君用等人的消息，同時將倖存的百姓和將士先搭救到徐州，然後再想方設法向下游轉移。

然而，跟徐州城裡急需轉移走的百姓數量比起來，原本還算充裕的船隻，立刻就捉襟見肘。

與揚州城那邊背著幾十萬張嘴前進的窘迫情況不同，趙君用的徐州並不缺糧食，所以這一年多來，此公廣納天下豪傑，請他們帶著家眷前來效力，導致徐州城的人口在極短的時間內迅速膨脹，如今總規模已經超過了五十萬，絲毫不亞於去年的揚州。

朱重九一面要組織船隻從徐州往黃泛區外疏散人口，一面還要指揮弟兄們不停地從被洪水圍困的村寨中解救災民，每天都忙得焦頭爛額。偏偏有些人到了這時候還不安分，為了能多帶點兒家財，或者比別人早一刻離開，不惜使用任何手段。每天在登船的地方，打架鬥毆的事情時有發生；給維持秩序的士兵們塞好處請求通融的情況也屢禁不絕，甚至有人用盡各種手段，直接把關係走到朱重九的大總管臨時行轅裡。

「讓他給我滾！如果你再敢幫他，別怪老子不念當年的交情！」朱重九火冒三丈，對替人說好話的李慕白大聲斥罵道。

李慕白看到朱重九瞪起眼睛，立刻舉起手來賭咒發誓，「卑職可以向彌勒佛陀保證，卑職絕對不是收了好處才替他討要艙位。卑職是聽他說，他可能知道徐達將軍的下落！」

「什麼，徐達在哪？」朱重九從座位上一躍而起，雙手揪住李慕白的脖子，急急催促道：「快說，那個人在哪？他怎麼會知道徐達的消息？」

「呃，呃……」李慕白被勒得喘不過氣，一張白淨面孔變成了紫黑色，「大，大…饒，饒……命！」

「呼！」朱重九用力推了一把，將李慕白像死屍一樣丟在地上。「你給我把他叫進來，如果消息屬實，甭說是幾個位置，就是他要一艘船，本總管也可以答應他！」

「是，是！下官這就去，這就去！」李慕白大聲答應著，連滾帶爬地往外而去，一轉眼就消失在大門外，連掉在地上的官帽都顧不上撿。

連日來，朱重九派出船隻四下搜索，從徐州一直搜到睢陽城外，救出不少被大水沖散的紅巾將士，卻沒有一個隸屬於淮安第三軍的。徐達連同他所率領的那五千戰兵就像蒸發了一般，憑空就在這個世界上消失了個無影無蹤。

非但是徐達，連同他所去接應的對象：芝麻李和趙君用兩人，至今也活不見人，死不見屍。被救回的紅巾將士只是一味地哭訴，說察罕帖木兒和李思齊兩個喪心病狂，居然派人在半夜炸開了黃河大堤；說水勢來得如何迅疾，讓大夥全軍拔營撤往高處都來不及，只能各自逃命。

問起芝麻李和趙君用兩個，便眾口一詞地說大水來時，兩人都被騎兵簇擁著向東撤去，至於最後撤到了什麼位置，誰也沒看見；問起徐達的下落，則兩眼發直，顯然根本不知道徐達已經趕往睢陽的消息……

如此接連數日，朱重九心裡有股不祥的預感，覺得自己可能註定要與這個絕世名將無緣了。誰料今天忽然峰迴路轉，居然有人要拿著徐達的消息換上船的資格，讓他怎麼不欣喜若狂?!

以他對徐達的瞭解，此人在大難之前，絕對不會丟棄弟兄們獨自逃命，所以只要找到徐達，第三軍那五千戰兵至少有機會找回一半。

能帶著這些將士們返回淮安，這場人為製造的水災，對淮安軍士氣的打擊就不會太重。憑著徐達、胡大海和逯魯曾等人，他就還有機會將脫脫的三十萬大軍擋在淮河以西。假以時日，只要應對得當，未必不能把今日之仇連本帶利討還回來！

正欣喜地想著，門外又傳來李慕白那獻媚的聲音，「大總管，人我帶來了，隨時聽候您的召見！」

「請進！」朱重九在臉上揉了兩把，換上一副鎮定自若的模樣，吩咐著。

「是，謝大總管賜見！」李慕白又大聲拍了句馬屁，斜著身體，緩緩蹭進了屋子。「這就是我家大總管，你有什麼消息，趕緊如實告訴他老人家，如果敢撒謊騙人的話，過後不光是你，你們全家老小，一個也活不得！」

「草民馮國用拜見大總管！」來人卻不像李慕白一樣市儈，不慌不忙整理了一下衣服，跪倒施禮。

「免了！」朱重九擺了擺手，示意來人不必客氣，「我淮安軍不興跪拜之禮，你怎麼會知道徐達的消息？」

「啟稟大總管，草民其實不知道徐達將軍在哪兒！」來人站直身體，老實回道。

「什麼？」沒等朱重九做出反應，李慕白已經叫著撲了上去，衝著馮國用臉上亂抓道：「你不知道？那你為什麼要騙我？你可把我給害死了。姓馮的，老子做鬼也不會放過你！」

「住手！」朱重九大聲喝令，「洪三，把李知府給我請出去！」

「是！」徐洪三大步上前，拎起李慕白的腰帶，像拎小雞一樣拖著往外走。

李慕白嚇得魂飛魄散，扯開嗓子，大聲嚷嚷道：「大總管饒命啊！小人真的不是存心戲弄你，小人也是上了他的當！」

「放心，你是趙總管的人，朱某沒權處置你！」朱重九無奈地看了他一眼，「去外邊幫忙吧，好歹你也是個知府，別讓人瞧不起！」

「是！是！」聽到不會惹事上身，李慕白的魂魄又返回了體內，連聲答應著，被徐洪三推出了門外。

朱重九搖搖頭，將目光重新落在馮國用身上，詢問道：「你既然不知道徐達的消息，為什麼要戲弄我？莫非你覺得本總管不會殺人麼？」

「不敢！」這個自稱叫馮國用的傢伙膽子甚大，拱了拱手回道：「草民雖然不知道徐達的消息，卻知道他最後是跟誰一起離開徐州的，那人對這一帶的地形最熟悉不過，有他在，給徐達將軍找個避險的地方應該不成問題。」

「哦？」朱重九眉頭皺了皺，臉上的陰雲緩緩消散。

徐州到睢陽這一帶，雖然眼下煙波千里，但肯定會有一些海拔比較高的區域沒有被洪水吞沒，如果徐達身邊有熟悉地形的人帶路的話，脫險的機會無疑能增加許多，甚至搶在水頭抵達之前，將整支隊伍帶往安全地帶都有可能。

想到這兒，朱重九趕緊從帥案後走出來，恭敬地給來人施禮，「馮先生勿怪，剛才朱某是心裡著急，所以才慢待了先生，先生如果能告知那個熟悉地形的人是誰，朱某將不勝感謝。」

「朱總管客氣了！」馮國用側轉身體，避開朱重九的正面，長揖道：「十幾萬袍澤喪生於洪流之中，朱總管不心急如焚才不合情理。實不相瞞，給徐將軍領路的，正是舍弟國勝，他本在郭總管帳下做親兵頭目，郭總管想與徐將軍交好，所以在聽聞淮安軍抵達徐州後，便把舍弟派去給徐將軍引路，誰料徐將軍和舍弟剛走兩天，洪水便沖進了徐州城！」

「你弟弟？那你……」朱重九帶著幾分懷疑上下打量馮國用。此人膽氣甚大，進了門後，舉止從容不迫，顯然絕非平庸之輩，加上還有一個親弟弟在郭子興帳下甚得器重，怎麼可能至今還沒被拉進任何人的幕府？

「草民是個讀書人，不通任何武藝，所以就沒敢出來為郭總管效力！」馮國用反應很機敏，立刻猜出朱重九在懷疑什麼，笑了笑，解釋道：「草民來徐州也很偶然，原本是受了幾個朋友之邀，一起去北方遊歷，誰料脫脫將渡口給封了，將我等全都給困於此地！」

「嗯！」朱重九點點頭。

馮國用說的未必全都是實話，這年頭，兵荒馬亂，幾個手無縛雞之力的讀書人結伴去北方遊玩，簡直就是嫌自己命長。但眼下卻不是計較馮國用等人想去北方真正意圖的時候，只要他能幫自己找到徐達，哪怕他們是想去輔佐脫脫，淮安軍都會好生送他上船，絕不做任何留難。

「舍弟自幼就不安分，喜歡結交三山五嶽的豪傑。」馮國用倒也坦誠，不待朱重九追問，就又說道：「所以在投奔郭總管前，曾經把徐宿這一帶轉了個遍。有他在，徐將軍即使不能全軍而退，帶著身邊親信找個地方躲水災應該不是很難！」

朱重九喜出望外，趕緊躬身再次給馮國用施了一禮。

「如果真如先生所言，令弟就是我整個淮揚大總管府的恩人。恩人在上，且受朱某一拜！」

「不敢！不敢！」馮國用再度側開身體，堅決不肯受朱重九的禮，「大總管言重了，舍弟能跟徐將軍患難與共，未嘗不是他的福氣。大總管千萬不要客氣，如今最重要的是想辦法把他們接回來！」

「請先生給朱某指點一條明路。朱某可以安排一艘大船給先生，先生載誰上船，駛向何方，朱某絕不過問。」朱重九許下重諾。

連日來他派出的人手之所以找不到徐達，受災面積太大是一方面，另一方面，則是由於大夥手中的輿圖過於粗疏，根本反映不了睢陽到徐州的詳細情形，自然不知道該從哪裡開始找起。

馮國用如果能給大夥指出具體尋找方向，接下來的工作就簡單多了。至少，大夥不必再駕著船在水面上毫無頭緒地駛來駛去，如同大海撈針。

「草民不敢要大總管的船，草民只求大總管兩件事。如果大總管能答應，草民願意親自登船，為弟兄們指路！」馮國用坦率地提出條件。

「先生請講，只要朱某力所能及，一定有求必應！」這時候，甭說兩件，二十件朱重九都不會猶豫。

「第一，立刻騰出位置，將我的同伴送往睢寧，然後再將他們送往揚州，脫離險地。」馮國用伸出兩支手指道：「第二，如果能僥倖找回徐達將軍，請大總管將舍弟收於帳下。他文武雙全，草民不忍其留在郭總管那邊誤了終身！」

刷！朱重九眼中瞬間射出兩道寒光。

將馮國用的朋友送到睢寧很容易，甚至直接送往揚州，都不過是佔用一條船的事，比起營救徐達來，簡直微不足道。然而，將馮國用的弟弟馮國勝收歸帳下，卻是在挖友軍的大將，此事操作得稍有不甚，雙方就可能反目成仇，朱重九在整個紅巾軍中辛苦豎立起來的好名聲也將毀於一旦。

他雖然很久沒有拎著殺豬刀砍人了，但上百條性命積累起來的殺氣，也不是馮國用一介書生所能承受得起的，後者頓時嚇得接連後退數步，直到脊背碰上柱子，才勉強沒有摔倒。

「我給你一艘小船，你的同伴可以帶著家眷和細軟隨時離開。」

看到馮國用被自己嚇成那副模樣，朱重九的頭腦恢復了清醒，收起怒氣，沉聲道：「至於令弟之事，須等問過他本人意思之後再行決定。如果他打算從郭子興帳下離開，本都督不介意跟郭總管替他說幾句好話，免得郭總管盛怒之下殃及無辜；但如果他想轉投淮安軍，本都督要仔細斟酌一番，免得引發什麼誤會！」

「舍弟才能勝馮某十倍！」馮國用儘管心裡打著哆嗦，依舊硬著頭皮替自家弟弟做宣傳。「傅友德、李喜喜等人都與他舊識，他們三人以前經常在一起切磋武藝。」

「比朱重八如何？」

朱重九一句話就令他的眼神徹底黯淡。

朱重八身為親兵牌子頭時，借著朱重九的賞識，合縱連橫，促成了五家聯盟，也因此一躍成為郭子興帳下的親兵指揮使，與淮安軍並肩南下揚州。然後才有了今天雄踞和州，飲馬長江的雄厚身家。

在此期間，如果朱重九想要收重八於帳下，恐怕有上百次機會。甚至直接向郭子興討要，後者都不可能不忍痛割愛。然而朱重九卻始終沒有那樣做，甚至有可能連心思都沒動過。他馮國用的弟弟馮國勝即便再有本事，難道還強得過朱元璋？

「我不管令弟在郭子興那邊是否屈才。」見馮國用被自己說得啞口無言，朱重九正色道：「至少現在，我淮安軍和濠州軍還是並肩作戰的盟友，從背後給盟友下刀子的事，朱某義不敢為！」

「大總管說得是，馮某剛才魔障了，居然敢為一己之私，拿大總管的威名做兒戲！」馮國用擦了把額頭上的冷汗。

「罷了，你也是愛弟心切！」朱重九擺了擺手，不打算跟馮國用過分計較。後者夥同其他幾個讀書人，在這個節骨眼兒去北方遊歷，明顯存的就是待價而沽的心思。如果脫脫那邊給出足夠的好處，他們會不惜幫助蒙古人來剿滅紅巾。像這種心裡只有私利，根本沒有什麼國家民族概念的讀書人，放在哪個時代都不會少，朱重九早已不覺得如何失望。

然而這種淡然處之的做派，看在馮國用眼裡，卻完全是另外一種感覺。

「他不在乎馮某，亦不在乎馮某之弟，更不在乎馮某有沒有本事，做過什麼事。也是，他麾下兵多將廣，又素得兩淮民心，馮某兄弟這種貨色，的確不值得人家在乎！」

正失魂落魄間，卻又聽見朱重九拜託道：「幫忙尋找徐將軍之事，還請先生多費心。除了不能直接從郭總管那邊帶走令弟外，其他條件，無論是要金銀，還是要田產，先生儘管提。」

「金銀田產?……」馮國用覺得臉上熱辣辣的，好像被人抽了十幾個耳光一般。

他這個人的確功利心很重，但追求的是封侯拜相，名標淩煙，而不是什麼家財萬貫；也就是面前這個朱屠戶，有眼不識金鑲玉，兩淮豪傑，早年間誰人不知馮氏雙雄都是仗義疏財的好漢?!

「怎麼，你不要金銀田產。那你想要什麼，揚州城內的宅院、商鋪還有產業作坊，儘管說。還是那句話，只要朱某力所能及，都能滿足你的要求!」

朱重九絲毫不知已經踐踏了別人的自尊心，見馮國用滿臉憤怒的模樣，兀自提高價碼道。

馮國用忍無可忍，猛的一個長揖拜道應：「多謝大總管，草民不要那些俗物，草民欲拜在大總管帳下為一佐吏，不知道是否超出大總管力所能及?」

「啊?」朱重九被頂得微微一愣，「好你個馮國用，你如果想加入我淮安軍，朱某求之不得。何必繞上這麼大一個圈子?」

「草民……」馮國用也愣了愣，突然發現自己衝動之下，居然做了一個對自己將來非常不利的決定。然而說出來的話如水在地，他也沒臉立刻收回，於是乎把心一橫，咬著牙道：「草民自問才疏學淺，怕耽誤了主公的大事，所以先前才不敢學那毛遂之舉。然舍弟已經無緣拜入主公麾下，所以草民也只有厚著臉皮求一晉身之機了！」

「先生不必自謙，若早知先生肯入我幕府，朱某願倒履相迎！」朱重九笑呵呵扶住馮國用的胳膊，熱情相迎道：「先生請上座，朱某這就叫人取了參謀袍服印信與先生，今後軍國之事，還請先生不吝賜教！」

「定遠馮楝馮國用，拜見主公。」馮國用重新跟朱重九見禮。

他原本就有投奔之意，但理想的過程是，先拿捏一下身段，再偶爾露幾手本事，讓朱重九「驚為天人」，虛位以待。誰料剛才情急之下居然主動要求入夥，這計畫與結果之間的差距，可是差得實在太遠了些。

不過仔細斟酌後，這個結果也不算太壞。如今天下豪傑看起來具有帝王之相的，朱重九絕對能排在前三，若在他馮國用的全力輔佐之下，未必不會化蛟為龍。

既然被擠兌得上了「賊船」，馮國用也不再藏拙了，確定了君臣身分之後，立刻抖擻精神，提議道：

「主公若是手裡還有船隻，請儘快調撥出幾艘來，跟著微臣去尋找徐將軍。微臣估計，蒙元那邊肯定也在千方百計擴大戰果。睢徐之間可避開洪水的地方，其實就那麼幾處，主公如果找得慢了，恐怕會被察罕等人搶得了先機！」

「好，我帶著親衛跟你一起去找！」朱重九心中一凜，立刻從善如流，命令徐洪三去調遣船隻，將手中唯一兩艘仿阿拉伯式戰艦升帆起錨，又點了三艘速度較快的哨船尾隨護衛。總計五艘戰船排成一列縱隊，劈波斬浪，向東疾馳而去。

到了戰艦上，馮國用才告訴朱重九，他和他的弟弟馮國勝，前些年跟兩淮綠林豪傑互有往來，所以對徐州、宿州和睢陽三地的山川河流極為熟悉。

按照徐達離開徐州和洪水抵達徐州的時間差距推算，淮安軍頂多走到永城一帶就會遇到洪頭，而永城附近能避險的地方，無非就是芒山、碭山和嵇山這三處險要所在。

「那一帶章某曾經派船搜索過幾次，卻未曾見到任何人影！」章溢對馮國用的推論將信將疑，搖頭說道。

「參軍大人有所不知！」馮國用笑了笑，「那芒山和碭山在輿圖上不過是兩個黑點，事實上，那邊卻有僖山，黃土山、鐵角山、夫子山、陶山、魚山等大小二十餘座山頭，方圓不下數百里。若是沒有當地人帶著，外面的人連進山的道路都找不到，更何況在水面上匆匆掃上幾眼？」

「你的意思是你很熟悉此山地形？」章溢被頂得有些臉紅，皺著眉頭問。

「不瞞大人，當年李喜喜、傅友德等人在此占山為王，卑職曾經替他們送過幾次糧食。」馮國用坦承道。

原來是個坐地分贓的強盜頭子！章溢心裡悄悄嘀咕。卻不得不對馮國用又高看了幾眼。

這年頭占山為王的強盜好找，但像馮國用這種，一邊招募莊丁結寨自保對付強盜，一邊暗中勾結綠林好漢越貨銷贓，黑白兩道通吃的卻不多見。即便有，也早早地像郭子興那樣暴露了出來，不會似馮國用這般，如果他自己不主動說，別人只會將他當成一個飽學儒生，根本不會朝黑的一面去想。

心中有了警惕，章溢少不得要拐彎抹角查驗對方的斤兩。馮國用也不生氣，有問必答，談笑風生。無論是經史子集，還是詩詞歌賦，居然都造詣匪淺，絕對不是簡單的附庸風雅。

「濠州一地，藏龍臥虎，非但有朱重八那樣的絕代名將，居然還隱著馮兄這樣的大賢！」章溢這個人雖然多少有些恃才傲物，心胸卻不狹窄。發覺馮國用學富五車，忍不住當面讚嘆。

「章兄過獎了。」馮國用拱了下手，客氣地回道：「章兄面前，小弟豈敢妄稱什麼大賢？倒是章兄的文章，小弟早年就拜讀過，如今還記得許多經典之句！」

有道是花花轎子人抬人，馮國用如此謙虛，章溢自然也會回敬對方一丈。到了第二天，兩人就熟絡起來，彼此心中都湧起了幾分相見恨晚之意。

「國用，以你的本事，應該早就被郭子興禮聘出山才對，怎麼到昨天還是閒雲野鶴一隻？」趁著朱重九忙著拿望遠鏡搜索水面，章溢將馮國用拉到甲板另一側，壓低了聲音問。

「不敢隱瞞章兄！」馮國用尷尬地說：「其實直到數日前，馮某依舊不看好紅巾軍的前程。」

「那你……」章溢不知道馮國用初次與朱重九會面的具體細節，還以為他昨日是為了毛遂自薦而來，不禁怪道。

「唉！」馮國用還報一聲長嘆。「馮某雖然不看好紅巾，可紅巾來了，馮某不過是損失些田產家財；而蒙元兵馬再殺回來，要的卻是馮某的命，所以馮某想要活下去，也只能於紅巾群雄中擇一明主而扶之，除此之外，還能有什麼別的選擇？」

「啊，哈哈哈，哈哈哈哈！」章溢先是一愣，隨即拍打著船舷上的護牆大笑，直到把眼淚都笑了出來。

「怎麼了，小弟乃實話實說。章兄為何笑得如此瘋狂？」馮國用被笑得心裡發毛。

章溢抬起右手擦了擦眼角上的淚水，搖著頭道：

「原本愚兄一直擔心天下的士紳們見識短，因為捨不得些許家財，就想方設法與主公為難，可如今脫脫人為弄了這麼一場大洪水出來，所有麻煩就全都解決了。至少在河南江北一省，誰都像國用賢弟這般明白了一個道理，咱家主公來了，他們頂多是破點小財，而脫脫來了，他們卻是連性命都保不住！」

「嘿嘿……」馮國用尷尬地苦笑道。

平心而論，章溢剛才所說，正是他的真實情況。

在洪水到來之前，他和幾個同伴根本看不上紅巾軍，對淮揚三地所推行的士紳一體化納糧和攤丁入畝政策更是恨之入骨。

如果不是為了高人一等，大夥又何必十年寒窗苦讀？誠然，開工坊和做生意也能賺錢，但那種勞心勞力，還要處處陪著笑臉的賺錢方式，哪如一邊吟詩作畫，一邊接受鄉鄰們拿著土地主動「投效」來得輕鬆？

大宋養士三百餘年，所以宋亡時才有那麼多讀書人與國俱殉，你朱屠戶把士大夫與販夫走卒同等對待，讀書人又何必自降身價為你出謀劃策？還不如趁早去輔佐別人，將你打翻在地，然後繼續舒舒服服地享用萬世不易的優待。

但是，在親眼目睹了成千上萬百姓葬身魚腹之後，他們才豁然發現，原來在大夥公認的賢相脫脫眼裡，**自己不過是一撮野草，隨便伸伸手就拔掉，根本不在乎是生是死。**

有了比較，才知道哪邊更好。朱重九只是讓大夥失去了某種沿襲了數百年的特權，而脫脫回來之後，卻是想要大夥的命，在取捨之間，選擇一下子變得無比容易。

第十章

海上喋血

紅色的血漿沿著漩渦在河面上快速擴散，
轉眼間就將半邊河面都染成了紅色。
河面上還有無數火頭在來回翻滾，烈焰騰空。
烈焰下，則是數以百計殘缺不全的屍體。
屍體旁，飄著更多掙扎著的人頭，面孔上都寫滿了絕望。

正尷尬間，頭頂上忽然響起了一聲龍吟，「嗚嗚，嗚嗚，嗚嗚嗚嗚！」緊跟著，站在主桅杆吊籃中的瞭望手扯開嗓子，衝著下面大聲示警：

「東南方發現可疑目標。是船，很多船，打的是蒙元旗號。」

「正東也發現可疑船隻！六艘，距離五到六浬。」另一艘仿阿拉伯三角帆船上，瞭望手也大聲示警。

「果然察罕帖木兒也沒閒著！」章溢顧不上再調侃馮國用，撒開腿往船頭跑去，一邊衝著自己的親兵喊道：「楊衛，給我望遠鏡，順便去把鎖子甲給我拿來！」

「是，參軍大人！」親兵楊衛大聲答應著，從脖子上取下一個皮盒子，飛快地塞進章溢手裡。「按船上規矩，大人一會兒可以去指揮艙。」

「少囉嗦，趕緊去給我取鎧甲和兵器。大總管在哪兒，我就在哪兒！」章溢呵斥道。

章溢舉起望遠鏡，一邊笨手笨腳地調整著焦距，一邊努力朝正東方向觀看。果然，在黃河水道的上游，看到有五艘三桅木帆大船緩緩壓了下來。在大船周圍，還活躍著幾十艘一丈長短的小漁船，像一群捕食的黑魚般四下亂竄。

「章兄，你手裡拿的這個銅管是什麼。能看得很遠麼？」馮國用好奇地湊過來。

「給你！」章溢將單筒望遠鏡朝馮國用手裡一塞，「閉上左眼，用右眼看，一隻手握緊，前面慢慢拉長，什麼時候看清楚了就停下來。」

「嗯，知道了，謝謝章兄，啊——！」

馮國用昨天下午剛剛加入淮安軍，傍晚就上船出發，很多裝備還沒來得及領，因此對望遠鏡的功能一點都不瞭解。照章溢的指點手忙腳亂地調整焦距，結果被突然拉到眼前的大船給嚇了一跳。

「蒙元的水師！該死，居然被他們搶先了一步！」

為了防止擱淺和迷失方向，船隊從徐州出發後，一直沿著黃河水道航行，通過觀察對岸陸地上的參照物，確定自身所在位置。按照馮國用的判斷，眼下大夥剛剛走一半的航程，至少得到了下午未時才能抵達芒碭山附近。而敵軍的水師卻已經搶先一步堵在了半路上，來勢洶洶。

「就他們那幾艘破船，也配叫水師？」

親兵團長徐洪三不知道什麼時候走了過來，滿臉不屑地道：「幾艘運糧食的漕船而已，給咱們當靶子都不合格！馮參軍，主公叫你趕緊下去穿盔甲，等會兒打起來，弓箭可是沒長眼睛！」

「咱們這艘船也要參戰？」馮國用心裡立刻激靈靈打了個哆嗦。

「羽扇綸巾，談笑間，檣櫓灰飛煙滅。」這才是他心中標準的謀士形象。讓三國周郎親自披掛上陣，幹關羽張飛的活，怎麼看怎麼都是有辱斯文。

「你看咱家主公像是退在後邊的模樣麼？」徐洪三看了他一眼，沒好氣地說。

「啊?!」馮國用抬頭，果然看到朱重九正在親兵的伺候下，在常服外邊套著板甲。

這下，他徹底沒有躲在別人身後運籌帷幄的指望了，在親兵的幫助下頂盔摜甲。好不容易收拾停當，回到甲板上。對面的船隊已經來到千步之內，借著水勢，排出了一個標準的雁行大陣，從左右兩翼將淮安軍的五艘戰船牢牢地卡在黃河水道中間。

「該死，居然還是個打水戰的行家！」馮國用咬著牙，拔劍在手。

「是黃河上的水寇！」章溢一手持刀，一手持盾，靠在護牆邊說：「剛剛受了招安的，正好用來對付咱們。」

他只比馮國用早加入大總管幕府幾天，對淮安軍的瞭解還不夠詳細，見到對面敵軍主力戰艦，比自家這邊最大的軟帆船還大出了整整兩號，又是從上游而來，占盡了水流的優勢。此外，周圍還有不下四十艘小船在旁邊助陣，便本能地認為大夥馬上要面臨一場苦戰。

「他們人比咱們多！」馮國用第一次上戰場，緊張得頭皮發炸。水戰可不比陸地，陸地上打輸了好歹還能策馬突圍。水面作戰，輸了就只能跳河，連十分之一的生存機會都不到。

「咱們有炮！」章溢大聲給自己壯膽。「打得很遠的炮，劉伯溫說，至少能打一里地！」

「他們船頭上也有！」馮國用啞著嗓子，驚呼道。

對方有五艘兩千石大漕船，每艘船的船頭上，都架著一個巨大無比的火炮。此外，在每艘船的甲板上，還密密麻麻站滿了人，或者手持繩索，或者手持利刃，隨時準備跳過來。

雙方的船速都非常快，轉眼之間，彼此的距離就縮短到了五百步，黑洞洞的炮口清晰可見。馮國用覺得自己的心臟就像發了瘋一般，在胸口處拼命地跳動，手指發麻，兩腿發軟，頭上的鐵盔滾燙得有如蒸鍋。

再看章溢，也是臉色慘白，手中長刀瑟瑟發抖，隨時都可能砸在自己的腳上。

「一群炮灰！兩位大人不必驚慌，主公讓你們留在甲板上，肯定不是想讓你們送死！」徐洪三在旁邊看得著急，出言安慰道。

「讓徐將軍見笑了！」章溢和馮國用臉色瞬間漲得通紅，狠狠咬了幾下舌尖，勉強振作起精神。

「水戰並不是有炮就能打的！」知道兩人都是第一次上陣，徐洪三繼續信心喊話道：「咱們的船雖然小，但弟兄們都訓練過半年以上。對方頂多是一夥水賊，外加幾百旱鴨子，船再多也沒用！」

「那是！」章溢咧了下嘴，露出一個比哭還難看的笑臉。「咱們才是用炮的行家，他們是東施效顰而已！」

「豈止東施效顰，他們是邯鄲學步！」徐洪三打了個更生動的比方。「兩位小心，已經四百步了，差不多要開始了。來人，護住兩位參軍大人！」

「是！」近衛們答應一聲，圍攏上前，將章溢和馮國用兩個牢牢護在中間。

徐洪三沿著甲板兜了半圈，然後折返回來，指著護牆內側幾個凸起的木欄杆說道：「這裡，兩位參軍大人，一會打起來時，記得騰出一隻手拉住護牆內側的握柄，開炮時晃動大，小心跌倒！」

話音剛落，耳畔便傳來一聲霹靂，「轟隆！」緊跟著，腳下的甲板猛的向上跳了起來，然後又迅速降低，將船上的人晃了個東倒西歪。

章溢和馮國用二人來不及反應，身體像酒桶一般朝船外栽去。

徐洪三手疾眼快，一手抓住一個，雙腳緊緊勾在甲板上的纜繩，「小心，站穩，實在不行就蹲下，馬上還有第二炮！」

「轟隆！」果然又是一聲晴空霹靂。戰船向左側歪去，然後迅速回復原位，將二人晃了個頭昏腦脹。

「轟隆！」「轟隆！」霹靂聲一記挨著一記，連綿不斷，緊跟在旗艦之後的第二艘阿拉伯三角帆船也開了兩炮，然後是三艘哨船。總計十枚炮彈，貼著水面砸向上游飛速靠近的敵艦，將河道上打得波濤翻滾。

全部射失，沒一發擊中目標，但炮彈落入水中之後造成的水波，卻將敵陣右翼的兩艘小漁船直接晃翻了個。船上的二十餘名將士全都倒扣進水裡，數息之後才從稍遠的地方鑽出來，兩眼望著正在緩緩壓向自家軍陣右翼的淮安軍艦隊，失魂落魄。

在他們的記憶裡，水戰向來是二百步左右用弩車，五十步以內用弓箭，兩船接近用拍杆，然後是跳幫，混戰。頂多再輔助以什麼縱火，潛近鑿穿等計謀，但後兩種都屬於非常規手段，輕易無法施展，像剛才那樣，隔著五百餘步就搶先下手的打法，卻是平生第一次看見，短時間內根本無法接受其存在。

「轟隆！」「轟隆！」「轟隆！」不管他們接受得了還是接受不了，淮安軍的船隊在緩緩逆流而上的途中，第二次噴出了火焰。節奏非常緩慢，卻像夏夜裡的悶雷一樣令人的心臟狂跳不止。

十枚炮彈當中，九枚全砸進了滾滾黃河當中，讓河面上的波浪愈發洶湧澎湃。但是最後一枚，幸運地砸在了一艘漕船的船頭上，當即就將目標砸得木屑飛濺，半邊船舷都不知所蹤。

「啊——！」數十名受傷的蒙元士兵慘叫著掉進了黃河。更多的小漁船被浪濤拋上拋下，就像秋風中的落葉一樣脆弱不堪。

「開炮，立刻開炮！」巨大的漕船上，終於有人如夢初醒，叫喊著發出命令。旗艦上，十幾名炮手哆哆嗦嗦地將火把湊向架在船頭上的大炮，點燃引線，然後迅速撲向周圍的纜繩。

「轟隆！」炮擊聲比淮安軍那邊還要響亮，一枚巨大的鐵彈丸從黑漆漆的炮口當中噴出來，飛過三百餘步的距離，在河面上砸出巨大的水花。

開炮的漕船立刻被巨大的後座力，推得原地停頓了一下，甲板，船舷，同時發出一連串「吱吱咯咯」的呻吟。甲板上的士兵和水手們被晃得東倒西歪，幾個來自北方的旱鴨子，竟然直接被甩進了河水當中。

「開炮，開炮，立刻開炮！」旗艦上的水師統領周蛤刺不花才不管幾個普通士兵的死活，揮舞著寶劍，大聲命令。

「咚咚咚，咚咚，咚咚咚！」劇烈的鼓聲在他身邊響起，頃刻間將命令傳遍全軍。另外三艘沒受傷的大漕船也陸續噴出彈丸，將河面砸出更多的水花，白浪滔天。

幾十艘小漁船連自身的穩定都維持不了，根本無法上前幫忙，只能盡力靠向兩翼，避免在航道中傾覆，然後被雙方的戰艦碾作碎片。而對面淮安軍的火炮，卻愈發頻繁了起來。一炮接著一炮，砸在五艘漕船的前後左右，將河面砸得像開了鍋一般，洶湧澎湃。

「轟隆！」一枚巨大的生鐵彈丸落在了仿阿拉伯三角帆船附近，水花騰空而起，將章溢和馮國用等人淋成了落湯雞。

原本就有十五六斤重的鎖子甲，被水泡過之後，貼在身上，愈發冰冷沉重。但是二人卻絲毫不覺得難受，學著徐洪三的樣子，兩腳死死勾住甲板上的繩網，左手拉住護牆內側的握柄，右手舉起兵器，衝著對面已經駛到三百步處的敵軍耀武揚威。

「開炮，開炮，太慢了，簡直一群廢物！老子就站在這裡，有本事開炮來打……」

「二位參軍大人小心，馬上是齊射！」徐洪三對兩個菜鳥的表現見怪不怪，抬頭看了看瞭望籃裡的角旗，大聲提醒。

「哎！多謝徐將軍！」這回，章溢和馮國用兩個書生學聰明了，趕緊將身體伏低，儘量調整重心。

「轟隆隆！」幾乎就在二人剛剛做好準備的時候，淮安軍旗艦的甲板又是高高地朝左上方抬起，右舷處僅有的兩門六斤線膛炮同時開火，黑漆漆的彈丸高速旋轉著，切開空氣，直撲三百餘步外剛才已經挨過一炮的那艘漕船。

對面的目標船頭破碎，處於半失控狀態，完全靠著水流推動在往下游漂，因此行駛的軌跡非常清晰，兩枚高速旋轉的鉛彈沿四十度角從側面切過去，第一枚炮彈貼著甲板掠過，帶起無數破碎的血肉；第二枚炮彈卻不偏不倚砸在吃水線上，在半邊船舷上開了個巨大的窟窿。

「嘩啦啦……」渾濁的黃河水倒灌而入，頃刻間，就令受傷的漕船豎了起來。破碎的船頭高高揚起，沉重的尾部迅速沉入水下。船上的蒙古、色目將士一個個如同下餃子般，劈里啪啦掉進了水裡。緊跟著，整艘大船發出「咯咯」數聲，四分五裂。

兩千石載重的大漕船，每艘上面，光戰兵就裝了三百多人，還有操帆手、槳手、伙夫、雜役若干，宛若一座漂浮的城鎮，崩塌之時慘不忍睹。數十人在水裡拚命掙扎，大聲呼救，上百人被沉船捲起的漩渦，直接帶進了水底。還有不計其數的人被破碎的甲板、木料以及船上其他的物件擠壓，硬生生變成了一堆堆碎肉。

紅色的血漿沿著漩渦在河面上快速擴散，轉眼間就將半邊河面都染成了紅色。

紅色的河面上，還有無數火頭在來回翻滾，烈焰騰空。烈焰下，則是數以百計殘缺不全的屍體。屍體旁，飄著更多掙扎著的人頭，每張面孔上都寫滿了絕望。

這裡已經不是黃河，而是冥河，宛若地獄裡的冥河來到了人間。

漕船周圍那些駕駛著漁船，原本準備靠到淮安軍戰艦附近施展手段的水賊們，一個個嚇得魂飛天外，根本不敢停下來救援落水的袍澤，頭也不回地將漁船往岸邊划去。

另外四艘漕船上的蒙古押隊，卻像瘋了般揮舞著鋼刀，勒令炮手們加快速度與淮安戰艦對射。船上的水手們也被擁隊官拿刀子逼著調整船舵和木帆，繼續向阿拉伯船靠近。

他們船大，船上的將士多，如果能靠近淮安軍進行接舷戰，依舊有足夠的把握將局面扳回來。然而，他們卻太小瞧了對手的實力。

淮安戰艦的幾個艦長們都是水師統領朱強精挑細選出來的，每個人至少都有八個月以上的實際指揮經驗，豈肯以自己之長就敵軍之短？立刻努力調整方向，讓自己船身始終與對方保持著三四百步距離，不斷用炮彈伺候敵人。

一時間，雙方炮來炮往，將水面砸得像開了鍋一樣熱鬧。

不過，令人遺憾的是，當那些充當「添頭」的小漁船都被迫退出戰場之後，雙方的戰果變得乏善可陳。

在沒有瞄準具的情況下，三百到四百步，也就是另一個時空四百五到六百米的距離上，用原始的火炮對轟能不能打中，很大程度上只能取決於運氣。

特別是水面被炮彈砸出無數波濤後，船隻上下起伏得極為厲害，連瞄準都成了一件奢侈的事情，更甭說讓炮彈飛向指定的目標。於是乎，河面上轟轟隆隆，炮聲不斷，敵我雙方共九艘船隻在河心處兜來轉去，打得濁浪滔天，水霧瀰漫，卻半晌也不見新的傷亡。

相反，雙方船上的炮手和水手們經歷了最初的緊張之後，卻越來越沉穩，動作越來越有節奏感。特別是四艘漕船上的色目炮手，發現淮安軍也不過如此而已，竟然慢慢提升了射擊頻率，將船頭上的千斤重炮打得越來越快，勢頭隱隱不在淮安軍的火炮之下。

「砰！」一對轟多時之後，一枚從六斤線膛炮裡飛出的彈丸終於又建立了功動，砸在蒙元水軍旗艦的主帆上，將木製的船帆砸得碎屑亂舞。

巨大的漕船立刻搖晃起來，船上的操帆手在押隊官的催促下，手忙腳亂地降下主帆，調整副帆方向，焦頭爛額。淮安軍的戰艦看到便宜，不約而同調整炮口，衝著主帆破損的蒙元旗艦猛轟。

蒙元水師的另外三艘漕船卻主動放慢速度，用身體將旗艦擋在隊伍最後，同時拼命朝淮安軍戰艦反擊。情急之下，雙方的指揮都有些混亂，戰艦之間的距離在不知不覺當中，居然縮短到了兩百步之內，炮彈的準頭大增。

連續兩枚四斤炮彈落在了擋在蒙元水師旗艦左側的漕船上，將甲板上戰兵砸得鬼哭狼嚎，血肉橫飛。但色目炮手也終於開了利市。

「啪！」一枚五斤多沉的鐵彈丸砸在淮安軍旗艦的護欄上，濺起漫天的木頭碎屑。護欄後邊的兩名近衛不幸被彈丸的餘勢波及，哼都沒來得及哼一聲，筋斷骨折。周圍其他十餘名近衛也被飛起的木屑波及，扎得滿臉是血。

「保護都督！」徐洪三無法顧及章溢和馮國用兩個的死活，大叫一聲，帶著十幾名親信就往朱重九身邊衝。

炮彈無眼，可不分誰是主帥，誰是小兵，萬一被擊中，無論穿著多厚的板甲都得砸成一團肉餅。

「保護都督！」甲板上，更多的近衛衝上來，試圖用血肉之軀搭造盾牆，將朱重九牢牢護在一個絕對安全區域。

船隻失去平衡，開始劇烈搖晃，底層甲板的水手和舵手們被打了個冷不防。

「都給我回自己位置上去！」朱重九衝著徐洪三等人大聲喝道：「你們上來有個屁用，你們能擋住炮彈嗎？滾，全都給我滾！再不滾開，就軍法處置！」

「都督！」眾人被罵了灰頭土臉，遲疑不定。

「該怎麼打就怎麼打，別老想著光佔便宜不吃虧！」朱重九豎起眼睛，朝著從艦長室衝出來的常浩然喝令：「你就當老子不在船上。白訓練了那麼長時間，卻連幾個新上船的菜鳥都打不過！老子真不知道你們平時都在幹些什麼狗屁倒灶的事！」

「主公……」船行大夥計出身的艦長常浩然被罵得面紅耳赤，轉身鑽下船艙。

「都給我滾遠點，別耽誤老子觀察敵情！」朱重九朝著近衛們又喝了一句，舉起望遠鏡，看向對方的戰艦和火炮。

徐洪三等人卻不肯走，舉起盾牌，在朱重九身旁圍成一個圈子，盡力避免其被破碎的木屑所波及。朱重九拿他們沒辦法，只能置之不理。

不得不說，蒙元朝廷那邊，在縮短雙方武器差距方面很下了一番功夫，仿製出來的大炮雖然看起來笨重了些，但射程與淮安軍的四斤滑膛炮已經不相上下。單論威力，甚至還略有勝之，畢竟炮壁的厚度和炮身長度都比淮安軍的火炮來得大，更多的裝藥量和更長的炮管無疑可以讓炮彈獲得更多的初始動能。

然而在彈道的穩定性上，雙方的差距就非常明顯了。淮安軍的艦炮，無論是裝在阿拉伯船上的六斤炮，還是後面三艘哨船上的四斤炮，都加刻了膛線；炮彈表面也均勻地塗了半分厚的軟鉛，因此每一枚炮彈出膛時，都在高速地旋轉。炮彈的落點，也與出膛時的位置基本呈直線關係，而不是像對面飛過來的彈丸那樣，毫無規律可循。

「如果我是艦長，就再拉開一點距離，然後從側面迂迴過去，集中火力打最左面那艘敵艦！」朱重九觀察片刻，得出結論。

正猶豫是不是到下面船長室去越俎代庖，腳下的甲板晃了晃，隨即從戰艦的底層甲板上，忽然伸出四十幾條木槳，與風帆一道，推著戰艦向河道左上方搶了過去。

「停止炮擊，拉開距離，全速繞到上游去！」副艦長孫德衝上甲板，舉著喇叭，朝瞭望籃中的瞭望手大喊。

「停止炮擊，拉開距離，全速繞到上游！」瞭望手王三揮動著角旗，用事先約好的信號向其他船隻發佈命令。

咚咚咚咚咚的戰鼓聲瞬間取代炮聲，成為整個戰場上的主旋律。激越的鼓聲從後面的船隻上響了起來，一艘三角帆船和三艘哨船也開始用船槳加速，整個艦隊像梭魚一般，貼著水面飛馳。

蒙元的四艘大漕船顯然沒預料到這種情況，根本來不及掉頭，追著艦隊的尾巴打了幾炮後，就徹底失去了角度，停在原地不知所措。

「順流、全速、斜向北切！」副艦長孫德大聲命令。

「順流、全速、斜向北切！」瞭望手王三朝距離自己最近的阿拉伯三角帆船叫喊，同時拼命揮舞信號旗，招呼大夥跟上。

距離稍稍有點遠，嘈雜的水聲和鼓聲，令他的吶喊很難被其他船隻上的人聽見。水師中正在摸索的通迅旗鼓，暫時還表達不出如此複雜的指令。

但在一起磨合了好幾個月，艦長們彼此之間早就形成了一種默契，憑著肉眼的觀察和大腦的直覺，指揮各自的船隻緊緊尾隨於旗艦之後，亦步亦趨。

「繼續繞，繞到敵陣之後！」

「轉頭，順流而下，靠到一百步之內！」

「火炮準備！」

「瞄準對方旗艦！」

「開火！」

「轟隆！」「轟隆！」四門六斤線膛炮、六門四斤線膛炮，按照前後次序，挨個朝八十百步遠處正在艱難轉舵的敵軍旗艦發起攻擊。

幸運女神終於再度睜開了眼睛。

先後三枚炮彈正中目標，將元軍充當旗艦的漕船，從尾部到中央砸出了三個巨大的透明窟窿。整艘大船猛的在黃河上打了個橫，然後直接翻了過去。

這艘漕船上裝載的蒙元將士比上一艘還多，並且大多數都不識水性。船翻之時，將其中一大半人都倒扣進了河面以下，活活悶死。還有一小半反應迅速者，搶在傾覆之前跳水求生。卻不知道先脫掉身上的鎧甲，只顧深一下淺一下地仰著脖子掙扎呼救。

而剩餘三艘大漕船上的水師正將，此刻哪裡還顧得上救人？趕緊調整船頭，直奔下游逃去。唯恐跑得慢了，步前兩艘大船上袍澤的後塵！

這個舉動，才是真正要命。

原本淮安艦隊還顧忌漕船上的火炮，不敢從正前方和側前方靠得太近，如今見對手將屁股露了出來，豈能不抓住戰機！當即從左右兩側追趕過去，用內側船舷上的線膛炮夾著對手狂轟濫炸。

在不到五十步的距離上，線膛炮彈道穩定的特性被發揮了個淋漓盡致，平均三、五顆炮彈就能命中一發，兩三發炮彈就能將原本不是以作戰為目的而製造的漕船，砸得徹底失去了生存的可能。在河面上不停地打著旋，轉眼間就沉了下去。

「投降，投降！」連續兩艘靠主航道外側的漕船被擊沉之後，第三艘漕船上的正將忽然福靈心至，冒著直接被火炮轟斃的風險，挑著一件白色內袍衝上甲板。

「投降，投降，我願意花錢自贖，請淮安軍高抬貴手！」

「投降，投降！」甲板上的押隊、擁隊和戰兵們早已失去了掙扎求生的勇氣。猛然間看到了一絲活命的曙光，立刻亂哄哄地回應：

「投降，我等願意花錢贖命，請對面的爺爺高抬貴手！」

「饒命，饒命，我等都不是壞人啊！」有人解下頭盔，不停地揮舞。

「我等願意花錢贖命！求對面的爺爺大發慈悲！」

有人則抓住身邊一切可以拿來引起注意力的東西來回晃動，靴子、裡衣、襪子、頭巾，雜七雜八，只要來得及脫。

剎那間，漕船變成了菜市場，五顏六色的東西在半空中揮舞不停。

……

淮安軍旗艦上的炮手們不明所以，動作本能地放慢。其他幾艘戰艦則迅速貼近，搶佔有利位置，隨時準備給對手最後一擊。

「停止射擊，炮下留船！」朱重九這次沒有讓水師的將領們自己做決定，而是搶先一步，從親兵手裡拿起了鐵皮喇叭，朝著瞭望臺上的士兵大喊。

「大總管有令，停止射擊！」瞭望手王三立刻揮舞起了一面黑色旗面，打著紅叉的三角旗，將這個命令準確地傳遞了出去。

「大總管有令，停止射擊！」

「大總管有令，停止射擊！」……

包括旗艦在內，所有副艦長都準確地接到了信號，將命令第一時間下達到炮艙。

「轟！」「轟！」兩門來不及反應的火炮及時調整方向，在碩果僅存的漕船正前方，擊出兩個巨大的水柱。

其他已經裝填完畢的火炮則在炮長的操作下，瞄準了漕船的側舷吃水線，準備待對方稍有異動，就將它徹底還原成一堆木頭。

「命令他們停船，原地下錨，把炮彈和火藥全丟進水裡！」朱重九迅速接管總指揮的角色，舉著鐵皮喇叭發號施令。

「停船，原地下錨，把炮彈和火藥推進水裡！」徐洪三等人扯開嗓子，衝著漕船上瑟瑟發抖的蒙元將士斷喝。

「停船，原地下錨，把炮彈和火藥推進水裡！」其他幾艘戰艦上的淮安士兵也扯開嗓子，將命令一遍遍重複。

在十門黑洞洞的炮口下，漕船上的蒙元將士哪裡還敢起什麼多餘心思，立刻遵照命令，將火炮周圍的彈丸和火藥箱子全都推進了水中，一邊向周圍的淮安戰艦揮舞頭巾、短褲、足衣，唯恐因為自己動作太慢，惹得對方痛下殺手。

「讓他們把兵器也全丟進河裡！」朱重九用望遠鏡仔細在漕船的甲板上搜索一遍，發佈了第二道命令。

「把兵器丟水裡！」

「把兵器丟水裡，否則定殺不饒！」徐洪三等人齊聲將命令再次重複。

既然已經選擇了投降，漕船上的蒙元將士當然不敢抗命。將長矛、弓箭、戰刀、盾牌等物，像破鞋子一樣丟進了水中，毫不遲疑。

「還有船上的拍杆、弩車，投石機，如果有的話，也全給我拆了，丟水裡去！否則，立刻擊沉！」朱重九想了想，吩咐對手繼續解除武裝。

早已絕望的蒙元將士們乾淨俐落地執行，七手八腳將所有可能引起誤會的裝備，拆的拆，砸得砸，轉眼間破壞了個乾乾淨淨。

「讓他們放下小船，正將、副將、押隊官、擁隊官一起划船過來！」親眼看著漕船自廢了武功，朱重九滿意地點了點頭，大聲吩咐。

「我家大總管有令，著正將、副將、押隊官、擁隊官一起划小船過來，聽候處置！」眾淮安將士趾高氣揚，扯開嗓子命令對手。

有道是人的名，樹的影，朱重九自起兵以來，每次戰後從來不誅殺俘虜，因此漕船上的元軍各級將領聞聽「我家大總管」五個字，就知道自己此番肯定能活著上岸了，因而毫不猶豫地放下逃生用的小舟跳將上去，親手划槳前去投降。

見對方如此乖覺，淮安將士也不好意思難為他們，放下繩梯，將四人接上甲板，然後用兵器「簇擁」著，帶到了朱重九面前。

「罪將胡力吉，叩見大總管。先前不知道您就在船上，無意間冒犯虎威，還請大總管寬恕！罪將下輩子定然結草銜環，以報不殺之恩！」

漕船正將是個色目人，看上去非常機靈，還沒等走到朱重九面前，就遠遠地拜了下去，額頭磕在甲板上面咚咚作響。

他的副將、押隊、擁隊也有樣學樣，一齊跪倒，向被徐洪三等人團團保護著的朱重九叩頭。口稱罪將，祈求寬恕。

朱重九叫他們過來的目的是打聽芝麻李、趙君用和徐達三人的下落，所以根本沒心思折辱對方，將手一擺，命令道：「都起來吧，你們應該聽說過，朱某從來不殺放下武器之人。」

「大總管慈悲之名，罪將即便在晉寧路也早有耳聞。」胡力吉又磕了個頭，「所以罪將自知不是對手，才趕緊向大總管請降。如果剛才是別人的兵馬，罪將寧可死戰到底，也不願放下兵器，等著他們拿刀來殺！」

「放肆！」

「大膽！」

徐洪三等人大聲斥罵，胸口高高地挺起來，覺得臉上無比榮光。

朱重九雖然不是第一次聽人誇自己慈悲，可從敵軍將領嘴巴裡說出來，依舊覺得非常受用，笑道：

「起來說話吧，沒必要跪著，我淮安軍不興跪拜之禮。爾等放心，只要如實回答本總管的問題，本總管絕不加害，連同爾等在漕船上的下屬也會送其上岸逃生。」

「多謝大總管慈悲！」胡力吉等人喜出望外，又磕了幾個響頭，然後站起身，道：「大總管儘管問，我等如果敢做任何隱瞞，這輩子肯定不得好死！」

「那就好！」朱重九笑了笑，臉上的表情極為和藹，「洪三，你挑兩個人去後甲板上問，我在這裡問，然後咱們湊在一起核對口供，如果兩邊有一句供詞對不上的話，就直接送他們上路。反正他們自己也說了，如果虛言相欺就不得好死。」

「是！」徐洪三走上前，一手一個拉起副將和押隊，往後甲板走。

胡力吉等人萬萬沒想到，看上去滿面春風的朱佛子，發起狠來居然如此野蠻，嚇得「噗通」一聲又跪了下去，以頭搶地，哀求道：

「大總管慈悲，末將絕對不敢對您隱瞞任何事情，末將知道您是菩薩心腸，絕不敢拿全船弟兄的性命來做賭注。」

「哦，你不說，我倒是差點忘了。那邊還有一船人呢！三益，傳我的命令，讓他們再過來四個機靈的，接受本總管的詢問。如果三方的口徑不能統一的話，就全都殺掉，然後再讓他們送八個人過來！」

「是！」

章溢佩服得五體投地，立刻走到船舷邊，給俘虜下達最新指示。片刻後，又有一艘小船將四個戰兵的百夫長給送了過來，以備不時之需。

那胡力吉等人見了如此情形，哪裡還敢再心存僥倖，立刻如竹筒倒豆子一般，把朱重九問的事情，全都招了個言無不盡。

原來，這夥人都是蒙元中書省晉寧路的探馬赤軍。平日的主要任務是防備布王三北上，前一段時間北鎖紅巾大將張良弼倒戈，把半個河南府路賣給朝廷，他們才又接到了新命令，在副萬戶周蛤剌不花的帶領下，乘著運糧船東下，到睢陽支援察罕帖木兒。

到了睢陽之後，剛好察罕帖木兒和李思齊兩個掘開黃河，水淹十三萬紅巾大軍，他們這支帶著漕船的隊伍就直接轉成了臨時水師，與前來為虎作倀的水匪們一道專門負責搜索被大水沖散了的紅巾殘部。

然而這場人禍所波及區域實在過於廣闊，他大海撈針般搜索了好幾天，也沒撈到任何一條足以揚名立萬的「大魚」。眼看著水勢一天天變小，心裡未免著急，又聽了幾個老水匪的提議，沿著黃河順流而下，準備到徐州附近看看有沒有便宜可占。

「爾等來的途中，可曾從芒碭山附近路過？」朱重九沉聲追問。

「有經過。」胡力吉的聲音瞬間變小，低下頭，躲躲閃閃地。

「可曾在附近發現了什麼？」朱重九察覺對方神態有異，眉頭一挑，聲音陡然轉高。

「沒，沒！」胡力吉連連搖頭，隨即又慌忙跪了下去，惶恐地道：「啟稟大總管，不是罪將有意隱瞞。那邊的確有人發現了一支紅巾殘兵，不過察罕帖木兒已經派了心腹去打，末將初來乍到，沒資格去跟著一塊兒撈便宜！」

芒碭山區的確有紅巾軍！

察罕帖木兒已經搶先發現了他們！

接連兩個吉凶不同的消息讓朱重九又驚又喜，然而再詳細探問，胡力吉就回答不上來了，只說自己今天早晨經過芒碭山附近時，雙方還沒正式開戰，其他則一概不清楚。

朱重九不信，將另外兩組俘虜分頭審問，結果跟胡力吉招供的差不多。

察罕帖木兒是通過重賞，才從前來投降的水匪之口得到了那支紅巾軍殘部的線索，但到底是誰的隊伍，規模多大？所有人都是兩眼一抹黑。

唯一可以確定的是，察罕帖木兒對此十分重視，特地派了其外甥王保保，帶領一萬探馬赤軍精銳乘坐大船前去剿滅，誓要將那支紅巾殘部斬草除根。

「是和你那邊一樣的戰船麼？」朱重九無可奈何，只能退而求其次。「王保保攜帶了多少門火炮，那一萬探馬赤軍中，水師占多少。其他個兵種都是什麼？」

「戰船大概有十來艘的模樣，火炮數量，罪將不太清楚！」胡力吉想了片刻，小心地回道：「察罕帖木兒是大名路的達魯花赤，他手下原本沒有水師。現在的船，都是四處搜羅來的，個頭都不夠大，所以能裝上火炮充當戰船的不多，不過用來攔截木筏子肯定足夠勝任，所以王保保也不怕他們跑掉，用戰船封鎖了水面，然後用漁船慢慢往山腳下運兵。」

「嗯！來人，先把他們帶下去！」朱重九揮了揮手，命令親兵們將胡力吉帶到底艙中暫時看押。

「大人，您剛才親口答應實話實說就放了我們的！」胡力吉嚇得魂飛魄散，兩腿跪在地上，死活不肯起來。

「本總管又沒說不放！」朱重九瞪了胡力吉一眼，命令道：「帶下去，如果他再嚷嚷，就割了他的舌頭！」

「是！」親兵們衝上前，拖著胡力吉等一眾俘虜就往下艙口走。

俘虜們不敢哭出聲音，瞪著惶恐的眼睛，用目光乞憐。朱重九卻沒心思再管他們死活，手指按在自家太陽穴處，來回揉搓著。

行軍打仗，最頭疼的就是這種情報殘缺不全的情況，無論怎麼做決策，都像是在賭博。

王保保麾下有一萬敵軍，而芒碭山上的紅巾軍規模不詳，自己如今走在半路上，回頭再調遣兵馬船隻的話，未必來得及趕上雙方決戰。而貿然衝過去，萬一山上那支的紅巾兵馬規模太小，自己手中這點人就是個個三頭六臂，也對付不了一萬探馬赤軍，平白給王保保送功勞而已。

「主公，微臣以為，如今困在芒碭山上的弟兄，恐怕最需要的不是援兵，而是一個希望！」馮國用猶豫了一下，出言勸諫。

「主公儘管回徐州去搬兵，微臣願意領著弟兄們先去一趟芒碭山，無論是誰在那裡，至少見了微臣，便會明白主公沒有放棄他們！」章溢也跟過來，主動請纓道。

親眼目睹了一場有驚無險的水戰，二人現在對自家炮艦的戰鬥力都信心十足，覺得無論蒙元那邊有多少戰船，在淮安軍的炮艦面前都是擺設，大夥可以像長阪坡前趙子龍那樣，輕鬆殺個七進七出。

他們兩個這種豪情萬丈的態度，倒是讓朱重九眼睛一亮，笑道：

「洪三，你帶上十名弟兄去接管漕船，先靠到北岸上去，然後把船和水手留下，讓其他人讓他們自行離開！」

「是！」徐洪三領命而去。

朱重九卻又叫住了他，吩咐道：

「釋放了俘虜之後，就立刻駕駛著漕船順流而下，待回到徐州，立刻學著敵軍的樣子，把手裡所有大漕船的船頭上都裝一門四斤炮，然後讓吳良謀看家，叫劉子雲帶上兩千戰兵，乘船到芒碭山跟我會合。」

「這……」徐洪三本能地想勸自家主公不要親臨險境。

朱重九卻瞪了他一眼，喝道：「論起用兵打仗，你們哪個比得上老子？」

「是！末將遵命！」徐洪三無奈，只好躬身接令，然後領著那十名親兵，快速爬下了繩梯。

章溢和馮國用聞聽朱重九要親自帶隊，原本還打算勸上一勸。見徐洪三挨了訓，知道決策已定，只好小心勸道：

「主公為了營救徐達將軍，甘願親冒矢石，臣等深感佩服。然水戰畢竟不比陸戰，主公武藝再高也派不上太多用場，所以下次與敵軍交手之時，主公不妨到指揮艙裡坐鎮，一則可以減少些風險，二來也免得弟兄們擔心！」

「你們懂什麼，對這種慢速火炮，站在甲板上反而最為安全。」朱重九笑道。然而想到先前炮戰時，對方炮彈那神鬼莫測的軌跡，他又對自己的說法失去了信心，想了想，妥協道：

「也罷，你們說得對，我站在甲板上，反而勞弟兄們掛念。」

又將目光轉向恭候在一邊的常浩然，指揮道：

「艦隊交給你，等徐洪三他們在北岸起錨之後，咱們立刻趕赴上游的芒碭山。你從留下的那幾名俘虜中，挑一個機靈的指路，爭取天黑之前，能夠趕到山下。」

「是，末將遵命！」

旗艦的艦長常浩然答應一聲，立刻接管的整個艦隊的指揮權。五艘戰艦一字排開，押送著被俘的漕船去了北岸，然後又耐心地等著俘虜都離了船，徐洪三等人拔錨啟航，然後才扯滿風帆，繼續向上游推進。

沿途又零星遇到幾波蒙元方面用漁船組成的搜索隊，常浩然都指揮著戰艦毫不客氣地追上去，要麼直接擊沉，要麼用大炮逼著對方跳水逃生，空蕩蕩的漁船則用纜繩串起來，拖在一艘戰艦之後，以備不時之需。

五艘戰艦都只裝了四分之一載重，又正趕上順風，雖是逆流，速度倒也不慢。到了下午三點三十分左右，芒碭山靠近黃河南岸的群峰已經遙遙在望。

「王保保是從上游過來的，要繞一下才能看見他的營盤！」

也不知道常浩然給胡力吉許下了什麼好處，後者非常熱心地跑到前窗口說道：「他那邊的炮有不少是從李思齊紅巾軍中帶過來的，比我船上裝的那種輕便得多，無論是裝船上，還是擺地上，都非常好用！」

話音剛落，耳畔已經傳來一連串炮響，「轟隆，轟隆，轟隆！」緊接著，遠處小山的另外一側煙塵滾滾，顯然有人對著山坡進行了大規模炮擊。

「繞過去，先把帶炮的船全給我打沉了！」朱重九怒不可遏，咬牙切齒的說道。

李思齊這個王八蛋！投降蒙元也就罷了，還拐走了徐州軍上百門火炮！

這件事只要有人提起，就讓朱某人火冒三丈。要知道，幾乎所有賣給趙君用的火炮，都是按成本價結算，並且是要多少就賣給多少，淮安軍沒從其中獲得任何利益。如今可好，等同於成本價供應了蒙元。

「得令！」常浩然等人對叛徒的恨意絲毫不比朱重九少。立刻傳令整個艦隊拉開距離，擺出一字陣形，沿著水道，朝炮聲背後兜了過去。

才轉過山腳，迎面已經有一支蒙元的巡邏船隊攔了過來。當先是三艘千石大糧船，然後是六七艘兩百石左右的小貨船，每艘船頭上都架著一門四斤炮，像獵食的狼群般一擁而上。

很明顯，這是一群根本不懂得水戰的菜鳥，即便裡頭有一兩個二半吊子，也處於從屬位置，根本沒有發號施令的資格。

常浩然的嘴角立刻湧起了一絲冷笑，衝著艙前甲板上的副艦長大聲命令，「一字陣，搶佔上游。集中火力，打擊距離最近目標！」

「一字陣，搶佔上游。集中火力，打擊距離最近目標！」副艦長孫德舉起鐵皮喇叭，將命令大聲重複。

「咚咚咚咚」戰鼓聲搶先一步炸響，無數木槳從戰艦底層甲板處探出來，擊打在黃褐色的水面上，蕩起滾滾白浪。艦隊的速度驟然提高了一倍，切著敵陣右側朝上游壓了過去。

二層甲板內，炮手們將單側的兩門線膛炮推出炮口，借助炮座上的一橫一豎兩個手柄迅速調整角度，瞄準距離自己最近的獵物。

空有一身力氣的戰兵們則彎下腰去，將裝滿了火藥的紙袋用刀子割開，彼此間隔著四個標準尺距離，擺在大炮兩旁，盡可能地為炮手們創造便利。

敵軍根本沒想到淮安軍的戰艦還可能突然改變速度，根本來不及調整方向，只好倉促發起進攻，隔著五百步遠就將炮彈接二連三打了過來。

這種距離的炮擊，純粹屬於向對手致敬，熟悉自家滑膛火炮射程的淮安軍炮手們眼睛都不眨，透過側舷上的窗口冷靜地觀察目標與自家之間的距離。

五百步，四百五，四百，三百五，三百，二百……

「轟！」旗艦的六斤線膛炮率先打出第一枚炮彈。拖著長長的白色水汽，在半空畫出一道漂亮的弧線。然後一頭扎進率先衝過來的那艘兩百石貨船上，將對方攔腰砸成了兩段。

「轟！轟！轟！」跟過來的其他四艘戰艦陸續開火，在高速奔馳中，用裝在側舷上的線膛炮向敵軍發起攻擊。

因為產能不足，每一艘戰艦上都只裝了四門線膛炮，每側兩門，遠遠沒達到列裝標準，但戰艦上的每個人卻都對勝利充滿了信心。

有了上一場戰鬥的經驗，炮手們的準頭也得到了成倍的提高。這一輪射出的十枚炮彈，竟然有兩枚直接命中了目標，將兩艘衝在最前面的兩百石貨船，瞬間還原成了一堆爛木頭。

「沒有水密艙！」

「沒有加強船肋！」

「奶奶的，連護板沒捨得裝！」

取得了開門紅戰績的炮手們興奮地大喊大叫。

將火炮拉回船艙，按照早已操練了上千次的標準程序，擦淨內膛，裝填火藥、壓實彈丸，然後又迅速將火炮推出射擊口。

對面的蒙元戰艦則在突如其來的災難面前亂做了一團，不光船是臨時強徵來的，根本不具備作為戰艦的資格，船上的絕大多數將士也根本不懂得水戰是什麼模樣。

唯一相對專業些的，是被李思齊協裹投敵的炮手。然而這些炮手們卻得不到舵手和水手的有效配合，一次次錯過最佳發炮時間，只能徒勞地用炮彈在淮安軍戰艦的身後打水漂。

「加速，加速切外線！」

「瞄準那個最大的號的！」

「開火！」

淮安軍的戰艦卻越打越有感覺，一分鐘不到，就又發起了第二輪齊射。

這回，他們默契地選擇了一艘正在艱難轉身的千石大漕船，十枚彈丸帶著死亡呼嘯撲過去，在目標的前後左右濺起數道巨大的白色水柱。

漕船上的火炮無法瞄準側面目標，只能用床弩和投石機還以顏色，三支一丈多長的弩箭掠過兩百多步的距離，其中兩支射飛，第三支「啪」地一聲，鑿在淮安軍旗艦的側舷護板上，掛在弩箭前端的猛火油球冒出滾滾濃煙。

「滅火！」

水手長馬武端起掀開身邊的木桶蓋子，將一桶混了白堊粉的泥水，從頂層甲板潑了下去，令剛剛跳起來的火頭，瞬間熄滅在萌芽狀態。

另外兩名水手則按照平素訓練時養成的習慣，抄起長柄大錘，衝著弩箭的長桿猛砸。一下，兩下，三下，轉眼間就將弩箭從護板上砸飛出去，徒勞地掉進了河水當中。

更多的弩箭飛來，大部分失去準頭，不知所蹤，偶爾也有一兩支創造了奇蹟，但是淮安軍戰艦上特製的鐵力木護板，卻成了他們無法突破的屏障，箭頭上所積蓄的動能根本不能給船身造成致命傷害，而淮安軍水兵在平時的訓練中，卻早已熟悉了如何應付火箭，非常老練地就將這些小麻煩徹底解決。

「轟！」「轟！」「轟！」

第三輪炮擊在一分鐘之後宣告開始。這次比上一次更為專業。四枚六斤彈丸，六枚四斤彈丸，飛快旋轉著從半空中落下，滾燙的彈丸表面與空氣中的水分接觸，在身後留下清晰的白色拋物線。

大部分拋物線的盡頭都是渾濁的河水，但是依舊有三道拋物線成功地跟目標對接在了一起。

僅僅二百餘步的距離，讓線膛炮彈道穩定的特性得到了充分的發揮，漕船龐大笨重的身軀又成了最佳瞄準目標。

三枚表面上包裹著軟鉛的彈丸，一枚六斤，兩枚四斤，裹脅這巨大的動能，先後砸在目標的側舷、前甲板和後尾樓處，讓漕船的身體晃了幾晃，轉眼就失去了平衡。

甲板上的探馬赤軍戰兵亂作一團，慘叫著跑向船身翹起的一側，火藥桶、石塊、木料、弩箭則順著快速傾斜的甲板，劈里啪啦往河裡頭掉。

在河水與載重的雙重壓力下，漕船的龍骨開始發出滲人的聲響，「咯吱，咯吱，咯吱」宛若水怪在河面下磨擦牙齒。

忽然間，船頭猛的往水下一扎，船尾高高地跳起，大部分船身都露出了水面，扭動，掙扎，「轟」地一聲四分五裂。數以百計的士兵掉進渾濁的黃水中隨波起伏，掙扎求生。

還有許多士兵身負重傷，血流滾滾，沉船附近的河面轉眼就被染成了猩紅色。另外兩艘正在艱難調頭的大漕船和其他五艘小貨船在紅色的漩渦的周圍擠成了一團，不知所措。

就在五分鐘前，船上的正將、副將和押隊、戰兵們，還都信心十足，以為憑藉白賺來的火炮和優勢兵力，可以輕鬆滅掉送上門來的獵物，如今他們發現，**自己才是那頭愚蠢的獵物，而對手，則早已磨利爪子和牙齒。**

請續看《燕歌行》9　驚天秘密

燕歌行 卷8 趁水打劫

作者：酒徒
發行人：陳曉林
出版所：風雲時代出版股份有限公司
地址：10576台北市民生東路五段178號7樓之3
電話：(02) 2756-0949
傳真：(02) 2765-3799
執行主編：朱墨菲
美術設計：許惠芳
行銷企劃：林安莉
業務總監：張瑋鳳

初版日期：2020年7月
版權授權：蔡雷平
ISBN ：978-986-352-843-2
風雲書網：http://www.eastbooks.com.tw
官方部落格：http://eastbooks.pixnet.net/blog
Facebook：http://www.facebook.com/h7560949
E-mail：h7560949@ms15.hinet.net
劃撥帳號：12043291
戶名：風雲時代出版股份有限公司

風雲發行所：33373桃園市龜山區公西村2鄰復興街304巷96號
電話：(03) 318-1378
傳真：(03) 318-1378
法律顧問：永然法律事務所 李永然律師
北辰著作權事務所 蕭雄淋律師

行政院新聞局局版台業字第3595號 營利事業統一編號22759935

定價：270元

國家圖書館出版品預行編目資料

燕歌行 ／ 酒徒 著. -- 初版 -- 臺北市：風雲時代，
2020.04- 冊；公分

ISBN 978-986-352-843-2（第8冊；平裝）

857.7 109000129